藥堂千金 1

文創風 538

衛紅綾 著

目錄

序文　此情可待成追憶

衛紅綾

寫這個故事的初衷，源於一個綿延了十四年的遺憾。

當我尚是少年，曾經夢想成為一個俠客，鮮車怒馬，叱吒江湖。我看很多書，讀很多故事，想像自己如同故事中的人物經歷如煙花般絢爛的一生。

但當你看過很多故事之後，你會發現，圓滿的結局總是讓人歡喜，然後平靜，接著你忘記這個故事，只記得那是一顆酸甜適口的櫻桃；而悲劇則是苦澀扎心的青李子，你永遠記得那一刻，天地變色、悲劇降臨的時候。

我始終記得那個故事裡病弱的男主角是如何死去的，故事又是如何在悵然若失的悲苦裡落幕的，以至於十四年後，我依舊覺得可惜、遺憾，於是提筆寫下這個故事。

最初的最初，我在想，那樣一個完美又病弱的溫雲卿，應該遇見什麼樣的人，才能脫離他所深陷的幽幽墨色？於是有了相思，我想她是沙漠夜裡的火焰，是溫雲卿生命中的灼灼桃花色，過著溫雲卿想過卻永遠過不了的一生，於是一見誤終生。

在連載的時候，很多讀者留言表達對相思的喜歡，喜歡她孩童時期的天真爛漫、古靈精怪，雖然她的靈魂已經是一個成年人。我認真想過其中的緣由，覺得大概正是因為相思明明有一個成人的靈魂，卻在決定好好留在這個世界活著之後，依舊擁有對生命、對生活的熱忱——成為書院裡的「孩子王」、幫助身處窘境的少年顧長亭、做正確的決定、尋找生活的樂趣。

我在想，人越成熟，就越冷靜、越理性，不再冒險，也失去越來越多的樂趣，所以保持童稚之心的相思才這樣惹人喜愛。

很多讀者喜歡顧長亭，一直盼望著他快快長大成人，抱得美人歸。

長亭當然是好的，只是於相思來說，少了些許悸動，多了許多手足情義，所以他有自己的感情線；他因為相思變成更好的人，但他並不一定要和相思成為相守的愛人，他們存在彼此的世界裡，相互看顧也很好吧？是吧？

其實某一個瞬間，我壞心地想寫一個充滿遺憾的結局，但我最喜歡的終究還是喜劇，亦喜歡這個故事的結局，我想，再過十年、二十年、五十年，相思和溫雲卿依舊是初見時的模樣，雨雪初霽的午後，風生水起的竹院裡，弦月爬上蕉窗的涼夜中，他和她賭書潑茶，然後忽然想起那年韶州人事，便度過漫長又短暫的一生。

從開始提筆到完成這個故事，我一直知道我想描繪出一幅什麼樣的畫卷——充滿煙火氣的凡俗人生，無論是魏老太爺年輕時叱吒南北，還是兒子輩的不爭氣，抑或是相思這一輩的重振門庭，都是這煙火中的一部分，透過這些煙火，是朦朧的那時樓閣，是雨夜裡的燈前獨坐，是他們的一生。

第一章

蟬在窗外樹上拚命地叫，空氣中一絲風也沒有。程馨病懨懨地趴在桌子上，前面一個老頭兒……不，是一個老先生正講解當歸這味藥，從它的習性外形、生長環境，又講到藥性、藥效，再舉一些引入當歸的名方。

若不是程馨此時身高不到一百三十公分，那老先生穿著古裝長袍，她一定以為自己身在大學課堂上。

二十四小時前，程馨非常不時髦地穿越了，穿越後她推測了一下自己的死因，有九成把握是心肌梗塞導致猝死。她當時已經連續一個月「住」在急診室裡，那幾天就莫名胸悶。

急診實習醫生死在急診室裡，這是個多麼糟糕的新聞啊……好在她此時不在那個世界，不然該有多丟人。

唉……程馨嘆了口氣。她是為了全人類的健康而犧牲，多麼崇高、多麼偉大！如果老天爺再給她一次重新選擇的機會，她還是會說——算了吧！老娘不幹了！

在她穿越後的二十四小時裡，程馨深度分析了自己為什麼會英年早逝，然後驚覺自己的悲劇是從選了醫學系開始的。但是接著程馨又發現，自己在這個陌生的世界好像也悲劇地選了醫學類的專業，這專業若是在現代，應該叫「中草藥學理論與應用」。

除了程馨外，這屋裡還有二十多個學生，都是六、七歲的娃娃，認真聽講的少，大多數交頭接耳、埋頭苦睡，那先生卻根本不管，自講自的，無論從哪裡看，這分明就是個幼稚園，偏偏還起了個像模像樣的名字——「啟香堂」。

程馨也決定睡個午覺，剛趴下卻有個紙團飛到桌子上，她歪頭一瞅，看見個白白淨淨的男孩在對她笑，她展開紙條一看，見上面歪歪扭扭地寫著：

思弟，放學一起去捉蛐蛐兒。

是的，她現在女扮男裝，原因暫不明朗。

想她剛醒來時，有丫鬟叫她「小少爺」，她當時險些嚇得屁滾尿流，世界瞬間崩塌，好在後來發現這身體是個不帶「把兒」的，只是一直假扮男孩罷了。

那扔紙團的男孩名叫魏相慶，是同族堂哥，程馨對捉蛐蛐兒這事沒啥興趣，把紙團隨手塞進兜裡，蒙頭就睡。

再醒過來時，日已西斜，台上的老先生還在講課，程馨半個身子都壓麻了，忍不住「哎呀、哎呀」地叫了兩聲，卻得到鄰桌一少年的白眼。這少年幾乎是學堂裡唯一認真聽課的，雖生得十分好看，卻少年老成，表情甚是嚴肅。

好在這時老先生終於講完下課，程馨趕緊歪著半個身子站起來，又是跺腳、又是跳的，總算緩解了麻感，正要收拾東西打道回府，魏相慶卻拉著她就往外走。「思弟、思弟，快走吧，總算是下學了。」

「哥，帶他去做什麼？成天跟木頭似的，又笨又蠢，累得尿褲子也捉不到一隻蛐蛐兒！」說話的是魏相慶同父同母的弟弟魏相蘭。

程馨翻了個白眼，掙脫了魏相慶的拉扯，斟酌著措辭。「慶哥你和蘭弟去吧，我先回府裡去，省得母親擔憂。」

「怕伯母擔心就讓下人回去報一聲。」魏相慶說完就把來接程馨的丫鬟翠陌遣走了，程馨這下想回去也回不去了，只得與這兩個乳臭未乾的小孩去捉蛐蛐兒。

捉蛐蛐兒的地方倒也不遠，離學堂三箭之地有一塊藥田，藥田旁邊有一條小河，魏相慶和魏相蘭兩人蹲在河邊翻石頭，程馨坐在一塊大石頭上，小短腿兒懸空，百無聊賴。這漫長人生到底什麼時候才是個頭啊！

魏相慶和魏相蘭在河邊翻了老半天，沒找到半隻蛐蛐兒影。魏相慶比魏相蘭大兩歲，耐性也好些，依舊翻著，那魏相蘭卻不是個好性子的，眼看累得滿頭是汗，竟啥也沒找著，又氣又急，抬頭卻看程馨優哉游哉地坐在石頭上，竟是一直沒動過，於是把沒找到蛐蛐兒的罪過都賴到她頭上。

他的小短腿迅速騰挪，翻山越嶺好不容易到了程馨面前，小胖手指著她氣呼呼道：「娘娘腔你為什麼不去找蛐蛐兒！」

「嗯……娘娘腔？」程馨指著自己的鼻子。

「就說你是娘娘腔，哪有男的取名叫『相思』？家裡這些哥哥誰不說你是娘娘腔？」

程馨現在的身體名叫魏相思，當年魏家老太爺給她取這名字時，魏相思的父親魏正誼險些暈過去，嚇得以為魏老太爺知道了這孩子是個女娃；可後來多方打探才知，原來是魏老太爺前晚作夢，夢見了已故的魏老夫人，思念難忍，於是把這個正房「嫡子」取名叫相思。

程馨聳聳肩。娘就娘，總比叫魏鋼炮、魏擎天要強吧？但她看著眼前這個和自己身高相近的小孩，忍不住興起了人性本惡的一面來。「『相思』娘娘腔，『相蘭』也沒好到哪去呀！蘭花、蘭草的不是更娘？」

「你才娘、你才娘！我一點都不娘！」魏相蘭急急分辯，小胖手氣得上下揮舞。

「你們快來看！我找到一隻蛐蛐兒！」那邊魏相慶在喊。

魏相蘭這貨立刻忘了方才的事，拉著程馨跑過去，果真看見一隻通體碧綠的大蛐蛐兒，魏相慶正躡手躡腳地靠近牠，眼看就要捉住時，那蛐蛐兒竟背後似長了眼睛一般，一蹦跳出包圍圈，三下、兩下跳遠了。

這下魏相慶和魏相蘭兩兄弟再顧不上程馨，屁顛屁顛地跟著那蛐蛐兒跑，程馨轉頭找那兩兄弟的看管嬤嬤，卻見她躺在草叢裡睡得鼾聲震天，自己只得跟了上去。

不知不覺，那蛐蛐兒竟跑到了田地裡，牠趴在隴上一動不動，那兩兄弟躡手躡腳地從兩邊包圍。這田裡不知種著什麼藥材，已經長出青苗來，那兩娃卻不留心，專往青苗上踩，程馨忍不住提醒。「別踩人家的苗！」

魏相蘭卻齜牙瞪眼地把手指放在唇上，做了個「噓」的動作。

眼看那蛐蛐兒成了甕中之鱉，卻忽然聽得一怒氣沖沖的男人聲音。「這是誰家的孩子！踩壞了我多少藥材！你家大人在哪裡，賠我藥材！」

聲音驚了蛐蛐兒，那蛐蛐兒飛身一躍沒入青苗不見了。

程馨一回頭，見從土路那邊快步走來一個三十歲左右的男人，男人穿著粗布上衣，腳上趿著一雙破草鞋，幾步就到了跟前，一雙倒吊三角眼先是看向程馨，見她只站在隴邊上，鞋襪乾淨，於是沒理她，徑直奔往地裡嚇傻的兩人去了。

這人專挑有青苗的地方踩，分明是打定主意要狠狠訛上一筆啊！

那男人眨眼就到了魏相慶、魏相蘭兩兄弟面前，惡聲惡氣問：「你們是誰家的，平白無故來禍害我的藥田？」

這兩人見到這樣凶狠的人本來就怕得要死，加上魏家素來家教嚴，哪裡肯說。那人見此，一手拎著一個，像是拎著兩隻雞崽子般往回走，回程順便又踩了兩隴青苗。

到了地頭把兩人放下，他又看向程馨。「你和他倆是一起的不?你們是誰家的孩子?」

魏相慶看著她直搖頭，魏相蘭則嚇得直打哆嗦。面前這男人分明想狠狠訛詐一筆，他們仨兜兒比臉乾淨，不滿足這男人的要求，他是根本不可能放人的，於是程馨指了指那看管嬤嬤的方向。「喏，大人在那邊呢！」

男人聽了，拎著兩人便過去要錢。程馨邁著小短腿過去的時候，看管嬤嬤正賠禮道歉，那男人卻張口閉口的「賠錢」，這本是那嬤嬤怠忽職守惹出的禍，她自然也希望能息事寧人，忍痛從荷包裡揀出幾塊碎銀塞進男人手裡，陪著笑道：「合該是我們的錯，這位老爺也別真動氣了，這些銀子您拿著，這事情就算了吧！」

那男人掂了掂手裡的銀子，又塞回看管嬤嬤手裡。「妳也不去看看我的藥田都被糟蹋成什麼樣了，花這點銀子就想了事？」

那看管嬤嬤姓劉，是個出名的鐵公雞，便是這幾塊碎銀也是她咬牙拿出來的，哪裡還肯再掏錢？又想魏家也是名門大戶，他一個佃農怕是不敢惹，於是硬氣道：「不過幾隴青苗，尚未長成，賠這些銀子已經不少，你還想靠賠的錢發家不成？我們魏家的人素來講理，這事便是讓誰評理，也須按實際情況賠錢，哪有你要多少、賠多少的道理？」

那男人家裡排行老三，人稱田三，偏是個不怕大戶的人，聽劉嬤嬤一說，就問：「是城東開藥材鋪的魏家？」

那劉嬤嬤只當唬住了田三。「除了城東魏家，還有哪個魏家是大戶？」

田三一聽竟轉頭拎著相慶、相蘭兩兄弟便走，劉嬤嬤這下可急了，「哎喲、哎喲」叫了兩聲，就要去追田三，轉頭卻見程馨傻愣愣站在邊上，只得抱起程馨去追，一邊追還一邊喊。「我的爺，我賠錢還不成？千萬別去家裡鬧事啊！」

第二章

哪知劉嬤嬤越是喊，那田三跑得越快，直直奔魏家去了，等劉嬤嬤和程馨到了門口，哪裡還看得見田三的影子。門口看門的小廝與劉嬤嬤相熟，不等她發問就天呀、地呀地叫起來。「我的奶奶呀，妳怎麼沒看住小少爺？糟蹋了誰的地也不能糟蹋這祖宗霸王的地啊！」

劉嬤嬤一聽白了臉。「那人當真找上門來了？」

「哪還有假？那田三可是出了名的難纏，我攔他不住，還驚動了老爺，現下正在前廳回話呢！」

「我的天，這還得了！」程馨感覺到劉嬤嬤虎軀一震，下一刻她就被塞到那小廝懷裡。「你先把思哥兒送回章華院去，我去含翠院找四夫人去！」劉嬤嬤口中的「四夫人」正是魏相慶、魏相蘭的親娘，有名的精明潑辣，只望她能滅滅那訛人小霸王的威風。

又說這田三見到魏正誼竟完全換了副嘴臉，全然沒了與劉嬤嬤耍橫的狠勁，進門便撲倒在地，一邊捶地、一邊號哭。「我的爺啊，小的辛辛苦苦頭拱地才種得那幾畝田，全家老小都指望秋天田裡的藥材成了，交完租，若是還有餘錢再買些糧食餬口，如今全教兩位小爺給糟蹋了！我的老天爺啊！這可怎麼辦？」

魏家禮義傳家，魏正誼當家後未敢有一刻違背，見田三哭得慘絕人寰，急忙上前扶起。

「這位兄弟快起來，你且仔細說說到底怎麼個緣由，若是真因頑童胡鬧，魏家自會賠償。」

那田三一聽「賠償」兩字，當下收了哭聲，卻依舊十分委屈。「這兩位小爺今兒下學後在我田裡捉蛐蛐兒，我種得一畝半的知母，竟有一半被踩壞了，那知母本就十分嬌貴，這麼一折騰哪裡還有收成？」

「你撒謊！是你自己踩壞了！」相蘭、相慶兩兄弟此刻終於回過神來，喊冤的卻是魏相蘭。

那田三本以為這兩個小孩不懂什麼事，到時隨他怎麼說，卻沒料到這孩子膽子還不小，當下又耍起潑來。「大戶人家欺負人了啊！踩了人家的藥田不賠啊，我的天啊！」

魏正誼掃了兩個姪子一眼，神色嚴厲。「你們闖禍還有理了不成？去牆角站著，一會兒再與你們算帳。」

平日兩兄弟便害怕魏正誼，哪裡還敢再說話，乖乖站牆角去了。

田三這才消停了，伏低做小道：「魏家老爺，不是我田三非抓住兩位小爺的錯處不鬆口，實在是藥田毀了沒了活路，老爺若是心善便賞我幾個銀錢，我出去保管把嘴封得嚴嚴實實的，不說府裡一句壞話。」

魏正誼平素都和一些有頭有臉的人打交道，如今遇上這小人是一點辦法也沒有，只得認了。「你且說須賠多少才適合？」

田三倒吊的三角眼滴溜溜轉了轉，伸出了五根手指頭。

魏正誼問：「五吊錢？」

田三搖搖頭。「五兩雪花銀。」

「五兩銀子！」魏正誼還有點不信。

「五兩銀子，少一個子兒都不成！」

魏正誼這才知自己是被訛上了，一心與田三爭辯出個道理來。「你說你種的是知母，即便我兩個姪子頑劣踩壞了一畝青苗，一畝的知母也不出五兩銀子，你又憑什麼要五兩銀？」

田三是個訛人的老手，他訛人有一三字金訣，哪三字呢？不講理。

此時田三也不伏低做小了，懶洋洋地靠在椅子上。「魏老爺說得是別人家的知母，我種的知母與別人家不同，一畝的收成比別人兩畝還多些，損失自然就大。」

知母即便再豐收，一畝也絕對不出五兩銀，魏正誼秀才遇到兵，有理說不清，這時卻聽得一女子聲音從門外傳來。「五兩銀？你要了回去買棺材不成！」

這話說得陰損，田三臉都氣白了，惡狠狠地瞪著剛進門的婦人。

這婦人穿著一件海棠色百褶如意月裙，上著琵琶襟上衣，綰著雲近香髻，頸上掛著八寶連珠項鍊，髮上簪著赤金紅寶石蝴蝶花簪，明豔貴氣；只是那一雙眼似刀子般，一看便知不好相與。

這婦人正是魏家四房正位夫人馮氏。她進了門卻不和田三強辯，先是行至魏正誼面前規規矩矩行個禮，唇齒伶俐。「弟媳給大伯請安。」

「四弟媳來得正好，相慶、相蘭兩個孩子頑劣，踩了人家的藥田，正不知如何處理呢？」

「大伯怎知不是這刁農自己壞了田地，來府上訛詐？弟妹聽說他可是訛詐的慣犯，周遭鄰居都繞著他家田地走。」馮氏冷哼一聲，也不拿正眼瞧田三。

那田三一聽惱了，拍著桌子喊道：「我是個訛詐慣犯？誰嚼的舌根！這位夫人也不去打聽打聽，我田三祖祖輩輩都是沈莊上的佃戶，家裡全是本本分分的莊稼人，沈莊上下哪個不知道？」

馮氏撇嘴嗤笑一聲，轉瞬卻收了笑意。「你莫要欺負我婦人不知外面情況，沈莊上我也能找出認識的人，你若是不服氣，咱們就好好辯辯！」

「就是，誰不知道你田三的德行！」這回說話的確是早先吃癟的劉嬤嬤。

田三又氣又怒，臉紅脖子粗。「你們踩壞了我的地還有道理了不成！這錢妳倒是賠還是不賠？」

馮氏此時已經把站在牆角的兩兄弟從上到下檢查個遍，見兩人身上一點傷也無，暗中給魏相慶使了個眼色。母子本就連心，慶哥兒與馮氏更是如此，當下福至心靈，理直氣壯道：「我與蘭弟從沒踩過你的地，都是你自己踩的！」

田三這回算是遇上對手了，牙齒咬得作響。「你們分明是欺負我無權無勢，我就不信這雲州府還沒王法了！」

「欺負你個陰損缺德的又如何？你便是告到哪裡去，一畝知母也要不出五兩銀子來！」

「妳就不怕我出去說你們魏家為富不仁？」

「愛說你就說去，我怕你作甚！」

「好好好！」田三一連說了三個「好」字，竟轉身就要往門外走，眼看形勢就要收不住，魏正誼忙拉住他。「兄弟這是要去哪兒？」

田三冷哼一聲。「我去沈香會找會長，我就不信會長也管不了這事！」

「這可使不得！」

「怎麼就使不得了？你們不是硬氣得很嗎？我倒要看看你們要怎麼吃不了兜著走！」

沈香會專管這南方六州府的藥事，不管是藥商還是藥農，都要聽從沈香會會長的評斷，平日常有藥商因生意之爭去仲裁的，也有藥農為田地邊界去評判的，今天若因為這點小事驚動了會長，魏家丟臉可就丟大了。

魏正誼拍了拍田三的後背，好聲好氣道：「兄弟若是去了沈香會，不過是把事情鬧大而已，便是會長親自裁奪，也不可能讓賠五兩銀子，這等費力不討好的事何必呢？」

田三本也沒想真去，只是嚇唬嚇唬他們，面上卻不鬆懈。「費力不討好也要去。本來我還想息事寧人，但你們仗勢欺人，這口氣我是萬萬嚥不下去的！」

「呸！本就是個下流貨色，還在這裝什麼風骨，別咬了舌頭！」馮氏不依不饒。

「四弟妹少說兩句吧，別再火上加油了。」魏正誼出言勸道。

見馮氏轉頭冷哼了一聲，卻是沒再言語，魏正誼這才又轉向田三。「兩個姪兒毀壞了藥田是我管教無方，合該是要賠償的，不如就按照市價賠償你一畝地的知母如何？」

「那你……要賠我多少？」

「一畝知母頂多收六百斤，年景好時一擔不過三分銀子，合該一兩八分銀，我讓帳房多取兩分給你，這事權當了了吧！」

「二兩？太少了、太少了！」田三直搖手。

馮氏卻憋不住氣了。「二兩還嫌少，我看你是個不吃好草料的！你且去告，愛上哪告上哪告，大伯心慈你還當我們魏家都是脾氣好的了！」

田三一看自己再討不到什麼好處，這事追究下去也沒好果子吃，於是一邊服軟一邊還要裝出寬宏大量的樣子來。「二兩就二兩，我不與你們計較，我這就去帳房領銀子去。」

魏正誼讓劉嬤嬤領著田三去帳房，回身卻見馮氏正抱著兩兄弟嘘寒問暖，不禁咳嗽了一聲，兩兄弟立刻站回到牆角去，馮氏也直起身來。

「四弟妹，今日之事都是相慶、相蘭兩兄弟頑劣，今後須好生管教，切不可再出這樣的事。」

馮氏聽了自然心氣不順，但對這個當家的大伯，她總歸有幾分忌憚，低聲應了，卻聽魏正誼又道：「賠給那佃戶的銀子，下月從你們四房的月錢裡扣出去。」

「為何要扣四房的月錢？」馮氏一聽要扣月錢，哪裡還按捺得住，魏正誼卻不給她爭辯的機會，說完便走了。

馮氏哪是個能吃虧的主兒，看了看角落裡的兩兄弟，有一損計浮現心頭……

第三章

程馨吃完晚飯，便早早睡下了，夢到自己中了大獎，正要伸手領獎時，忽然一陣地動山搖驚醒過來，一睜眼卻是翠陌。

「小少爺，老太爺那邊派人來了，說要小少爺去呢！」翠陌一邊說，一邊給程馨換衣服，剛剛穿完就有一婦人急急進門來，也似剛穿戴妥當一般。那婦人穿著如意雲紋衫，生得一張圓臉，傅粉施朱，看起來十分親善，正是魏正誼的正房夫人，程馨現在的親娘楚氏。

楚氏方進了門，魏正誼也緊跟在後，楚氏心中不安，問道：「都這個時辰了，老太爺叫我們過去能有什麼事？」

「我也不知，快些去才是正經。」魏正誼回道，一邊過來抱了程馨出門去。

此時早已入夜，外面卻並不涼爽，空氣似是調了蜜糖般甜膩，魏正誼抱著程馨，楚氏跟在後面，前後兩、三個丫鬟、婆子掌燈，才走幾步便生出一身汗來。

魏老太爺共有四個兒子、三個女兒。三個女兒早已出嫁，其中兩個嫁的是商賈人家，只有一個女兒看中了個清貧書生，執意嫁他，家中無法只得依從，但那書生竟是爭氣，前幾年考中榜眼，如今在京中做個六品小官。

另外四個兒子，嫡長子便是魏正誼這房了，三房取名魏正信，四房名喚魏正孝，都是從妾室許姨娘那裡出來的；還剩一個二房同是庶出，只是二房生下來便有先天不足之症，雖盡心調養，到了十二歲年頭卻早早沒了。

如今魏老太爺仍在，三房、四房也要仰仗著魏家祖業過活，所以未曾分家，分別住在東、南兩院，魏正誼居北院，西院自然是魏老太爺住的。

魏老太爺平日對府內人並無太多禮法規矩，卻最重家人德行，只是自己的三個兒子除了魏正誼稍平正些，三房不學無術，四房又懦弱沒個主意，竟挑不出個能扛起門楣的，魏老太爺時常慨嘆，卻沒個辦法。

魏正誼一行人到了魏老太爺住的春暉院，就聽見裡屋傳出女子的啼哭之聲，卻不知這個時間會有誰來這裡哭，待進了門，魏正誼卻傻了眼。

程馨也轉頭去看，見相慶、相蘭兩兄弟都跪在地上，相慶正委委屈屈地掉眼淚，相蘭卻只皺著眉，旁邊跪著兩兄弟的看管劉嬤嬤。屋內正位上坐著一年近七十的老人，這老人生得白胖乾淨，下巴圓圓滾滾，看著十分慈祥，只是一雙眼明亮非常，正是魏老太爺。魏老太爺旁邊還立著個年歲與他相仿的老叟，是原先府裡的老管家魏興。

座下還有一男子，正低著頭不言語；旁邊坐著一個婦人，薄唇抿著，正以手遮臉嚶嚶哭泣。

這婦人正是那四房夫人，慶、蘭兩兄弟的親娘馮氏。

魏正誼與楚氏先給老太爺請安，程馨也學著魏正誼的樣子行了個禮，只是有些不倫不類。

魏老太爺本已經要就寢，四房的媳婦卻帶著兩個孫兒來要他評理，他一聽竟是和大房有關，於是把兩邊的人湊齊了，看看這理該怎麼評？

「本來夜深了，平常的事明日再說也成，只是四房媳婦既然帶了慶哥兒、蘭哥兒來，把事情早些弄清楚也安穩，所以把你們也叫來了。」雖四兒媳此時哭得有些擾人，魏老太爺卻娓娓道來，並無一絲一毫急躁。

魏正誼納悶，左思右想不過為了今日佃戶索賠之事，左右都已解決了，雖扣了四房二兩銀子，馮氏應不值當為了這點月錢來哭擾老太爺，一時一頭霧水，但卻口中答應。「父親說得是。」

「老四家的，妳別只顧哭，如今人也齊了，妳若覺得冤屈，便當眾說了。若真有不公，我自會為妳做主。」

馮氏聞言暫住了哭聲抬起頭來，程馨總算見到這婦人的臉，只見眉梢掛著半斗凌厲，嘴角含著一斛潑辣，不忿地橫掃了三人一眼。

「老太爺，今兒慶哥兒、蘭哥兒下了學，被思哥兒拉去捉蛐蛐兒，孩童頑劣本沒什麼，只是思哥兒沒個管束，踩壞了佃戶的藥田，被人找上門來索賠。」那一直低著頭的魏正孝卻沒吭聲，馮氏一張口就顛倒了乾坤黑白。

程馨一口老血險些噴出來。她可是一根苗也沒踩啊，屎盆子怎麼就扣到她腦袋上了呢？

但她很快就冷靜下來。這兩日聽翠陌言語，得知這副身體原來的主人沒什麼脾氣，平時話也沒幾句，她此時要是開口辯解，會不會惹人懷疑？還是忍吧，忍一時風平浪靜……

這事魏老太爺自然是聽說了，只因不過是小事，且已處理妥當，便沒過問。「下午我聽人稟報過了，不是說是慶哥兒、蘭哥兒惹的事，怎麼如今是思哥兒挑起來的？」

魏正誼接話道：「確實在是慶哥兒和蘭哥兒踩壞了人家的藥田，那人是沈莊上的佃戶，下午拎著他們兩兄弟進的門。」

馮氏冷哼一聲。「大伯自然向著自己的兒子說話，什麼髒水都往我們這房潑。」

「妳……」魏正誼氣悶，卻強忍著。「妳說我潑髒水，今兒下午多少人看見田三拎著慶哥兒、蘭哥兒尋來的，這我還能說謊不成？」

「下午那佃戶確實在是和慶哥兒、蘭哥兒一起來的。」馮氏倒是沒否認，繼而卻道：「只是那毀壞藥田的事卻全怪不得他們兩個。」

「這事早已明瞭，如何又和他們兄弟沒關……」

「下午大伯在跟前，慶哥兒膽小不敢說，這才平白讓人誣衊了，回院子我一問，原不是這回事。」馮氏打斷魏正誼，一副胸有成竹的模樣。「慶哥兒說原是思哥兒要捉蛐蛐兒玩，見那蛐蛐兒進了田裡，就要他們兩兄弟去捉，慶哥兒勸說不能踩了人家田地，思哥兒卻偏要他們捉，說不然回家去大伯處告狀，我這兩個兒子慣怕大伯的，這才被脅迫著下了田裡，不然也沒有後面替人受過的冤枉事了！」

程馨目瞪口呆，深深敬佩馮氏顛倒黑白的天賦。敢情方才哭得那一場，是賽前熱身？

馮氏嘴尖舌巧，魏正誼一時竟啞口無言，眼見就要敗下陣來，卻是楚氏找到了馮氏不合邏輯之處。「思哥兒尚不足六歲，最聽話本分不過，慶哥兒已八歲，蘭哥兒也只比思哥兒小兩月，這兩兄弟哪個不比思哥兒機靈，怎還能讓思哥兒教唆去做出格的事？」

「我們四房哪裡能和大伯、大嫂平起平坐？只怕在你們眼裡我們連提鞋都不配。慶兒、蘭兒自小便仰仗著大房，思哥兒說的話他們哪個敢不從？若是惹惱了你們的心肝寶貝，我們四房還怕沒了飯吃要喝風去！」這馮氏嘴皮子厲害，硬是把白的說成黑的。魏正誼如今雖是魏家的主事者，但從未苛刻虧待過三房、四房，今兒說扣四房月錢，也是大姑娘上轎頭一遭，晚間回房便覺得自己處置得不妥當，想著明早再處理，哪知因這小事，他這四弟媳今晚就鬧起來。

「老爺何曾怠慢過你們？若說府裡事多繁雜，相互之間走動少倒是真的，可吃穿用度從未儉省苛刻，四弟媳這麼說，好沒有道理。」楚氏縱然動了氣，說話卻依舊柔柔弱弱的，一時竟委屈得險些掉下淚來。

馮氏看了看程馨，心中暗自惱怒。若不是大房生了這嫡孫，魏家的祖業還不都歸了三房、四房？話中自帶了恨意。「大伯自是向著自家說話，可凡事總要講個道理，不能平白冤屈了我的兩個兒子。既是思哥兒挑起的事端，總歸要讓思哥兒擔著，別往我們身上潑髒水才是！」

而程馨的親娘楚氏，翻來覆去不過那幾句話，既不犀利，也不能言之有物。

程馨只覺得膝蓋很疼。這高門大宅的鬥爭實在來得太突然，她……她還沒做好準備呢！

她正顰眉苦思該如何應對，一直沒開口的魏老太爺卻看著自己的嫡長孫，心中微微納悶。

怎麼感覺今天這孫子和以前不太一樣？眼裡好像有賊光呢？

「既然四房媳婦說是思哥兒教唆的，思哥兒你自己說說到底是怎麼一回事？」魏老爺發話了。

程馨目瞪口呆。她本想著大人吵一吵，老太爺再訓誡一番，就各回各家了，哪知老太爺竟不按牌理出牌，讓她說緣由。她無從知曉這身體原主的說話措辭習慣，生怕說錯了讓別人覺得她精神分裂。

她躊躇為難，不知該怎麼說，神色全落在馮氏眼裡，她冷笑一聲。她之所以敢這麼明著賴，還不是因為大房的寶貝是個見了生人就要躲，人多處不敢說話的膽小鬼！老太爺問他，倒不如去問問自己的腳趾頭！

「老太爺也莫要為難思哥兒了，從小起膽子就跟兔兒似的，話都說不俐落，不如讓慶哥兒說說事情原委。」馮氏遞給魏相慶一個眼神，魏相慶趕緊接過話頭。

只見他端端正正跪著，目不斜視，朗聲道：「今兒放學，我和蘭弟本要回家溫書的，思弟說聽見外邊有蛐蛐兒叫，讓我們捉兩隻拿回府裡養；我本來不想去，但又害怕思弟自己去危險，這才跟著去了。哪知道後來蛐蛐兒跑到了田地裡，思弟就讓我們去田地裡捉。」

看著演技爆表的魏相慶，程馨感覺自己友誼的小船兒翻了。

或許是有些心虛，魏相慶偷偷看了程馨一眼，又趕緊縮回目光，背書一般接著說：「我們自小蒙受爺爺教導，知道藥田對藥農來說是最重要不過的事，於是勸思弟回家莫捉了，但是思弟……思弟不肯，我只……」

「呀！慶哥哥你撒謊啊！」稚嫩的聲音忽然打斷了魏相慶早已編好的話，屋內眾人都忍不住看向聲音的來源——只見粉裝玉琢的小男孩睜著一雙水靈的無辜眼睛，一手還驚訝地摀著唇。

「我……我沒撒謊。」魏相慶畢竟年紀還小，遇上突發狀況難免有些慌張。

「那相思倒是說說事情究竟是怎麼樣的？」魏老太爺哦了一聲，雖因皮膚鬆弛而生出一對比眼睛還大的眼袋來，卻並不影響他那一雙充滿睿智的眼睛看事情。

程馨方才已想好了，這鍋不能揹，一是因為這事鬧到了老太爺跟前，若是馮氏那一番說辭被聽信了，只怕老太爺對她會有些想法；老太爺雖然不管家，卻依舊是魏家最有話語權的人，若他對自己有看法，只怕以後的日子不好過。

第二是因為馮氏。這一場鬧下來，程馨已大概瞭解馮氏為人，嘴尖舌巧自不必說，顛倒黑白的誣賴事情只怕也沒少幹過，若是這次被她得逞了，以後定要變本加厲，讓程馨成為揹鍋小能手。

因這兩點，程馨決定不忍了！

程馨這副皮相生得招人喜歡，粉白的臉蛋，一雙眼睛也水靈，她只無辜地眨眨眼，就十分呆萌。「今天放學本來就是慶哥哥要去捉蛐蛐兒，非拉了我同去，我說怕家裡人著急，慶哥哥就讓翠陌先回來稟報一聲，這事可以問翠陌去。」

此時翠陌正在屋裡，事情原委聽得清楚，立刻上前回稟。「今兒我去接小少爺，確實在是慶少爺打發我先回來的。」

「妳自然向著自己的主子說話，怕是來之前已串通好了的。」馮氏冷哼一聲，不慌不忙駁道。

「咦？我都睡了才被叫起來的，都不知道為啥來……四嬸嬸什麼是串通？」小男孩似是真的不明白，忽然問馮氏。

馮氏被問住了，什麼是串通呢？當然是事先知道要幹什麼，於是幾個人合計合計，統一口徑，這不是說她自己嘛！

這時一直跪在一邊的劉嬤嬤說話了。「老奴可以作證，當真是思小少爺教唆慶小少爺和蘭小少爺踩藥田的，老婆子勸又勸不住。」

這劉嬤嬤自有小算盤打。她尋思魏相思的丫鬟翠陌早早回府了，魏相思不過是一個六歲娃娃，無論如何也說不過他們幾個的，是故才敢這樣大膽。

程馨睜著無辜的雙眼看向白白胖胖的魏老太爺，不無納悶地問道：「爺爺，方才四嬸嬸說翠陌說話向著我，不能信，那劉婆婆是慶哥哥和蘭哥哥的看管婆婆，她說的話是不是也不可信呢？」

「如何不可信……」馮氏正要辯駁，魏老太爺卻舉起手打斷了，眼中不無讚許地看著程馨。「既然是四房媳婦自己說的，翠陌和劉婆的話自然都不能成為佐證。」

馮氏氣悶，只覺得自己本已設好的局，忽然被攪得七零八落。眼前這小娃娃，三言兩語就讓自己占了下風，以前怎麼沒覺得他有這樣的能耐？

她正思忖著，忽然看見一直未開口的魏相蘭，像抓住一根救命稻草。「蘭哥兒平時從不撒謊，蘭哥兒你快向老太爺說出實情，不要讓你們哥兒倆替人受過！」

屋內的目光都落在魏相蘭身上。他自從進屋後一個字也沒說過，如今所有人都等著他說話，他會說什麼呢？

答案是，什麼都不說！

他只氣鼓鼓地跪在蒲團上，小嘴噘得能掛油瓶，無論馮氏怎麼催促，魏相慶怎麼規勸，魏老太爺怎麼詢問，他都一言不發。他似是跪得有些累了，後背彎成一個弧度，腦袋也耷拉著。

程馨本不甚喜歡這個小屁孩，可如今一看，心中竟生出幾分欽佩來，決定事後把兩人友誼的小船加固一番。

此時天色已晚，程馨上了一整日的課，早已乏了，是時候結束這場鬧劇了，於是湊到魏老太爺近前，小胖爪子抓住他的衣襟，稚聲嫩氣道：「爺爺，我還有個能證明原委的東西，等我把那東西拿來，保證您就清楚是怎麼回事了。」

魏老太爺圓滑豐潤的下巴一顫，竟是被程馨憨狀可掬的樣子逗笑了。「那你快去取來。」

程馨得令，立刻遣了翠陌去取，眾人不禁好奇到底是什麼？魏正誼與楚氏更是從沒見過這樣的女兒，兩人面面相覷，都有些困惑。不多時翠陌回來，手裡拎著個四四方方的竹編小箱，正是程馨上學用的書箱。

她在書箱裡翻找許久，終於找到東西，隨後雙手呈給魏老太爺，魏老太爺一看，只見上面寫著：

思弟，放學一起去捉蛐蛐兒。

當初魏相慶寫這紙條時未做他想，哪裡料到如今竟成了呈堂證物，怪也只能怪他遇上了程馨。程馨有個毛病，她喜歡搜集亂七八糟的東西，凡是到她手裡的，幾乎從來不扔；也因這毛病，以前每次搬家她都累得脫層皮，沒承想這毛病今兒竟派上了用場。

魏正誼和楚氏伸著脖子瞧，奈何離得太遠啥也看不到；馮氏也翹著腳，想看看魏相思葫蘆裡賣的是什麼藥，卻只能看到模模糊糊的一行字，寫得什麼卻不知道，就連一直眼觀鼻、鼻觀口的魏正孝，此時也抬起頭去瞧。

魏老太爺清了清嗓子，看了魏相慶一眼，和顏悅色地朗聲讀了出來。「思弟，放學一起去捉蛐蛐兒。」

早在魏相思拿出那紙條時，魏相慶便白了臉，如今竟把頭低了，不敢看魏老太爺。

「慶哥兒，這紙條又是怎麼回事？」魏老太爺發問。

魏相慶怯怯地看向馮氏，希望從馮氏那裡得到些援助，但這情勢早已超出馮氏的預料，一時間竟不知怎麼接，卻又聽魏老太爺說：「我問你話，你看你娘做什麼？怎麼？要你娘教你圓謊嗎？」

此時的魏老太爺早沒了笑意。他雖生得白胖慈祥，但魏家畢竟是在他手裡昌盛起來的，威嚴猶在，可敬未消，嚴肅起來著實讓魏相慶這個八歲孩子吃不消，當場竟掉起金豆子——哭了。

程馨看得真切，魏相慶是生生被嚇哭的。

看魏相慶哭了，魏老太爺便沒再逼迫，轉向始作俑者。「四房媳婦我問妳，這事究竟是慶哥兒自己和妳說的，還是妳讓慶哥兒這麼說的？」

縱然馮氏嘴尖舌巧，此刻也像拔了牙的老虎，竟說不出話來。這問題本難回答，若說是魏相慶自己說的，這麼一個小孩就會誣賴人，只怕老太爺以後看他都帶著想法；若說是自己教唆的，她一個大人竟這樣心懷不軌，老太爺怕是不會輕饒。

「妳既然不吭聲，那我就認定是慶哥兒的主意……」魏老太爺這句話尚未說完，馮氏已搶先應了。「是我的主意，慶哥兒原是不幹的，卻不敢忤逆我。」

魏老太爺稀疏的眉毛挑了挑，眼角餘光瞥見魏相思正用著小短腳在地上畫圈，百無聊賴的樣子，不禁覺得好笑，奈何屋裡人多，他又不能發問，只得移開目光轉向魏正孝。「孝兒，這事你知也不知？」

魏正孝慌忙站起身來，手腳不知道往哪兒放，聲音也有些顫抖。「兒……兒不知道。」

「當真不知？」

「兒的確不知道。」魏正孝看了魏老太爺一眼，又趕緊移開目光，一副生怕魏老太爺吃了他的模樣。

「既是這樣，事情便都清楚了。原不是思哥兒的錯，全是老四媳婦的錯，我這樣說，可冤枉了妳？」魏老太爺看向馮氏，不怒自威。

「兒媳……不冤枉。」馮氏咬著牙道。

「慶哥兒、蘭哥兒尚小，孩童頑劣些本不必深責，但妳身為人母，卻教他們推託誣衊，實在不應該，好在這次有實據，不然真真假假如何能分辨？」魏老太爺頓了頓，繼而道：「也正因為這樣，此事不能輕易算了。」

馮氏張嘴欲辯，看見魏老太爺的目光卻忽然萎了，終是沒有開口。

第五章

「大房掌家不久，待人親厚，我從未聽聞他苛待三房、四房的風言風語。」魏老太爺捋了捋稀疏的鬍鬚，看著魏正孝道：「我這麼說，你們肯定認為我偏頗，但我是不是故意偏向大房你們心中最清楚。」

魏正孝忙道：「兒不敢，父親說得極是。」

魏老太爺繼續道：「大房掌家寬厚本是好事，但卻也有壞處，就是心慈手軟，犯了錯的下人只稍微責罰，有些本不該的事情也得過且過，這是不對的。」

聽父親這樣說，魏正誼竟是恍然大悟，如夢初醒一般，忙上前請罪。「是兒子沒能掌好這個家，請父親責罰。」

魏老太爺搖了搖頭，面有欣慰之色。「你自小便這樣，我清楚，且你從未掌管過這麼多事情，疏漏是難免的，慢慢學習便是了。」

「兒子謹遵教誨。」

魏老太爺又轉向魏正孝。「你兄長管家，你本應該在旁幫襯，但你從來不聞不問，自己媳婦挑事胡鬧不攔著，竟跟著一起胡鬧。」

魏正孝自小怯懦，娶了馮氏之後偏又添了懼內的毛病，被老太爺訓了只唯唯諾諾說「兒子以後會注意」，竟不敢說馮氏一個不好，也不曾做出什麼保證之類的話。

魏老太爺搖搖頭，終於轉向馮氏，聲音不輕不重，卻透著失望之意。「魏家人丁不旺，大房只得思哥兒一個男孩，三房有學哥兒、玉哥兒，四房有慶哥兒、蘭哥兒。這幾個哥兒以後長大少不得要為魏家出力，與思哥兒一起撐起家業來，妳這做娘的不但不教他們兄弟和睦的道理，反而要他們反目，若兄弟情義就此毀了，日後必兄弟鬩牆矣！」

「是媳婦一時糊塗！」

「妳若只是一時糊塗便罷了，我只怕妳不知悔改。」

馮氏連忙認錯。「媳婦真的只是一時糊塗，以後再也不敢了！」

魏老太爺端起茶盞，慢悠悠啜了一口，卻不說話，急得馮氏像熱鍋螞蟻，連程馨這個在旁看熱鬧的都忍不住去瞅老爺子，好一會兒，魏老太爺才喝完了茶，悠悠道：「我信妳是想真心悔改的，只是妳拉著慶哥兒、蘭哥兒到我這告狀，我自然要把這事處理妥貼了。」

「媳婦全聽父親的。」馮氏忙應道。

「按道理說，如今大房掌家，我本不應該插手家事。」

魏正誼忙道：「父親別這樣說，兒子還要請父親教導。」

若不是現下人多，程馨幾乎要給魏老太爺豎起大拇指了。這話說得太藝術了，這套路玩得夠深啊……

魏老太爺此時似乎感覺到一道熱切的目光，環視屋內卻一無所獲，輕咳一聲，道：「既然你們兩房都沒有他話，這事我便做一回主。四房媳婦過錯最大，從今兒起，四房月錢減半。」

馮氏本欲鬆口氣，忽然發現哪裡不對。老太爺只說減半，卻沒說減半多久，一個月還是一年？她本是因為被扣二兩月錢起的事，如今差得可不是二兩了！

馮氏想問，又怕再惹怒了老太爺，只得暫時作罷。

魏老太爺看著跪著的魏相慶、魏相蘭兩兄弟。魏相慶此時倒是沒哭了，只是低著頭；魏相蘭依舊老老實實跪在蒲團上，嘴倒是沒像方才那樣噘著了。

「你們兩兄弟同樣有錯，明知此事是錯的，卻不加阻止，同樣要罰。」魏老太爺想了想，心中有了主意。「就罰你們各抄一遍《孝經》。」

相慶、相蘭兩兄弟悶悶應了，這事算是告一段落，四房一家人灰頭土臉地走了。魏正誼寬慰魏老太爺幾句，欲帶著程馨回章華院去，哪知魏老太爺卻把程馨獨留下來，說是有幾句話要與她說。

魏正誼和楚氏只得焦急地在門外等，一會兒趴門上聽，一會兒從窗戶縫看，生怕魏老太爺發現自己的「嫡孫子」是個假貨。

屋內的魏老太爺卻是從未懷疑過自己的嫡孫，此時程馨正規規矩矩地站著，一雙小手背在身後，頗有幾分大人神韻，惹得魏老太爺發笑。「相思呀，你知不知道我留你是為什麼呀？」

程馨十分配合地道：「孫兒不知道。」

「我問你，那紙條可是你故意留下做證據的？」

「不是，是孫兒隨手扔進書箱裡的。」

魏老太爺一雙清明非常的眼睛直直盯著眼前的小人兒，彷彿要從她的眼裡找出一些破綻來，哪知這小人兒滿眼誠懇，十分可信。

魏老太爺直起身子，瞇著眼道：「你慶哥哥和蘭弟弟平白誣衊你，著實不對，哪有這般的兄弟之誼？」

嗯……這老頭兒才說了兄弟之間要友愛，轉頭就來挑撥她，真當她是六歲小兒？

魏老太爺見她不說話，神態更是和藹可親，身子微微前傾。「你是魏家的嫡孫子，爺爺自然向著你，只不過面上要假意公平，若是以後慶哥兒、蘭哥兒有過錯，你馬上來告訴我，爺爺必替你好好報復他們。」

這老狐狸分明是用釣魚執法！程馨暗哂一聲，卻笑得天真無邪。「慶哥哥、蘭弟弟本是一時糊塗，兄弟之間沒有隔夜仇，我也沒有怪過他們呀，爺爺也快忘了這事，免得煩心勞力再累瘦了。」

魏老太爺呼吸一窒，雖看面前的小娃天真爛漫，卻又隱約覺得這孩子心口不一，竟是不上當。魚兒不咬鈎，他一肚子準備好的教育說辭便只能憋著，好生難受。

他正憋得便秘般，小孩卻又開口了。「爺爺向著孫兒，孫兒本應欣喜，但自小父親便教導我要光明磊落，爺爺表面公允，背後卻有這般想法，實在不該，若讓慶哥哥和蘭弟弟知道了，該有多傷心難過？這話以後爺爺還是別再說了，讓別人聽見不好。」

老管家魏興一輩子跟著自家老爺走南闖北，比魏老太爺肚裡的蛔蟲還瞭解他，此時看見自家老爺稀疏的鬍鬚微微顫動，胸脯起起伏伏，想來是被自己的親孫子堵得夠嗆。

魏老太爺早些年叱吒藥材界，全靠爐火純青坑蒙好手段，也靠著這手絕技，把本靠祖產勉強度日的魏家變成了如今的模樣，只是他如今閒來無事，難免技癢，今兒總算有個施展的機會，這孩子卻不上當……

魏興咳嗽了一聲。「老爺，時辰不早了，思小少爺明兒還要去學堂，早些讓他回章華院吧！」魏興忙找了個臺階給他下，否則他怕自家老爺會氣吐血。

魏老太爺借坡下驢，滿臉慈愛地摸了摸程馨的腦袋瓜。「你快隨你爹娘回去休息吧！」

程馨自然巴不得，忙恭恭敬敬地請安出門去了。

房內此時只剩魏老太爺和魏興兩人，魏老太爺沒說話，魏興便只站立不動。

許久，魏老太爺幽幽道：「我怎麼覺得被那猴崽子騙了？」

魏興同樣有此感，卻道：「老奴也覺得思小少爺智謀過人。」

「智謀他奶奶個頭！只不過是心眼多罷了！」魏老太爺頗為動怒。

「思小少爺能有這樣的心眼，想必長大也定是機敏過人，老爺後繼有人嘍！」

魏老太爺倒是沒反駁，他白胖的手摩挲著衣袖，似是在思考什麼，許久慨嘆一聲。「我這幾個兒子，沒一個像我的。老大敦厚有餘，急智不足；老三倒是機靈，卻從來只往享樂山上走，奢逸河裡游，絕不肯在正事上多動一點腦筋；老四呢更不用說，膽子跟針尖一般，沒有一處像我；只有五姐兒與我最像，卻偏偏是個女兒身，如今還跟著她相公去京城了，我竟連個能說話的人都沒有。」

「五姐兒的確和老爺最像，但女兒總歸是要嫁出去的，不能在旁侍奉也是難免的。大少爺為人忠厚孝順，老爺又攢下這許多家底，自不需要再出去拓土開疆，安心守產便是。」

「人說富不過三代，確實在是這個理，只怕我百年之後，沒人能頂起這魏家的門楣來。」魏老太爺嘆息一聲，連那對眼袋都染上傷感。

「兒孫自有兒孫福，現在家裡正盛，說什麼喪氣話呢！」魏興安撫道：「且老奴看思小少爺是個聰慧的，以後做生意必然如魚得水。」

程馨幾人回到章華院時已是半夜，鬧了這一場都有些疲乏，程馨哈欠連天，翠陌忙給她換了衣衫，服侍就寢，一切安置妥當便關門出去了。

此時魏正誼、楚氏尚未離開，見程馨躺下以為她已熟睡，便小聲私語起來。

「今兒多虧咱們孩兒機靈，不然哪裡能善了？四叔倒沒得說，四弟妹那一張嘴，要誣衊人哪個能跑？」

魏正誼點頭，亦是慨嘆。「本是幼兒胡鬧，都是小事，哪知她竟往天大裡去鬧，還驚動了父親。今日我見慶哥兒、蘭哥兒竟也聽憑氏攛掇，都是些心術不正的，往後讓相思與他們少接觸，免得太過親近又要惹出事端來。」

「豈是那麼容易的？他們都在啟香堂上學，同車接送，如何能少接觸？」魏正誼嘆了一聲。「的確是難辦……」

「經過此事，讓翠陌平日小心些，常伴相思左右便出不了什麼岔子，我擔心的卻是另一樁……」楚氏躊躇。

第六章

「什麼事？」

楚氏此時正坐在床邊，輕輕給程馨掖好被角，這才道：「你我子嗣艱難，懷思兒時時逢你三十有五，因家規嚴厲，才不得不將思兒扮作男兒身。如今她年幼尚可，我只擔心……擔心以後怎麼辦……總不能讓她一直如此。」

魏家祖上有一條家規，雖是嫡子繼承家業，但這嫡子須有兒子，若到了三十五歲依舊無子，須得讓出這掌家之位，是故楚氏才有此一說。

魏正誼為了生出兒子，讓人尋了兩名好生養的女子納入府中，只是這兩個妾室竟是專生女兒的。到了魏正誼三十五歲的年紀，楚氏終於有孕，魏正誼專門請了西山岳王廟裡的劉半仙算了一卦，劉半仙直說是個兒子，魏正誼千恩萬謝地封了紅包，坐在家裡等這兒子出世。

誰知臨盆那天，孩子呱呱墜地，哪裡是什麼小子，分明是個粉嫩嫩的女娃娃，魏正誼當下心如死灰。

眼見這偌大的家業都要拱手讓人，魏正誼便生出些許膽子來，與楚氏合計狸貓換太……不，是母貓變公貓，矇騙了府裡上下。

那接生的穩婆和翠陌本是楚氏娘家人，倒是可靠，魏正誼又備了厚禮去酬謝劉半仙，當真未惹人懷疑。當初兩人本想著能瞞一時是一時，等生了兒子再說，哪知一晃六年，竟一無所出，大抵是魏正誼早早絕了種。

想到此事，魏正誼也十分頭痛，嘆道：「當初哪承想會是如今的局面，當下也不知該怎麼辦？瞞得一時是一時。」

不多時，兩人吹燈離去，黑暗中程馨翻了個身，哀鳴一聲。健康教育課說了，女性到了青春期胸部會發育，到時她是不是得把胸部束起來？健康教育課還說了，女性到了青春期聲音會變得尖細，所以她那時應該會變成真正的「娘娘腔」了吧……

次日天未亮，翠陌便喚程馨起床。程馨昨晚沒睡好，兩個黑眼圈尤重，翠陌洗了條涼帕子敷了一會兒才稍稍好些。到正廳時見魏正誼與楚氏已經收拾妥當，楚氏面色也不甚好，想來昨夜應是沒怎麼睡。

楚氏從翠陌懷裡接過程馨，手指捋了捋她鬢角的碎髮，卻沒說什麼，幾人便往春暉院去了。三人每天晨起都要去魏老太爺處報到，類似上班要按時打卡一般。

幾人到了春暉院，就見魏老太爺身著絳紫色綢衫，腳踩玄色布鞋，正和魏興在院子裡散步，三人上前請安，魏老太爺氣色極好，慈愛地摸了摸程馨的腦袋，又叮囑幾句「好好學習」之類的話，三人才退了。

誰知寃家路窄，剛到門口便見魏正孝、馮氏一行四人，魏相蘭睡眼朦朧如幽魂般，魏相慶則有些鬱鬱寡歡，驀地看見程馨本想開口招呼，誰知程馨竟不看他，只得黯然走了。

回到章華院，廚房的趙嬤嬤已經備好熱氣騰騰的早膳，翠陌盛了一碗粳米蓮子粥，桌上又有三、四樣甜鹹點心和四、五樣小菜，早餓得前胸貼後背的程馨便呼嚕呼嚕地吃起來。

楚氏給她挾了一塊單籠金乳酥，笑道：「思兒是真餓了，何時見她吃得這麼痛快，以前哪次不是滿院追著餵？」

程馨咧嘴傻笑，手不禁捏了捏自己紙一般薄的肚皮，心道：怪不得這身體瘦成這樣，身體是本錢，健康才是福啊！

吃罷飯，依舊是翠陌陪著程馨去上學，兩人到了門口，相慶、相蘭已經早早在車上等著了，翠陌把程馨抱上車，與劉嬤嬤一前一後跟著馬車。

程馨上車時只與相蘭打了聲招呼，完全無視相慶，這讓相慶心中忐忑，時不時偷偷瞧她，卻不敢輕易開口說話，這時馬車一晃，相慶急忙抓住程馨的手，關切道：「思弟小心，別摔倒了。」

程馨抽出自己的手，輕哼一聲不做理會。相慶又在自己的書箱裡翻找，不知是找什麼，直急得滿頭是汗，才掏出了一個小包，獻寶似地捧到程馨面前，討好道：「思弟，這是我舅舅從信州府帶回來的酥皮酪，我特意給你留的，嚐嚐。」

相慶展開那小包，只見上面端端正正躺著兩塊乳白色酪糕，散發出淡淡奶香，程馨嚥了嚥口水，依舊轉頭不理會。

魏相慶這下沒了主意。他心中有些納悶，往日若惹了魏相思生氣，只消賠個禮，或是帶些點心果子，這氣就消了，今兒怎麼不管用了？

從魏家大宅到啟香堂大約一炷香的時間，程馨下了馬車，見街上已經停了一排馬車，頗為壯觀氣派。原來這還是個貴族學校？

她正要往裡走，卻看見一個男孩從街角往這邊走，看著好像是坐鄰桌那個，也是唯一認真聽課的，好像叫什麼「亭」來著？

那男孩身材與魏相慶差不多，不過七、八歲模樣，但偏生得少年老成，倒比教書先生還要古板正經些。

正如程馨所想，這啟香堂本是沈香會辦的學堂，專收藥商子弟辨藥、識藥，以後好繼承家裡祖業。沈香會會長的小兒子如今也在啟香堂上學，名喚沈成茂，從小就是沈家的寶貝霸王，從不捨得動他一根手指頭，所以這沈成茂便有些無法無天。

富貴和貧窮總是矛盾的，沈成茂看見那每天走路來上學的顧長亭便不開心，他想著顧長亭家裡窮得揭不開鍋，家中更沒有做官的，連飯都吃不上還要和他一樣來上學，他這樣的破落戶偏偏要裝清高，實在可氣。

是故平時沈成茂總找顧長亭的麻煩，只盼望他早日絕了癡心妄想，回家謀生計去。

他此時正站在書院門口，旁邊幾個是家長同在沈香會裡任職的藥商子弟，他們在等顧長亭走過來，這是他們每天清晨要做的趣事。

不多時顧長亭從他們面前經過，沈成茂對旁邊一個大個子男孩使了個眼色，那男孩十分熟練地擋住他的去路。顧長亭沒吭聲，繞過大個子男孩要進學堂，大個子男孩卻又敏捷地擋住他的去路。

沈成茂湊過去，拍了拍他的肩膀，嬉笑道：「顧少爺真樸素，這麼遠的路都是用腳走來的啊？連車都坐不起，還上什麼學？」

大個子男孩推了顧長亭一把，奚落道：「就是！看你這一身破爛，穿出來也不知道丟人，破落戶憑什麼像我們一樣讀書！」

「就是，看他的鞋子都破了！」

「家裡都喝風了，還要裝清高……」

那幾個藥商子弟紛紛附和道，聲音響亮，像是怕別人聽不見般。

被圍在中央的顧長亭似乎早已習慣這充滿惡意的鬧劇，直挺挺地站在那裡，抿唇不語。旁邊偶有來遲的學童，經過他時或是報以譏諷一瞥，或是會心一笑，沒有一個出來阻止的。一邊是這雲州府最有錢有勢的沈香會富貴子弟，另一邊是個三餐不繼的貧苦男孩，誰會阻止呢？

程馨木然地看著這一切，同樣沒有動作。好在很快地書院的掌教裘先生來了，幾個孩童才散去，那男孩卻在原地站了好一會兒。

「他叫顧長亭，家裡原來也殷實，但他剛出生時，顧家的老爺出門販藥，遇上洪水，藥和人都被沖走了，販藥的錢有些是從別處借來的，結果出事後便把祖產也賠上了。」魏相慶終於找到獻媚的機會，恨不能好好表現，於是又補充道：「他好像和咱們家還沾點親戚關係，我好像聽魏老管家說過的……」

小時候程馨最喜歡一首詩：

十年磨一劍，霜刃未曾試。
今日把示君，誰有不平事？

她那時多希望這世上有懲惡獎善的大俠，遇見欺凌弱小的惡霸，手起刀落，斬其頭於馬下。

但程馨等了整個青春，都沒等來這大俠，彼時她才知：這世上本沒有大俠，有的不過一盤紅燒大蝦。

上課的依舊是昨兒那位長袍先生，姓吳，講的依舊是某味中藥的功用之類，程馨無精打采，在書本上鬼畫符，總算挨到中午。

翠陌與劉嬤嬤送了熱騰騰的飯菜來，程馨與相慶、相蘭兩兄弟端著飯準備到側廂房吃，臨出門看見那名叫顧長亭的男孩從書箱裡拿出一個方方正正的布包，不用想也知道，那是他早晨從家裡帶來的午飯。

魏家也是雲州府裡的大戶人家，但魏老太爺生性吝嗇小氣，府裡從來不敢鋪張浪費，送來的不過是兩菜一飯，只是做得精細可口；而這些學童之中，有家裡闊氣的，竟差家僕送來十幾碟山珍海味，一個孩子如何吃得下？但擺闊氣不犯法，誰管呢？

程馨剛剛坐定，便見顧長亭從門口進來，他手中拿著那小小布包揀了一個角落坐下。不多時沈成茂和幾個學童也進門來，幾人身後跟了十幾個僕從，手中有拎著食盒的，有捧著果盤糕點的。那沈成茂不過八歲年紀，卻已生了一副醜惡心腸，不安分吃飯，反倒領著幾人坐到顧長亭身旁。

飯菜鋪開，這面是雞魚肘子、鮑魚海味，那面是一盒粗粳米飯，沈成茂「嘖嘖嘖」地咂了咂嘴，故態復萌。「顧少爺的飯盒好寒酸啊，蘿蔔乾配粳米飯能下嚥嗎？我爹說那是餵馬的。」

旁邊有學童幫腔。「我家馬都不吃這些，都是餵牲畜的。」

彷彿覺得這話俏皮可笑，一個個笑得前仰後合，只有顧長亭悶頭吃飯，一言不發。

沈成茂眨了眨眼睛，把面前一盤蔥香鮑魚推到他面前。「喏，反正我也吃不了，給你吃吧！」

顧長亭專心吃著自己的粳米飯，看也未看那推過來的鮑魚。

沈成茂一看魚不上鈎，奸計難成，說變臉就變臉，一把掀翻了顧長亭的飯盒，裡面的米飯灑得滿地都是。隔壁的吳先生聽見聲響過來一看，當下厲聲問道：「這是怎麼回事？」

沈成茂早已換了一副嘴臉，難以置信地指著顧長亭，誣衊道：「顧長亭要與我們換菜吃，我們不幹，他一生氣就把自己的飯盒給翻了。」

旁邊立即有幫腔的，由不得吳先生不信，此時顧長亭終於開口，卻只有倔強的三個字。

「我沒有。」

吳先生懶得理這糊塗帳，只讓顧長亭把殘飯收拾了，去門外罰站，竟絲毫不聽他解釋。臨了吳先生還忍不住奚落。「小門小戶就安分些，別總想著巴攀富貴人家。」

為人師表做到這個分上，也真是出類拔萃了。

中午有半個時辰小憩，外面太陽毒辣辣的，廂房裡卻十分涼爽，這班學童愜意地睡了個午覺，懶懶散散地往正堂走，走到門口的時候程馨看見顧長亭還站在門外，太陽曬得他滿臉通紅，額頭上沁出細密的汗珠。

那不過是一個八歲男孩，身上長滿刺，卻不能保護自己。

正午過後，太陽像火盆一樣，程馨在屋裡都感覺到外面撲進來的熱浪，但吳先生似乎忘了顧長亭還在外面站著，又或許他只是懶得理會。中暑而已，權當是教訓，以後也少給他惹些麻煩。

程馨坐在窗邊，見門外的顧長亭身形有些不穩，於是從袖子裡窸窸窣窣掏出一顆多汁的鮮桃來，這是翠陌中午悄悄塞給她的。

「給你吃桃子。」程馨一面把桃子從窗口伸出去，一面壓低聲音喚顧長亭。

誰知那顧長亭只看了她一眼，卻不接桃子。

「你吃吧，先生看不見的。」程馨又說。

顧長亭依舊沒動。

「我特意……」程馨的話還沒說完，就被吳先生近在耳邊的聲音給嚇掉了桃子。

「魏相思你不聽課幹什麼呢！」吳先生臉色青黑，站在她的桌前。

「我……我……」程馨支支吾吾，一時找不到好藉口。

吳先生看著她伸出窗外的胳膊，斥責道：「你手裡拿的什麼？」

程馨把空空如也的手收回來，囁嚅道：「我感受一下大自然的氣息……」

「哈哈哈哈！魏家小子犯傻啦！」

「就是、就是！笑死我啦！」

堂內爆發出陣陣笑聲，魏相思尷尬地搓了搓手，友善而純良地看著鬍子都氣歪了的吳先生。

吳先生很不喜歡這魏相思，但礙於他曾收了魏老爺送的年節賀禮，便未責罰他。

直到放學，顧長亭才進了堂裡，腳步虛浮，收拾了書箱出去。

程馨和相蘭、相慶兩兄弟出門，馬車已等在門口，來接的除了劉婆還有一個丫鬟，是楚氏房裡的香附，說翠陌今兒下午吃壞了肚子，上吐下瀉，與夫人請了兩日假，這兩日她來接送，程馨應了，並未放在心上。

然而兩天之後，翠陌並未回來，程馨問起，香附說她病得越發厲害，請了大夫來看，吃了六、七副湯藥也不見好轉，如今人都站不起來了。

程馨想，如今正是盛夏，也許是腸胃感冒，吃些藥應是沒什麼問題，便上學去了，等回來時，見房裡只有楚氏一人，她面色有些不好，見程馨進來便拉著她的手，道：「翠陌去了。」

程馨難以置信地睜大眼睛，又聽楚氏道：「翠陌昨兒開始便吃什麼吐什麼，人也瘦得不成樣子，今兒中午我差人去看時，已嚥氣了，可憐她這麼點的歲數就沒了。」

程馨驚嚇不小。翠陌不過十五、六歲，身體應該不錯，只是腸胃感冒就要了她的命？她又想到，這裡是缺醫少藥的古代，是拿泥鰍治黃疸、拿汞當仙丹的時代，這點病當然能要人命……只可惜翠陌這樣年輕。

與翠陌相比，她這副身體更加弱小啊……她摸了摸自己細弱的脖子，驚恐萬分地嚥了口唾沫。

自此之後，魏家長房小少爺就像吃錯藥一樣，每日都讓丫鬟早早把她叫醒，天未亮就沿著院牆奔跑。

也是這天，程馨開始認真思考要怎麼才能在這有病難醫的世界裡，無病無災地長大……

第七章

今兒是魏老太爺七十大壽，魏家在雲州府是個大戶人家，平日有生意來往的，或是沾親帶故的人家，都來行禮祝壽。

作為魏老太爺的嫡孫，魏相思這日起得格外早，天光未亮，便與魏正誼和楚氏去春暉院請安，三人到時魏老太爺正在更衣，等了一盞茶的時間，才和魏興一同來到正廳。

今日魏老太爺顯得格外精神抖擻，白胖的臉上略有些喜慶的紅暈，頭上紮著一條嵌寶珠的栗色髮帶，身穿絳紅五福捧壽樣子的褂袍，十分氣派。

魏正誼帶著楚氏和魏相思上前跪拜，祝道：「兒子祝父親福氣綿長，萬壽無疆。」同來的還有現今府中的鄭管事，管事奉上早已準備好的賀壽三件套，也說了句吉祥話，魏老太爺呵呵笑著讓魏興收下，又與魏正誼說了些話，正要問魏相思話，卻有人進屋稟報，說是三爺來了。

不多時丫鬟引著四個人進門，為首一人四十歲上下，鷹鼻薄唇，眼睛略有些渾濁，一看便知常年沈迷酒色，此人正是魏老太爺庶出的三兒子魏正信。旁邊跟著魏正信的夫人秦氏，秦氏身材微胖，生得不美不醜，只是平常，面上稍有倦意，雖用厚厚的脂粉掩蓋，卻掩蓋不住。

兩人身後跟著兩名十三、四歲的少年，肖似父親的少年名喚魏相學，肖似母親的名喚魏相玉，兩少年只偷瞄了魏相思一眼，便規規矩矩垂手而立。

魏正信同樣帶著自己妻兒給魏老太爺磕頭，說些祝福的吉祥話，又送上精心準備的壽禮。魏老太爺笑呵呵地問那兩位少年。「你倆去年升學去了沈香堂，可有用心讀書？」

魏相學拱手施禮，分明是個少年，卻偏做出老成持重的模樣，魏相思覺得十分不協調，極力忍笑，少不得面目扭曲些，偏偏旁的人並無異常，顯然這在他們的眼中才是正常。

卻聽那少年道：「學兒和玉弟自然盡心鑽研，為家門爭光。」

那沈香堂魏相思聽丫鬟提起過，學子都是從啟香堂裡挑選出來的，學的是更為高深的課程。

聽聞魏老太爺關心兩個兒子的學業，秦氏略略驕傲，笑盈盈道：「學兒和玉兒自當用心學習，前兒沈香堂月試，得了第三、第四的好成績呢！」

魏老太爺點點頭，再說些關心慈愛的話，便等來了老四一家。

魏老太爺的第四個兒子同樣沒有什麼新意，依舊是磕頭、吉祥話、送禮。魏相思忽然覺得整個魏家就是個上市公司，魏老太爺相當於這公司的董事長，她爹魏正誼相當於CEO，三房、四房是職位稍低的總經理，今兒董事長過生日，他們這些下屬自然殷勤得很，都想在董事長面前好生表現一番。

楚氏讓丫鬟端上了八碟喜餅果子，果子上或印「福」字，或印「壽」字，十分可愛喜人。楚氏盈盈上前，指著那喜餅果子道：「兒媳知道父親喜歡甜食，前幾日特讓人從韶州府帶了槐花醬、桂花蜜，今早親手做了這果子祝壽，還請父親別怪兒媳手藝笨拙。」

魏老太爺揀起一顆果子放進嘴裡，只覺果子酥軟可口，唇齒留著槐花、桂花的甜香，連讚了幾個「好」，讓丫鬟也拿去給幾個孩子分食。等喜餅果子輪到魏相思這裡時，盤裡孤零零躺著最後一顆，旁邊的魏相慶也還沒吃呢！

魏相思拿起最後一顆果子十分慷慨友愛地遞給了魏相慶，還親熱道：「給慶哥哥吃吧，我不喜歡吃甜的。」

魏相慶整個人愣在原處。這幾日魏相思對他冷淡不理，話都不屑說，今日怎麼卻態度大轉彎？他正納悶，魏相思卻把果子塞進他手裡，甜甜笑著。

魏相思自然沒這麼寬廣的心胸，奈何那魏老太爺正看著，是故才演了這一齣戲，人生真是全靠演技過活啊！

眾人吃罷果子，秦氏拍拍手，有小廝捧著兩本書上前，魏老太爺不解道：「三兒媳，這是何物？」

秦氏掩唇一笑。「學兒、玉兒有孝心，知道父親過壽，他們小輩的沒什麼可送的，便各抄了《法華經》和《藥師經》祝禱父親身體康健。」

馮氏幾不可見地翻了個白眼，分明看不慣秦氏獻寶一般地顯擺，偏又不能發作，誰知那秦氏卻話鋒一轉，問她道：「不知慶哥兒和蘭哥兒拿什麼表孝心呢？」

魏相慶和魏相蘭自然是沒有準備的。往年魏老太爺過壽，也不過是各房同備了一份禮，偏今年秦氏弄出這些么蛾子來。

馮氏又惱又羞，冷哼一聲。「既是孝心，自己知道就是了，何必還要擺到人家眼皮子底下，生怕別人看不見似的。」

秦氏也不惱，笑了兩聲。「我聽說慶哥兒和蘭哥兒沒事在屋裡抄《孝經》，雖沒拿出來給人看，想來應該是極為孝順的。」

魏相慶和魏相蘭抄《孝經》是被魏老太爺罰了，這事府裡誰人不知道，秦氏卻故意拿這話奚落馮氏，馮氏縱是個嘴尖舌巧的，卻奈何一來有錯在先底氣弱，二來今兒是魏老太爺的生辰，撕破了臉怕老太爺不悅，於是生生忍下，只等日後再算帳。

秦氏奚落幾番，見馮氏不回應，便轉向魏相思這邊，正要發問，哪知魏相思竟先站了出來，從丫鬟手中接過一個紅布包裹的方扁框子，恭恭敬敬地遞到魏老太爺面前。

「孫兒知道咱們家是靠藥材發家的，爺爺又讓我們去啟香堂、沈香堂學習，以後也是希望我們能做藥材生意，所以孫兒親自做了這個掛畫，祝爺爺福壽安康。」魏相思把「親自」兩個字咬得極重，生怕別人沒聽見。

魏老太爺展開，見是一幅「壽」字，只是這字並非用筆墨寫就，而是用四種不同花紋的小圓木片黏在布上。魏興也湊過去看，指著壽字開頭一筆，驚詫問道：「這是木芙蓉的枝幹切片？」

魏相思點點頭，魏興又指著其他三種貼片問：「那這三種是什麼？」

旁邊的秦氏也伸著脖子去看，卻見魏老太爺斜了老管家一眼。「一種是澤葛根，一種是木棉枝，還有一種是……」

「是雪菖蒲！」魏興驚呼一聲，嘆道：「正好各取這四種藥材名中的一個字，合在一起就是『福澤綿長』。」

「就你聰明！」魏老太爺哂了一聲，摸了摸那個用藥材貼片黏成的壽字，對魏相思道：「你這壽禮著實有些新意，難得你能想出這點子。」

魏相思忙趁熱拍馬屁。「孫兒只是時常想著爺爺的教誨，就忽然有了這想法。」

魏老太爺點點頭，不無欣賞之意。

看著魏老太爺滿意，魏相思暗暗鬆了一口氣。別看這幅字不大，卻花了她幾個晚上挑燈夜戰。董事長過生日，她這個候補CEO怎麼也要出些力氣拍馬屁，一想到自己以後的前途還要靠董事長，熬些夜，受些累，她倒覺得有滋有味。

一時她得到魏老太爺的誇獎，廳中眾人面色各異，又喝了一盞茶，便移駕慈安堂準備迎客。

第八章

魏家祖上本有些產業，但人常說富不過三代，到了魏老太爺這一輩，家中產業寥落，入不敷出，是故魏老太爺十四歲輟學，隨父經商，沒想到頗有經商的才能，漸漸將本已要關門的藥材鋪子經營起來，十年的時間，魏家便已煥然一新。

雲州府本是藥材商人聚集的福地，這裡往上數三十輩，亦有不少靠藥材吃飯的，藥商之間自然或多或少有些交集，且生意場上多個朋友總是好的，是故雲州府的商賈之家多有來往。

魏老太爺如今算是老一輩裡頗有些威望的，今日來賀壽的自然不少。魏相思一家與三房、四房均在慈安堂前站成一排，來了客人先與魏正誼寒暄，他們這些小輩便行禮問好，然後再引客人去拜見魏老太爺，一個上午竟絲毫不得閒。魏相思覺得腰都要斷了，只得悄悄地揉著，偏叫魏相蘭看見了，平白得了個鄙夷的大白眼。

這時來了個頭髮花白的老人，年紀似乎比魏老太爺還要長些，只是這人佝僂著，似乎有病，及近了更見他雙手顫抖如篩，魏正誼卻是認識這人，忙迎上去，雙手攙扶著，問候道：「秦五叔來了，父親見到您一定高興。」

那人顫顫巍巍點點頭，嘴裡含糊不清地說了兩句，又受了魏相思這幫晚輩的禮，便被引著去了魏老太爺處。
　　其實這秦老太爺只比魏老太爺虛長兩月，年輕時兩人一起走南闖北，雖不說肝膽相照，但當時也是相互投緣的；只是如今秦老太爺頭腦混沌，說話也不清楚，魏老太爺與他說話他只點頭哼哈答應著，他說話魏老太爺又聽不清，倒像是鴨子聽雷。
　　秦家後生扶著秦老太爺落坐，魏老太爺卻稍稍有些感慨，忍不住對魏興道：「本是個精明能幹的，偏偏迷上了吃仙丹，想求長生，讓後半生都不好過了。」
　　這時門外有些嘈雜，魏相思往門外看，看見個五十歲上下的中年人被引著往這邊來。那人寬額方臉，濃眉虎目，穿一件堆繡玄色錦袍，蹬著一雙紅底玄色朝靴，後面還跟著三、四個僕從，只覺得這人有些眼熟，卻又分明是沒見過的。
　　那人才踏進慈安堂，堂內眾人瞬間安靜了，接著便是不絕於耳的寒暄問候聲，那玄袍中年人一一笑著回了，這才轉向魏正誼，行了一禮，笑道：「今早會中有事，我來遲了，賢弟莫怪。」
　　魏正誼連忙避讓開，虛扶一把。「豈敢、豈敢，沈香會事務繁忙，會長大人能親自到訪，實在是蓬蓽生輝了。」
　　魏相思這才知道這眼熟是哪裡來的。這人既然是沈香會的會長，那就是沈成茂的親爹沈繼和了，按照沈成茂在啟香堂裡肆意欺凌的那番作為，魏相思充滿偏見地覺得沈繼和也不是什麼好人。

沈繼和似福至心靈一般，這時低頭去看魏相思，嚇得魏相思懷疑自己是不是不自覺把心中所想宣之於口，卻聽沈繼和十分誠懇道：「令公子與府中另兩位在啟香堂讀書的少爺確實出類拔萃，茂兒回家總是與我提起，想必將來定能成一番大事。」

魏正誼自然只得謙虛退讓，又加倍地誇回去，寒暄得差不多，魏正誼便親自引著沈繼和去見魏老太爺，照例先恭維誇獎一番。

誇得兩相歡喜後，魏老太爺問道：「不知今年南方六州的藥材年景如何？」

沈繼和笑道：「今年多虧藥師仙王保佑，除了淮州府那裡略有小旱，其他幾州風調雨順，這是近十年都沒見到的好光景了，沈香會今年也承情安閒許多。」

魏老太爺點點頭。「這真是再好不過了。去年韶州府發洪水，藥田毀了近半，苦了你們風裡來、雨裡去的救人、救田、救藥。」

沈繼和連忙拱手。「沈某不過是在其位、謀其政罷了，坐在沈香會長的位置上，總要盡忠職守；倒是多虧咱們雲州府這些藥商解囊相助，不然我們也是『巧婦難為無米之炊』呀！」

說罷兩人都哈哈笑了起來。堂裡的賓客有見過沈繼和的，也有沒見過的，此時雖沒加入談話中，卻都豎耳傾聽，生怕漏聽了什麼。

此時堂裡已開了宴席，有不認識沈繼和的人來敬魏老太爺酒，敬罷再去敬沈繼和，想著混個臉熟。那沈繼和倒也沒有什麼架子，來敬酒的也都受了，十分親切。

正是賓主盡歡之時，忽聽見有一人高喊。「秦老太爺暈倒了！秦老太爺吐白沫了！」

眾人循聲望去，就見秦老太爺躺在地上抽搐，魏相思也踮起腳尖想看個熱鬧，奈何只能從人縫裡看見秦老太爺吐白沫。這是癲癇？

事發突然，眾人都亂了，潑水的、搧耳光的、往嘴裡塞饅頭的，無所不用其極，偏沒有一樣好使的。這時聽得一聲「讓開」，從門外竄進來一個靛藍的影子，穿過避讓的人群徑直奔著秦老太爺的方向去。

眾人只見那身著靛藍長衫的男子從袖中抽出一個布包，又從布包中抽出一根銀針，毫不猶豫地扎進秦老太爺頭頂大穴中，那陪秦老太爺同來的秦家後生當下大駭，喝道：「你是何人！」

那人卻理也未理，又連連拿出數十根針，全部刺入秦老太爺的腦中。那後生急了，想要去攔，手卻被人抓住，抬頭去看，卻是魏府老管家魏興。

「秦家少爺，這位是忍冬閣的戚寒水戚先生，你且放心讓戚先生施針，切不可擾亂。」

那秦家後生驚訝得說不出話來。「忍冬閣的戚……戚先生！」

別說那秦家後生驚訝，便是沈繼和聽了那「忍冬閣戚寒水」幾個字，也是驚詫莫名。只是堂內卻有一人完全處於懵懂的狀態，這個人就是魏相思。一來她不知道忍冬閣是啥地方，二來她也不知道戚寒水是誰，本想問問魏相蘭，偏偏魏相蘭不知何時溜出去了。

魏相慶見魏相思一副不明所以的樣子，加上先前魏相思遞給他果子，便覺得兩人這是前仇盡消了，忙殷勤解釋道：「忍冬閣是北方十三郡醫術最高明醫者的所在，咱們南方六州的藥商、藥農以沈香會為尊，北方的醫者以忍冬閣為首，我聽說連皇宮太醫院的大夫都是從忍冬閣裡出來的。」

「那這老頭又是誰？」

魏相慶連忙做了個「噓」的手勢，壓低聲音道：「戚寒水是誰你都不知道？忍冬閣下分為青白堂和赭紅堂，青白堂主內息調理，赭紅堂主外傷醫治，這位戚先生正是赭紅堂的堂主，他配的金剛散是療傷聖藥，聽說早些年皇上打獵受了傷都是請他去治的呢！」

魏相思對這忍冬閣確實不瞭解，好奇問道：「忍冬閣的青白堂和赭紅堂與咱們的啟香堂和沈香堂是一個意思嗎？」

魏相慶一拍腦門。「那可差遠了！啟香堂和沈香堂不過是沈香會辦的學堂而已，怎麼能和青白堂、赭紅堂相提並論呢？這兩堂裡可都是醫術高明的大夫，治病救人的！」

魏相思抓了抓腦袋，粗略覺得可以把忍冬閣理解成聲名遠播的古代私立醫院，醫院分為兩個科別，一個是神經內分泌與胃腸內科，另一個是急重症外科。

她正在胡思亂想，秦老太爺那邊卻悠悠轉醒，戚寒水一邊收銀針，一邊頭也不抬地對那秦家後生道：「別讓你家老太爺吃『仙丹』了，他這種吃法遲早駕鶴西歸。」

戚寒水這話說得絲毫沒有醫家的慈悲心腸，反倒有些刻薄。那秦家後生心中雖不忿，但念及戚寒水的名聲，只得忍氣吞聲求道：「還請戚先生慈心施救！」

戚寒水身材不高，生得乾瘦，一張臉皮也如老樹皮般布滿丘壑，冷著臉的時候格外冷森森。「他自己不知節制，我更沒有多餘的慈心了。」

說罷竟是轉身走到魏老太爺面前拱了拱手，不理那秦家後生。「魏老太爺安好，戚某奉閣主之命，帶上薄禮，替閣主賀老太爺壽。」

「戚先生長途奔波辛苦，勞累戚先生這一趟才是過意不去，不知溫閣主可還安好？」對於戚寒水的行事作風，魏老太爺早有耳聞。

「閣主尚好，本想親自前來賀壽，只因事急從權未能前來。」戚寒水拍拍手，從外間進來八個青年，手中各捧著一個錦盒，戚寒水打開其中兩個錦盒，一個裡面裝著一枝碧色的風乾蓮花，另一個裝著一個晶瑩剔透的犀角，盒子打開立刻便有清幽香氣逸散開來。

「早年少閣主病重，四處尋訪木香犀角而不得，多虧魏老太爺割愛，才救得少閣主一命，閣主念念不忘，尋訪多年終於找到這一個，特來奉還；另有夏枯蓮、人形首烏、雲莽山福芝幾件，為魏老太爺賀壽。」

此言一出，堂內眾人皆驚。這幾件東西都是世上少有，每件都要價千金，這忍冬閣出手也太闊氣了！

魏老太爺當初送出那木香犀角並不圖回報，如今忍冬閣回送了這麼一份大禮他只能笑納，也聽出戚寒水言外之意，真誠問道：「溫閣主的急事可是與少閣主的病有關？」

那戚寒水倒也不隱瞞，平靜淡然道：「少閣主吉人天相，定會無事。」

宴罷，魏老太爺留戚寒水小住，那戚寒水也想在雲州府留些時日，便託魏老太爺幫忙尋一處清淨宅院，這幾日暫且住在魏府。

一回章華院，魏相思便如爛泥一般癱在地上。她如今這副身體像豆腐渣做的，十分不禁折騰，站著一天又是陪笑、又是彎腰，整個人都要散了，正要昏睡過去時，聽得楚氏在門外輕喚，她迷迷糊糊應了一聲，楚氏便推門進來了。

楚氏搖了搖她，她哼哼兩聲沒睜眼，卻聽楚氏道：「白芍、紅藥，以後妳們便跟著相思了，要好生照顧才是。」

魏相思一下清醒了，一個翻身坐起來，便看見眼前站了兩個七、八歲的小丫頭，一個小丫頭穿著水紅長裙，頭上梳著雙平髻，正好奇地盯著她；另一個小丫頭穿著白裙，怯生生地垂著眼，卻又忍不住想抬頭看，半邊身子都躲在紅衣丫頭的背後。

楚氏見魏相思起來了，忙拉了紅衣小丫頭。「這是紅藥。」又拉了白衣膽小的小丫頭。「這是白芍，以後她們兩個就在妳屋裡伺候了。」

魏相思嘿嘿一笑，親切地拉著兩個小丫頭的手。「明早妳倆早點起，咱們組團跑步去！」

第九章

楚氏剛安排白芍、紅藥兩個小丫頭在偏房睡下，魏正誼也終於處理完府中事務回到章華院，見楚氏不在房裡，便直奔魏相思這屋來了。

楚氏忙讓下人奉茶，自己又給魏正誼揉了揉太陽穴，問道：「戚先生安歇了？」

「嗯，晚間父親又親自去了一趟，我陪著說了會兒話，又用了晚飯。」魏正誼牽過楚氏的手。「今日妳也辛苦了，別忙活了。」

楚氏笑了笑，看了魏相思一眼。「思兒今兒怕是累壞了，我方才叫她完全不理呢！」

魏正誼卻嘆息一聲沒有接話。楚氏想起今日戚寒水說的話，不禁問道：「夫君可是因忍冬閣少主的事煩愁？」

「怕是溫閣主的獨子活不久了。」

楚氏一驚，難以置信道：「溫閣主是北方十三郡醫術最高明的，如何醫不好自己親兒的病？」

「妳有所不知。那溫少閣主的母親是當今太后最小的女兒頤和公主，頤和公主自小纏綿病榻，後經溫閣主親自醫治，身體才轉好了，頤和公主便向太后求賜了這門地位懸殊的婚事。頤和公主身體不好，溫少閣主出生時便帶了先天不足的毛病，三天一小病，五天一大病，吃的藥比吃的飯還多。」

「這溫少閣主也的確苦命。」楚氏嘆息。

「誰說不是呢，好在他生在這樣的家裡，若是平常百姓家，只怕早早就死了。」魏正誼慨嘆。「溫閣主有個師叔，醫術自有精妙之處，只是性子不容於世。溫少閣主長到兩歲時發燒不止，氣喘難平，眼看隨時都有性命之憂，溫閣主便去求這個師叔，那師叔看了雖勉強施針，卻斷言『這病秧子活不過八歲』，現在溫少閣主正是八歲年紀，想來是大限將至了。」

「可惜了。」楚氏搖頭。

「唉，生在那樣萬裡挑一的家門裡，偏偏命不久長，原本閻王面前真是人人平等。」

魏相思閉目聽著。她尋思既是先天的毛病，又這麼多年都沒治好，想來那溫少閣主確實是沒救了吧！

戚寒水在魏府住了幾日，均是早出晚歸，出門卻不是去藥房，而是去一些小街巷裡閒逛，不知在找什麼？

這幾日沈繼和也時常來魏府探望戚寒水，想讓他在啟香堂上幾堂課，戚寒水毫不留情地拒絕了幾次，但禁受不住沈繼和的熱情和執著，最後只勉強答應等安定下來再說。

幾日後他竟真的找到一處清淨宜居的宅子，魏正誼安排幾個人幫忙搬東西，當晚又在家中設酒席辭別，第二日戚寒水便搬了出去。

假期結束，魏相思與相慶、相蘭兩兄弟如常開始了請安打卡、出門上學的生活，魏相思對上課依舊維持得過且過的態度，那吳先生也不管。

課間休息，沈成茂竟沒找顧長亭的麻煩，只是笑著看他，不知藏了什麼壞心思？等到了上課的時間，吳先生方進門便被一個紙團砸到腦門，驚惶之下怒問：「誰扔的？到底是誰扔的！」

一個沈成茂的跟屁蟲應道：「學生看見是顧長亭扔的。」

吳先生狠狠瞪了顧長亭一眼，把那紙團撿起來打開一看，立時鼻子都氣歪了，只見上面寫著：

老吳老吳不害臊，拿了銀子哈哈笑。貪財不應做老師，老婆喊你去販藥。

吳先生昨日一小妾過生日，收了幾個學生家裡送去的賀禮，如今又看見這歪詩，是又羞又怒，當下怒喝一聲。「顧長亭你竟敢辱罵先生，你給我出來！」

顧長亭並不知那紙上寫什麼，只得依言走上前去行了個禮。「先生，紙團不是我扔的。」

吳先生的無名火正無處發，哪聽得進去？更何況是個無財無勢窮學生的解釋，當下抽出戒尺來，喝道：「伸出手來！」

「這紙條並不是我寫的，也不是我扔的。」顧長亭直直站著，定定看著吳先生。

沈成茂一干人就怕事情沒有鬧大，在下面起鬨。

「吳先生，我親眼看見是顧長亭寫的！」

「我也看見他用紙團扔您！」

「我聽見他罵您了，還說您是勢利小人，將來自己發達了要報復呢！」

所謂三人成虎，吳先生氣得渾身發抖，戒尺把桌子敲得咯咯作響。「你這渾學生，如今還窮困潦倒呢，還想著以後發達？我看你這輩子就是個破落戶，我才疏學淺，怕是教不了你了，你回家去吧！」

縱使顧長亭比同齡人要成熟些，卻也不過是個八歲的孩子，慌忙道：「先生不要讓我退學，這的確不是我做的。」

吳先生眯著赤紅的眼睛。「到現在你還撒謊，伸手！」

顧長亭不敢再違逆，默默伸出手來，他的手指修長，只是因為常年幫母親操勞家事而生了一層薄薄的繭。

「啪！」

戒尺打到手掌上發出巨大的響聲，嚇了魏相思一跳，她略有不忿，奈何心知吳先生不是個講理的，只能暫且忍著。

「啪啪啪！」又是三下，顧長亭的手掌眼看都紅腫起來，沈成茂在下面叫好拍手，那一幫跟屁蟲也高興得手舞足蹈。

吳先生高高揚起戒尺，正欲再打幾下出氣，門口卻忽然傳來一青年的聲音。

「吳先生且住手！」

吳先生一驚回頭，見是院中掌教裘寶嘉。這裘掌教年紀不到三十，卻詩文具佳，人又正直，原是韶州府一世家的庶子，因不能承襲家業，院長便請他來主理啟香堂和沈香堂的堂中事務，深受院長敬重。

「吳先生，院長兩年前便告知各先生，不可再動罰懲戒，不知此學生犯了什麼錯，讓先生忘了這事？」裘寶嘉微微顰眉，問道。

吳先生自是知道這事，但不過是個無權無勢的窮學生，打了又能如何？只要不得罪那些為院裡捐銀辦學的大戶人家，院長也是睜一隻眼、閉一隻眼的吧？偏這裘掌教還拿著棒槌當針穿了。

吳先生也不回答，只整理了略有些凌亂的長衫，正色凜然道：「此學生做歪詩辱罵師長，我正要帶他去見院長，逐他出院。」

「那詩何在？」

吳先生左翻右翻、前看後看，偏就找不著那紙團了，想來應是方才氣惱時扔到哪裡去了，硬聲道：「不知哪裡去了，裘掌教與我見院長去吧！」

裘寶嘉卻沒動，不笑不怒道：「院長去城外義診，要明晚才能回，吳先生若有事也請忍耐，先開課教書吧！」

吳先生憋得難受，哪裡上得了課，又見裘寶嘉這般冷淡的模樣，一甩袖子罷課走了。

裘寶嘉也不攔著，讓顧長亭回到自己的座位上，正準備開課教書，低頭卻見桌子與牆壁的角落裡蹲著一個五、六歲的圓臉小童。

「你怎麼在這裡蹲著？」

魏相思的蹲姿並不十分優雅美觀，吶吶道：「掉了個東西過來揀。」

裘寶嘉並未為難，只讓她快些回座位，開始講課。這裘掌教也是個中規中矩、十分謹慎的，凡是典籍古書中沒說的一律不多言，講得堂中學童睡了大半。

魏相思卻沒有睡意，同樣沒有睡意的還有顧長亭，他雖在專心聽課，卻能明顯看出此時心中滿是憂慮，魏相思見了嘆了口氣。

放學之後，魏家「三寶」徑直回家去了，一進門便看見魏興在廳前等著，說是魏老太爺有事找他們，一行四人去了魏老太爺住的春暉院。

如今暑熱難忍，魏相思所在的章華院即便晚上也少有涼風，誰知進了春暉院卻清涼無比，只見院內兩側種了參天的桐樹，樹蔭濃密卻不遮風，煞是涼爽。

一進正廳，便看見白胖的魏老太爺正躺在新搬來的藤椅上歇息，想來他也是怕熱，此時只穿了件白絹薄衣，一手搖著蒲扇，一手拿著帕子擦額上冒出的細密汗珠，一見三人來了，一個鯉魚打挺兒彈坐起來，指著桌上一個鐵片箍著的木匣子。

那木匣子外面還包著厚厚的棉布，只是棉布被木匣表面的水珠沁濕了，也不知裡面裝了什麼，卻聽魏老太爺焦急道：「官府今日開窖放冰，我讓人做了冰碗，等了一下午只等你們回來消暑。」

魏相思不知「冰碗」是何物，但既是冰做的，肯定是消暑救命的「良藥」。

相慶、相蘭兩兄弟卻知這「冰碗」是什麼，當下歡呼一聲，撲過去打開那匣子，魏相思也湊過去看。只見四四方方的小木匣裡擺放著四只碧玉小盞，小盞上各擺了一只晶瑩剔透的小冰碗，冰碗裡鋪滿了新鮮的桃仁碎片、鮮仁、菱角，果仁上堆著小山一般的冰屑，冰屑上還灑了幾個顏色鮮豔的蜜餞果脯。

魏相思嚥了嚥口水。這是刨冰？她沒想到竟能在這沒有冰箱和製冰機的時代吃到刨冰！當下驚喜莫名，雙手捧著那碧玉小盞放在眼前，絲絲涼氣逸散開來，在炎熱的空氣中現出一絲一縷的白色水霧來。

魏相思猶自沈浸在這碗奢侈的刨冰裡，卻有一雙白胖的大手從她手中拿走了那小盞，她眼巴巴去看，見那冰碗已易了主，魏老太爺正拿著瓷勺吃著，目睹這一幕的魏相慶急忙把手中尚未動過的冰碗塞進魏相思手中，自己又從冰匣子裡拿出最後一碗，一老三少便呼嚕呼嚕地吃起來。

這冰沙中灑了蜜糖，配著鮮杏仁、菱角和蜜餞，吃起來爽口又涼爽，當真享受，難為魏老太爺忍了這一下午。

少頃，四人不只吃完碗裡的冰沙，連小冰碗都吃了個乾淨，最後四人竟各捧一個碧玉小盞面面相覷。

魏老太爺舔了舔嘴唇，意猶未盡地嘟囔著。「不夠吃、不夠吃啊！」

另外三個小的心中也如此想，偏偏再沒有冰了。這時魏興帶著看門的小廝來到廳裡，魏老太爺一問，那看門的小廝答道：「門外來了個姓顧的夫人，說自己原是西山郡魏氏一門，如今有件急事要求見老太爺，但望老太爺允准。」

「西山郡的魏家？」魏老太爺納悶，卻是魏興提醒道：「老爺原有個七叔伯移居到西山郡，那夫人或許是那一支的後輩。」

魏老太爺經此提醒，也有些印象，讓小廝去請那位顧夫人，不多時便有個婦人隨那小廝進門。

婦人三十歲上下，穿一件半舊的白玉蘭色布裙，梳著雲髻，頭上插著兩支銀釵，生得一張芙蓉面孔，見到魏老太爺便盈盈拜倒，聲音沈靜。「相寧拜見老太爺，請老太爺安。」

魏老太爺正襟危坐，虛扶一把。「妳是『相』字輩的？」

「回老太爺話，老太爺七叔伯正是妾身的曾祖。」

魏老太爺請那婦人在位置上坐了，問道：「既是親戚，本應常走動，相互照應，早先怎沒過府裡來？」

那婦人雖不富貴，穿著還略顯寒酸，卻是不卑不亢。「妾身初嫁到雲州府時，曾來府中拜望過太夫人，只是後來夫家的生意折了，家中落魄，便不敢相擾。」

這婦人原來只拜望過太夫人，並未與魏老太爺謀面，是故後來太夫人仙逝，魏老太爺也不知有這麼一個親戚在雲州府，又想起婦人自稱顧夫人，不禁問道：「可是城南販藥途中被洪水沖走的顧家？」

婦人眼神一暗，答道：「正是，如今祖宅已押給了別人，不住城南了。」

第十章

魏老太爺嘆息一聲。「妳夫君倒是個會做買賣的，可惜了。」

早年魏、顧兩家也有生意上的往來，不過不甚親密罷了。那婦人聽了難免感傷，只是少頃便恢復如常，溫和道：「家主昔日也常提起五爺爺，甚是敬服。」

按照輩分來講，這顧夫人與魏相思是同輩，又因魏老太爺在家中排行第五，是故叫了一聲「五爺爺」；既被人叫了爺爺，這便是需要照拂的小輩，魏老太爺便直言道：「妳先前說因家中遭了變故，便不到府上來了，今日登門必是有事的。」

顧夫人起身福了一福。

「妾身有一子，名喚顧長亭，如今正在啟香堂讀書，今日因事被冤枉，又得罪了書院的吳先生，吳先生不肯善罷甘休，要長亭退學。我想著五爺爺與那書院的院長應該有些交情，所以冒昧來求五爺爺從中斡旋。」

這顧夫人自從家道中落後便不曾登門，如今為了兒子在書院的事來求魏老太爺，想來是極重視他的前途；偏她從未提及是誰陷害、是誰冤枉，含含糊糊帶過了，不在魏老太爺面前詆毀誰，這讓魏相思心中生出幾分好感來。

「吳先生要妳兒子退學？」魏老太爺皺眉問。

顧夫人尚未開口，相蘭已經搶先回答道：「是沈成茂寫了一首詩辱罵吳先生，誣賴是顧長亭寫的，吳先生這就惱了。」

魏老太爺瞇眼看了魏相蘭一眼，循循善誘道：「你既然知道真相，怎麼不替顧長亭作證？」

魏相蘭憋得滿臉通紅，待要解釋又覺得不如不解釋，索性低著頭裝鋸嘴葫蘆。確實不是魏相蘭膽小怕事，而是他正睡得香，等被吵醒時只看到吳先生暴跳如雷，並不知道緣故，起因經過最後還是魏相思講給他聽的，但他此時總不能把魏相思供出來吧？

此時魏相思呢，眼觀鼻，鼻觀口，口觀心，堅決不接這話，反倒是顧夫人替他們解了圍。「今日吳先生發怒，怕是他們這幫孩子也插不上嘴，連裘掌教也勸不住呢！」

「既是裘掌教也勸他，想來是他有錯處，盧院長那邊又是怎麼說的？」

「盧院長出城義診去了，要明兒才能回。」

魏老太爺摸了摸稀疏的鬍鬚，沈吟道：「盧長安是個正直的老倔驢，應不會偏頗誰，這我還是心中有數的，若是他處置妳大可放心，只是……」

「五爺爺有話但請直說。」

「相蘭說這事牽扯到沈會長的兒子，我只怕盧長安處置過嚴得罪沈會長，到時本是孩子之間的小事，反倒殃及你們一家。」魏老太爺斟酌詞句，緩緩道。

沈繼和這個人心胸狹隘比婦人更甚，若得罪了他，雖表面笑盈盈，暗中卻定要把那得罪他的人用見不得人的手段搞垮，這樣的事在雲州府並不少見。

顧夫人一愣。她自然知道沈香會會長的勢力，只是一直都以為是孩子學堂的事，並未多想，經魏老太爺一提點，背後不覺冷汗涔涔。如今他們孤兒寡母，並無靠山，只餘幾畝良田，才得以勉強度日，若那沈會長挾怨報復，只怕他們母子難以保全。

「這事該怎麼處置才妥當呢？」顧夫人問。

「我寫一封信給盧長安，明日一早讓府裡的小廝在城門口等著，勸盧長安平息事端不要鬧大，妳看可否？」

顧夫人自然同意，又福了一禮道：「此事全仗五爺爺斡旋，不勝感激。」

魏老太爺嘆了口氣。「本是同宗同族，妳娘家不在這裡，須常來府中走動，我知妳沒有攀附的心思，可也不能為了避嫌就斷了來往。」

見顧夫人不語，魏老太爺又道：「妳家小子如今和相思他們三兄弟同在啟香堂讀書，不僅有同宗之系，更兼有同窗之誼，顧家小子沒有親兄弟，更要時常走動，不能疏遠了才是。」

顧夫人輕輕應了一聲，卻聽魏老太爺道：「妳大舅母與妳年紀相近，平日也只在府中待著，並沒有什麼說話的人，妳若能常來，她必定開心。」

這「大舅母」自然就是指魏相思的親娘楚氏了。但此時魏相思心中卻想著另一個問題：顧夫人與她同輩，那顧長亭豈不是她的「大外甥」？

第二日一早，府裡的小廝便揣著魏老太爺寫的親筆信到城門口去等盧院長，奈何左等右等也不見人影。

與府裡小廝同樣焦急難忍的還有一人，就是啟香堂的吳先生。

吳先生昨兒回家之後，忿忿不平，硬是氣得一宿沒睡，今兒一早便來書院，搬了張凳子坐在院長房門口等著。掌教裘寶嘉見了也不勸，只讓院內的小童給吳先生沏了一壺茶，那茶是裘掌教私藏了六、七年的陳年老茶葉，味道不怎麼好……

眨眼到了中午，太陽毒辣，吳青蓮先生被曬得滿面通紅，豆大的汗珠子直往下掉，但吳青蓮先生是個有骨氣的人，發誓今天要給自己討回公道，所以喝著苦澀的茶水強忍著。

不久，吳青蓮先生的肚子開始抗議。自從他十四歲進沈香會謀職起，再沒受過餓，如今哪裡受得了？於是毅然起身，端著姿態出門找吃食去了。少頃，飽腹而歸，依舊坐在院長門前的椅子上，誓要把自己的決心掏出來給眾人看。

然而直到日落西山，仍未見到盧院長，學生們下課了，一窩蜂地往外擁，吳青蓮先生再也按捺不住，顫顫巍巍地抓住裘掌教的胳膊，問道：「院長什麼時候回來啊？」

裘掌教十分和藹，微笑回道：「今天夜裡準回來，吳先生再等等。」

「再等……」吳青蓮先生頭重腳輕，彷彿踩在棉花上一般，煞是絕望。正是這時，他卻看見門外一抹墨竹色影子，定睛一看正是他等了一整日的院長大人，當下鬆了裘掌教的手，一把抓住正往外走的顧長亭，撲上前去告狀。

「院長，我吳青蓮當不了這啟香堂的先生了，特來請辭！」吳青蓮先生上前拱手，語調姿態竟極為自然嫻熟，想來是昨晚練了許久的。

盧院長年紀六十歲左右，穿著一身墨竹色的長衫，一路風塵，長衫上沾了不少灰，他皮膚微黑，濃眉小眼蒜頭鼻，鼻下生出兩撇茂密的小鬍子，鬍子修剪得十分工整，比魏老太爺那稀稀疏疏的幾根鬚毛好看順眼許多。

「既是這樣，吳先生便自去吧！」盧院長的小眼睛瞇著，兩根手指捋著自己的小鬍子，淡淡道。

「欸？」吳青蓮傻眼了。這不對啊，院長不問他為什麼要請辭嗎？

盧院長自然知道吳青蓮因何鬧了這一場，昨兒裘寶嘉派人已先知會，今兒傍晚又在城門口碰上魏府來送信的，這吳先生把事情鬧得不小嘛。

吳青蓮當下慌了神，等不及盧院長發問，便自己全說了。「回院長，我今日請辭全是因為啟香堂裡這個渾學生顧長亭的緣故。我吳青蓮最是光明磊落，一向清貧自持，一日三省吾身，卻被這顧長亭罵成貪圖名利的小人，這事若是不解決，我是再教不了學生的了。」

魏相思此時正在旁邊看著，聽見吳青蓮如此說，忍不住腹誹道：你家的兩房小妾最瞭解你的自持和省身。

盧院長聽他說完，問道：「顧長亭是如何誣衊你的？」

「這……這怎麼好說。」吳青蓮想起那幾句歪詩，只覺難以宣之於口。

「既不屬實，又何懼人言？」

吳青蓮先生氣得跺腳，心一橫，咬牙唸出那四句詩來，唸完還忍不住瞪了顧長亭一眼。

「那詩現在何處？」盧院長臉上並無異色。

「我看那詩生氣，隨手扔了。」吳青蓮一愣道，隨即又言。「這顧長亭目無師長實在可恨，請院長逐他出院。」

「寫詩的那張紙丟了？」盧院長又問。

「是不見了。」

盧院長皺眉，幽幽道：「所以現在是無憑無據了？」

吳青蓮一時語塞，這時圍在旁邊看熱鬧的沈成茂高聲叫道：「院長，我們能作證，是顧長亭寫的！」

這邊得到聲援，吳青蓮立刻堅定信念，義正辭嚴道：「像顧長亭這樣的學生，實在是孺子不可教，如今便知欺辱師長，將來只怕有辱門風，不如早逐了出去省事！」

「省事？」盧院長重複一聲，面色瞬時嚴厲起來。「在吳先生心裡，教導學生是只圖『省事』兩字的嗎？若真是這般，我這書院也留你不住。」

吳青蓮白了臉，並未料到院長大人竟說變臉就變臉，當下忙拱手。「是吳某失言，院長勿怪！只是顧長亭確實寫詩譏辱，堂中許多學生都親眼看見，均可作證。」

話音一落，沈成茂那一堆人中立刻有上前作證。

盧院長沈默了一會兒，又問：「那日的詩當真找不到了？」

「找不……」吳青蓮的話尚在口中，卻被一個稚嫩的聲音打斷了。「在我這兒！」

第十一章

眾人循聲望去，卻是魏相思高舉著手中的書箱，殷勤非常地跑到盧院長面前，在書箱裡翻翻找找，拿出一張縐縐的紙來。這紙正是那日吳青蓮扔在牆角，被魏相思「冒死」撿回來的「證據」。

魏相思想，即便在這樣的年代，像自己這般助人為樂的好人怕是不多。抬頭見顧長亭正在看她，一雙眼裡看不出情緒，魏相思心中一樂。若是此時沒人，她定要喚幾聲「大外甥」的。

盧院長拿過那張紙，卻不看，只先打量起魏相思來，奇怪問道：「你在哪兒找到的？」

魏相思早已想好說辭，憨厚非常道：「那日在自個兒桌下看見的，以為是自己掉的，就收了起來，方才聽吳先生說起，這才知道原不是我的。」

這話漏洞百出，但是魏相思只是個六歲孩童，這話也就頗為可信。盧院長點點頭，又問：「你叫什麼名字？」

「魏相思。」

「你是……魏老損的孫子？」

「魏老損……是誰？」

盧院長此時才知自己失言，忙遮掩過去。「你是城東魏家的孩子？」

「學生正是。」

盧院長咂咂嘴，又仔細打量了魏相思兩眼，嘟囔道：「那老損賊的孫子竟長得和他一點都不像。」

此時他已將目光收回，見那紙上寫著四句詩，字歪歪扭扭的，於是拿給吳青蓮看。「吳先生說的可是這張紙？」

「這張正是顧長亭寫的！」吳青蓮斬釘截鐵。

「既然是這張就好辦了。」盧院長轉頭對裘寶嘉道：「關門，啟香堂的學生一個都不許走，把他們的字跡逐個比對，把寫這詩的人給我找出來。」

裘寶嘉手腳俐落，幾步出門告訴門口準備接學生回家的家僕，說是院長有訓誡，再等些時候，便關上門，要學生重新回到堂上去，開始字跡比對。

字跡比對的重點首先自然是顧長亭。裘寶嘉拿出顧長亭平日使用的書本，見上面字跡有力整齊，與那張紙上的字跡明顯有出入，於是一個一個繼續比對，到了魏相思這邊，卻見魏相思訕訕地看著他笑，有些赧然，有些憨厚。

「拿出書本我看看。」

魏相思慢吞吞地打開書箱，從裡面掏出一本半舊的書本來，裘寶嘉翻開第一頁，忍不住皺了皺眉頭——上面畫的這是啥？貓？還是狗？

翻到第二頁，裘掌教的眉頭深鎖；第三頁，裘掌教的眼角有些抽搐。翻了十多頁，裘掌教終於找到了幾個字，跟鬼畫符似的，相較之下，那紙上的字跡可稱之工整了，顯然那詩也不是魏相思寫的。

裘掌教總算放下書本，轉身想走，卻忍不住又折回來，款語溫言相問：「你這字……是誰教的？」

「自學成才……」

「哦，怪不得呢！」裘掌教沒再說，腳步沈重地離開了。

不久，裘掌教就走到沈成茂的桌前，那詩正是沈成茂寫的，他方才便想偷溜，奈何盧院長親自守著門，真真個插翅難逃。

裘掌教向他要本子，他撒謊。「本子今天沒帶來，放家裡了。」

「也並非一定要本子，我今兒見你在扉頁上寫字了，拿那書給我看看就成。」這裘寶嘉是個心細的，今兒上課時雖什麼都沒說，但對課上學生們的舉止一目了然，是故有此一說。

沈成茂還想負隅頑抗，奈何見盧院長往這邊看，只得乖乖交出了書箱。他想著自己老爹既然是沈香會會長，這書院又是沈香會出資興辦的，即便拿住了自己，想來也不會處置，是故有些有恃無恐。

裘寶嘉仔細看了看扉頁上那幾個歪歪扭扭的字，心中有了計較，走到盧院長身邊，附耳道：「那詩的確是沈成茂寫的。」

盧院長氣定神閒，清咳一聲，問吳青蓮道：「吳先生今日定要嚴懲那寫詩的學生不可嗎？」

「茲事體大，必不能姑息。」吳青蓮先生此時並未察覺異常，猶自唱著高調，等著盧院長給他做主。

「既然如此，便只得依了吳先生。寶嘉，你拿著我的拜帖去沈家一趟，就說沈成茂因課上寫詩辱罵吳先生，被吳先生逐出書院了。」

「啥？」吳青蓮目瞪口呆地看著盧院長，驚道：「這事與沈成茂半點關係也沒有，怎麼扯到了他身上去？」

「請吳先生細鑒。」裘寶嘉將那詩和沈成茂的書都遞到吳青蓮面前。「這寫詩的筆跡與沈成茂的一樣，原是沈成茂寫的，與顧長亭沒關係。」

「這……」吳青蓮像是吃了蒼蠅般，張嘴欲言又不能，裘寶嘉卻已拿了盧院長新寫的拜帖準備出門。

「寶嘉，你去了沈府千萬和善，只說吳先生氣不過，是故才要沈成茂退學的。」盧院長叮囑。

「別別別啊！」吳青蓮一聽臉都綠了，上前一把抓住裘寶嘉的手，又回頭對盧院長道：「不過小事，怎地就要讓好好一個學生退學了？」

盧院長一時沒有說話，只拿自己那雙豆大的小眼定定盯著吳青蓮，許久才沈聲道：「方才吳先生不是說『茲事體大』，如今不過換了個學生，便成小事了？」

豆大的汗珠從吳青蓮腦門上冒出來，他又是羞、又是臊、又是怕，只覺腦中嗡嗡作響，卻一句話也說不出。他自是不敢得罪沈繼和的，光憑沈繼和一句話，他便能在這雲州府待不下去。

「啟香堂設立之初本有兩個目的，一自然是為了教習這班藥商子弟識藥、辨藥，以後繼承家業，靠藥材立命安身；二卻是為了教他們做人。藥材不比別的東西，是用來救命的，藥商若沒有良心，不能行正道，比索命的無常也好不到哪去。」盧院長目光掃過堂下一張張稚嫩的臉，想著以後這南方的藥道全靠這些子弟，便想乘機教誨一番。

雖然眼下這幫稚童只知吃喝玩樂，以後從這裡出幾個扛起藥道的厲害人物也未可知，他看那顧家的小子就不錯。

這邊教誨完，盧院長轉向今日的事主。「吳先生是沈香會舉薦來的老師，盧某甚是敬重，吳先生的學識自然是沒得挑；但啟香堂不僅教授知識，更要教學生做人處事，這吳先生就做得不太好了。」

「吳某知錯了，日後定不敢再犯。」

盧院長卻不肯就此罷休。「那日我聽裘掌教說你動手打了學生。」

「欸……是我……一時糊塗。」吳青蓮掃了裘寶嘉一眼，心中難免怨恨，嘴上卻甚是服氣恭敬。

「我早有院規，吳先生是不知，還是未放在心上？」

吳青蓮忙道了幾聲「不敢」，又誠懇認錯。「是吳某失察，多虧院長和掌教明察秋毫，才未冤枉顧長亭，否則吳某於心不安。」

魏相思聽了這話，忍不住翻了個白眼，轉頭卻見沈成茂正惡狠狠地瞪著她，她沒趣地轉回頭，裝傻充愣。

事情自然不能鬧大，盧院長只把吳青蓮帶到自己的屋裡，促膝長談許久，又叫了沈成茂進去長談，也不知與他說了些什麼，沈成茂出來之後雖氣得不行卻要強忍著。

最後自然是叫了苦主顧長亭進去，又是同樣的促膝長談。

這事總歸是大事化小，平穩解決了，只是聽說後來盧院長親自去了一趟沈香會，又與沈會長促膝長談近一個時辰，然後沈會長回家與沈成茂佐以棍棒炒肉絲，同時促膝長談一番，真真是談得天昏地暗，嘔心瀝血不止啊！

今兒魏相思早早去魏老太爺處打卡請安，坐在往書院的馬車上覺得心情輕快。她剛做了件懲惡獎善的好事，心中舒暢，然而她忘了好人都是沒好報的。

她才到書院便看見自己桌上擺著個草編的小盒，一時手賤忍不住揭開蓋子一看，當下石化般定在那裡，背後冷汗涔涔，她在自己的腦中尖叫，她的嘴卻什麼聲音也發不出。

這小盒裡裝了什麼東西呢？

魏相思這個人很奇怪，她並不怕蛇和蟾蜍這類普通人害怕的東西，卻怕腿多的，比如蜘蛛，再比如——一條滿身是腿的蜈蚣，就像眼前這條。

那蜈蚣腿多，爬得自然就快，才剛向盒子外探了探，就飛快地爬了出來，離魏相思更近了些。

沒有人發現她的異樣，除了放盒子的沈成茂，他興味盎然地看著這一幕，心中總算舒坦了些。

那蜈蚣的腿不停地動，看著竟越來越多，眼看便要爬到魏相思的手上，這時一個盒子憑空出現蓋住了那條蜈蚣，魏相思終於能動了。

她顫顫巍巍地抬頭，想看看自己的救命恩人，卻見顧長亭正顰眉看著她，有些不解、有些關心，最後卻什麼都沒有說，只將那蜈蚣裝在盒子裡扔出去了。

這時裘寶嘉進了堂裡。「今兒吳先生有事，依舊是我給大家上課。」

堂下學生應聲說是，反正也不聽課，誰講又有什麼分別？

第十二章

「我不上學，上學沒有鳥用，不如跟著爹去賺銀子！我不上學！」人還沒見到，堂裡便聽見門外傳來一個撕心裂肺的童聲。眾人都好奇地往外張望，目光正看見撞進門的一對父子。說撞是因為那紅衣男童死死抱著男人的腿不肯進來，那男人硬拖著男童進來，便有些踉蹌不穩。

男童見了滿堂的人卻並不露怯，死死抱住自己親爹的腿，撒潑道：「我不上學，沒有鳥用！」

依舊還是滿嘴的「鳥」，聽起來十分特別。身為院內掌教的裘寶嘉卻有些聽不下去，輕咳一聲。

那紅衣男童循聲看了裘寶嘉一眼。「爹你看，我就說上學沒什麼用，你看這書院的先生連『鳥』字都聽不得，多狹隘、多膚淺！爹你快帶我走！」

那男童的親爹額上青筋暴起，一手揪住男童的領子，把他從自己的腿上扯開，喝道：「別嘴裡一天到晚『鳥』啊『鳥』的，也不管在什麼地方就『鳥鳥鳥』地叫，我平日在家怎麼教你的！」

那紅衣男童似是早已習慣這樣的相處模式，並不懼怕，仔細思考片刻，道：「爹你平時都說『不是好鳥』、『鳥了個蛋的』，下次我說全了。」

男人氣得一會兒臉白，一會兒臉紅，裘掌教也聽不下去這漫天漫地的鳥，又清咳了一聲，打圓場道：「唐老爺也不必惱火，留唐小公子在啟香堂便可。」

唐老爺十分抱歉地對裘寶嘉拱拱手，一手抓住男童的衣領，惡狠狠道：「你今天要是敢出這個門，老子打斷你的腿！」

想來是唐老爺尚有老父餘威，那男童雖心不甘、情不願，卻沒再喊什麼「上學沒鳥用」之類的粗鄙話，只是依舊不死心。「爹，你就讓我在鋪子裡待著吧！」

「你在鋪子裡不過整日與伙計們鬼混，昨日賭了一整天，前天更不像話，慫恿鋪裡的伙計陪你去護城河裡抓蝦，再這樣放著你不管，只怕我的鋪子都要被你拆了！」唐老爺面如豬肝，十分痛心疾首。

那男童一聽，眼珠子滴溜溜一轉，諂媚笑著。「原來爹你是擔心我糟蹋鋪子啊！你就我一個兒子，以後你死……不，你沒了，那鋪子還不是要歸我的？我早點熟悉鋪子的生意，你應該高興呀！」

唐老爺一聽這臭小子盼著自己死，兩眼圓睜，狠狠賞了男童一記爆栗，喝道：「老子還沒死呢！這學你要是不老老實實給我上了，我就把你那一雙短腿打折了！」

男童一見自己老爹動怒，當下十分識相地老實了，討好道：「老爹你一定能長命百歲，我好好上學，保證聽話，老爹你放心！」

唐老爺又轉向裘寶嘉，一拱手道：「小兒頑劣，請掌教見諒。」

裘寶嘉也是一拱手，微微笑道：「自不放在心上，唐老爺請寬心。」

唐老爺再施一禮，這才出門走了，走之前還斜眼看了自家兒子一眼，眼神裡警告意味不言而喻。

這唐老爺就是雲州府內專做補藥生意的唐永樂，唐家原只是個小商戶，因唐老爺手段了得，不消幾年的時間便把唐家推上了雲州府富戶排名前三的位置。

那紅衣男童正是唐家唯一的獨苗——唐玉川，雖唐永樂做著補藥的生意，自己卻不甚爭氣，小妾納了一房又一房，偏連個鳥都沒生出來，只有正房夫人生了唐玉川一人。

按理說唐玉川既是唐家唯一的子嗣，唐永樂本應把他捧在手裡、含在嘴裡，偏這唐玉川是混世魔王轉世，生來便是和唐永樂作對的冤家孽障，父子倆自唐玉川牙牙學語之時便三天一小吵，五天一大吵，甚是熱鬧。

唐玉川見自己老爹走了，便也想開溜，誰知卻看見裘掌教似笑非笑地看著自己。唐玉川便似想偷油卻被人盯住的老鼠一般，頓時垂著圓圓的腦袋瓜，挪著貴妃小步走到了自己的位置上，立刻便有家裡的僕從把書箱、坐墊、點心等一應雜物送過來擱置妥當。

唐玉川生了一張白嫩圓臉，一雙圓圓的眼，兩扇柔長的睫毛，十分可愛招人喜歡，當然，這可愛只是表面。

他百無聊賴地翹著短胖小腿，對裘寶嘉講的課不感興趣，這時旁邊坐著的沈成茂忽然戳了戳他的胳膊，壓低聲音道：「放學一起去騾馬胡同看皮影戲去！」

唐玉川厭煩地揮揮手。「那玩意兒有什麼好看的？老掉牙的劇情，多少年也不換個樣。」

沈成茂碰了一鼻子灰，卻沒灰心，又道：「那去蘇木街買麥芽糖？」

唐玉川依舊十分厭煩。「那甜滋滋的東西有什麼好吃的。」

縱然沈成茂有心拉攏唐玉川，連碰了兩鼻子灰也到了忍耐的極點，憤憤哼了一聲，不再理他。

倒不是唐玉川有意羞辱沈成茂，唐家非但十分富庶，而且萬分奢侈，這唐玉川自小吃遍山珍海味，玩盡城中趣處，如今已鮮有能引起他興趣的東西；且唐小爺從不委屈自己，不想理會的人從不理會。

他看著窗邊那自始至終趴在桌上的學童，覺得那學童與自己一樣百無聊賴，不禁生出惺惺相惜之感，伸著脖子問：「小爺叫唐玉川，你叫什麼名字？」

魏相思挪了挪腦袋，沒理。

「小爺知道你聽見了，你到底叫什麼名字？我看你也挺無聊的，咱倆說會兒話唄？我看這整個屋子裡就你最有趣，最沒趣的就是你右邊我前面那個書呆子，你覺得是不是這樣？」

唐玉川話多且繁，滔滔不絕，讓魏相思無法集中精神睡覺。

見魏相思又動了動，唐玉川說得更加起勁。「你是誰家的？我老爹說這學堂裡都是藥商的兒子，讓我多結交幾個，以後繼承家業也好做生意上的往來，咱倆認識認識，以後有困難我幫你怎樣？」

魏相思一味不理，奈何唐小爺偏是個不怕困難的，你越不理他，他便越往上貼，那一張漏風嘴更是閉不上，放炮竹一般啪啪不消停，終於讓魏相思瀕臨崩潰邊緣。

她喪氣地坐了起來，白了唐玉川一眼。

只看這一眼，唐玉川便興奮得不得了。「你看、你看，我說了這麼久，還不知道你的名字，你到底叫啥？」

「他叫魏相思。」一旁邊就要被他逼瘋的魏相蘭惡狠狠道。

「誰問你了！」唐玉川氣憤地哼了一聲，又轉向魏相思。「原來你叫魏相思啊？是城東開藥材鋪的魏家嗎？你的名字很奇怪，怎麼像個小姑娘的名字？

「你怎麼不說話呀？你是不是個啞巴？

「真可憐，沒找個大夫治一治嗎？我聽說忍冬閣閣主的醫術頂好呢，找他看看說不定能治好呢！

「我都不知道你怎麼能熬著不說話，我要是一天不說話，憋都要憋死了！」

魏相思被這一連串的自問自答氣得險些背過去。她現下倒是想說話，只是一句話也插不進啊！

終於，唐玉川短暫地安靜了片刻，魏相思這才找到了插話的時機。

她緩緩轉頭看著唐玉川，一字一頓道：「我不啞我只是不想理你你別說話了聽著像一群聒噪的鴨子太煩人了。」

這句話一氣呵成，想來是怕唐玉川中途開口打斷她。

「你……」唐玉川指著魏相思，一時說不出話來，許久他撫掌大呼。「你很有性格嘛！小爺最喜歡有性格的人，你這個兄弟小爺交定了！」

又是撫掌、又是大喝，自然驚動了規規矩矩講課的裘寶嘉，於是再次嚴明課堂紀律：說話的別打擾睡覺的。

唐玉川畢竟是個十分會審時度勢的，當下便有所收斂，但到了下課時，唐玉川那張嘴便張張合合說個不停，魏相思不禁覺得自己想錯了，一群鴨子哪裡能如唐玉川聒噪？分明整個雲州府的鴨子加在一起也比不過他！

「你既然不是個啞巴，怎麼一上午也不說話？不說話不覺得憋得慌嗎？」

「不憋。」魏相思、魏相慶、魏相蘭齊聲回道。

「我只問魏相思，又沒問你們兩個！」

「那也不憋。」魏相蘭道。

「你這人怎麼回事？小爺不想搭理你，你怎麼還來招惹小爺了？」唐玉川一手扠腰，另一手也扠腰，做茶壺狀。

魏相蘭坐在唐玉川旁邊，也就是魏相思的正後方。這一上午他早已被唐玉川弄得崩潰無比，此時也是一肚子火氣沒地方出。「你那張破嘴能不能閉一會兒。一刻不說話能憋死嗎？能憋死嗎？」

唐玉川沒想到魏相蘭竟發起火來，上前一步瞪著眼，小鼻子也皺了起來，驀地怒聲道：「當然能憋死！」

這下就如同點了火藥桶一般，魏相蘭和唐玉川互罵起來，唐大嘴炮自然是不會讓人的，魏相蘭也不是盞省油的燈，你來我往便是「漏風嘴」、「鴨子叫」、「悶蛋」漫天飛，竟頗有些勢均力敵。

正吵得難分難捨之時，剛剛進門的裘寶嘉敲了敲面前的桌子。「你們兩個在做什麼？」魏相蘭自然不想惹裘寶嘉，當下指著唐玉川。「掌教他又說上學沒鳥用。」說完坐下，低頭看書不語。

唐玉川哪裡想到會有這番變化，卻也不慌，只訕訕笑著，十分恭敬道：「我沒說，是他聽錯啦！」

第十三章

裘寶嘉打量兩人一陣子，輕咳一聲，揮手讓唐玉川坐下，目光又在堂內巡看一番，輕聲爆出了一個驚雷。「今天是月試的日子，如往常一樣考本月所學，一個時辰後交考卷。」

此時只有一個詞可形容魏相思的表情——呆若木雞。她從來都沒聽說要考試呀？這裡不就是為了讓這群小孩子混日子嗎？為什麼魏相慶、魏相蘭彷彿都知道今兒要考試，這班裡只有她被蒙在鼓裡嗎？

卷子從前面傳過來，魏相思抽出一張繼續往後傳，她皺眉看著眼前這張試卷。雖然考的應是這些日子先生教的藥材知識，只是她上課都在打混呀！

這屋裡比她還沒知識的自然就是插班生唐玉川，只見他大筆一揮，歪歪扭扭在試卷上寫上自己的大名，就交了卷。

魏相思也想這樣，但她不敢，只能牛頭不對馬嘴地作答，只可惜卷子上沒有選擇題，不然她還能碰碰運氣。

瞎掰得差不多，魏相思便又開始百無聊賴。她右邊的顧長亭正振筆疾書，胸有成竹的樣子與她形成了鮮明的對比；她又往後看，見魏相慶正鬼鬼祟祟地往桌下看，又見魏相蘭也如她一般百無聊賴四處打量，心中稍安——總歸有個墊背，別考了倒數第一不是？

然而，顯然魏相思慶幸得太早了些。

第二天放榜，魏相思以完美的零分與唐玉川並列第一——倒數的。唐玉川自是欣喜非常，覺得兩人又有了相似之處，魏相慶看她卻有些擔憂；至於魏相蘭這邊，情況也不容樂觀——倒數第五。

魏相思捧著自己的卷子，見從上到下，從左到右畫了密密麻麻的大紅叉，竟沒一個蒙對的，也真是越活越回去了。既然這是啟香堂每月都要進行的考試，那魏老太爺和魏正誼自然也是知道的，若是問起來，她可怎麼說呀？

這一天魏相思都渾渾噩噩的，下課也落在相慶、相蘭後面，幽魂一般，她晃晃悠悠地往外走，門口卻被幾個人堵住了，她抬頭一看——只見幾個高大粗壯的男孩站在門口，最前面站著沈成茂。

她退後兩步，猛地放開嗓子。「救命啊！救命啊！」

沈成茂傻在當場。按照他以往堵人群毆的經驗來說，一般被堵的人會愣一會兒，然後求饒或者衝上來廝打，魏相思怎麼不按套路來？

魏相思這幾聲喊得撕心裂肺，驚起了窗外樹上昏睡的烏鴉，沈成茂一揮手。「堵住他的嘴，給我揍他！」

魏相思此時早已退後數步與他們拉開了一段距離，一見他們衝將上來，嚇得兔子一般跳上桌子，又從窗戶竄了出去。沈成茂因那日歪詩的事恨意難消，帶頭領著那三個壯實的學童衝出去，本想抓住魏相思飽揍一頓，哪知他剛一落地便被絆了個狗吃屎，後面三人連忙扶住，這才看清窗下蹲著的魏相蘭，魏相蘭手中還拿著根棒子。

魏相思在哪兒呢？早躲到魏相慶後面去了，她此時完完全全原諒了魏相慶的誣衊之仇，既然他沒在這緊要關頭拋棄自己，那就是禁得起考驗的好兄弟。

沈成茂自然知道他們三人的關係，冷哼一聲。「你們倆讓我揍他一頓，這事便算了，要是你們倆不識趣，別怪我一起打！」

魏相慶雖不是個膽大的，但此時也並無退讓的意思；魏相蘭卻是個不怕事的，握住了手中的棍子，上下掃了沈成茂一眼。「你們就是多個人，打起來你們也別想討著好。」

沈成茂這三個跟班雖也是七、八歲的模樣，卻個個生得人高馬大，比魏相慶還高出半個頭去，雖雙方都討不著好，魏家三寶這邊卻準是要吃虧的。沈成茂這便要出手，忽然從旁竄出個人影，這人將肩上的書箱輕輕放在牆角下，也不說話，只定定站在魏相思前面，魏相慶旁邊。

這人正是這事端的起因——顧長亭。此時魏相蘭也與他們站到一處，三人並排一列，竟頗有些熱血義氣。

如今便是四對四了，魏相思的身體是不管用，但勝算總比方才大上許多。沈成茂回頭看了看自己的三個跟班，一時略慌，指著顧長亭道：「你……你來搗什麼亂，小爺還沒找你算帳，你倒自己送上門來！」

顧長亭依舊沒說話，只直挺挺地站在那兒，不曾退縮。沈成茂一看沒唬住他，這架卻不能不打，當下大喝一聲。「給我往死裡揍他們四個！」

那三人便要衝上去，卻猛聽得一聲大喊。「喲喲喲！打架呀！算我一個！」

沈成茂往聲音來處一望，卻是昨天讓他碰了一鼻子灰的唐玉川，不禁臉上又青又白，卻不知這人是哪一幫的。「這事與你沒關係，你摻和什麼？」

唐玉川眼珠子一轉，看了看兩邊的形勢，小跑到魏相思旁邊。「要不要我幫你打架？我打架很厲害的。」

魏相思這人，素來是個能屈能伸的，當下諂媚笑著。「我就看你是個有骨氣的，敢於對抗邪惡勢力。」

「邪惡勢力……你這詞倒挺有趣。」唐玉川皺眉問，繼而又不在意，轉身把手搭在顧長亭肩上，卻是一臉笑嘻嘻看著沈成茂。「五對四，我最喜歡以多欺少了。」

沈成茂如今是有些膽顫了。他雖喊得歡，卻不是個能打的，看這架勢，誰勝誰負也未可知，便生了撤退的心思。他這想法完全落入了唐玉川眼裡，他當下大喝一聲竄了出去，一把抓住沈成茂的頭髮，雨點般的拳頭便落在他的身上。

他這一招又快又狠，很是出其不意，那三個沈成茂的跟班哪能料到，一遲疑，他們的頭兒便被揍得「嗷嗷」慘叫，三人連忙上去抓唐玉川，唐玉川縱然是個能打的，以一對四也是廢，便高聲求救。「魏相思快救我！」

沈成茂本已要偃旗息鼓，若不是唐玉川衝上來，只怕今天的架是打不起來的。魏相慶用眼神詢問身後的魏相思，再看眼前這形勢，不打恐怕也不成了吧？

「上！」魏相思惡狠狠喝道，自己也跟著衝進了亂成一團的人堆裡。

他們四人的加入立刻逆轉了形勢，唐玉川的確很能打，踩腳、踢蛋損招不絕，一看便知是從實戰裡積累的經驗，魏相慶個子也不矮，倒是十分管用。

魏相蘭弱些，多虧魏相思在背後出黑腿，才坐上了其中一人的胸口，占了上風。

剩下顧長亭，自然是按住已被唐玉川飽揍一頓的沈成茂，那沈成茂猶自鬥狠。「你竟然敢壓著我！看我以後不打折了你的腿！」

顧長亭皺眉，卻沒鬆手，魏相思見他下不了手，只得代勞了，飛起兩腳踢得沈成茂慘叫起來，她也不打，只在沈成茂的肥肚上狠狠掐、擰、拽！疼得沈成茂慘叫聲連連不絕。

「你再威脅試試看，你再說個我聽聽？」魏相思說著，兩記奪命掐手已經施展。

「啊！啊啊啊！救命啊！爹爹爹！救我、救我啊！」沈成茂蹬腿掙扎，喊得嗓子都啞了，怎一個「慘」字了得！

這一架幹得魏相思鬱悶全消，十分暢快，回府馬車上又叮囑相慶、相蘭兩兄弟一些說辭，到章華院又同楚氏說是摔了，此事便暫時矇混過去。

晚間一家在飯廳用飯，魏相思有些心虛地從碗裡抬起頭瞄魏正誼，想著自己這次考試的成績，不禁嚥了一口唾沫。她從盤子裡挾出一塊肥嫩多汁的五花肉，殷勤且狗腿地放到魏正誼的碗中，臉上還帶著十二分的討好，二十分的乖巧。

魏正誼今兒一天處理了許多煩心事，此時見女兒如此懂事，心下感動莫名，他摸了摸女兒的腦袋，輕聲道：「思兒懂事了。」

魏相思嘴角微翹，一雙黑白分明的眸子更是純良得日月可鑒。「爹爹辛苦了，快多吃些。」

魏正誼感動得老淚縱橫，想他這輩子怕是沒有兒子的命了，如今這女兒省心懂事也是快慰，許久，他背過身去擦乾老淚，問道：「這幾日堂裡可考試了？」

越是怕什麼便是來什麼，魏相思微微皺眉，一副惆悵模樣。「考試了，只是成績不好。」

楚氏往她碗裡挾了些菜，聽她如此說，便安慰道：「下次用功便是了。」

魏正誼也道：「成績起伏是常事，稍有退步也沒什麼大關係，這次考了多少名？」

名次魏相思可不好意思說，從身後的書箱裡把成績單拿出來，雙手遞給魏正誼，然後乖乖站好，等著即將到來的暴風雨。

第十四章

魏正誼拿著那張成績單從上往下看，本以為應是排在中間，哪知竟是末位，他的眉毛微微抖動了一下，從成績單看著魏相思，他似是要開口，又忍住，卻終於忍不住。

「魏相思妳……是不是要氣死我！」此時魏正誼的老淚尚未乾透，暴喝一聲，驚得院中樹上飛鳥四散奔逃。

「爹爹息怒，我……我下次一定好好複習，一定不考末位了。」魏相思低頭小聲道。

看著眼前這沒有桌子高的小人兒，魏正誼打又下不去手，罵又下不去口，著實有氣無處撒。楚氏沒想到自家相公會突然發怒，一邊拿過那張成績單，一邊道：「稍有退步也不用這樣……」

她的話說到一半便停住，看著那張紙最後一行寫著自家寶貝的大名，準備好的話便卡在喉嚨裡，噎得死死的。

最後魏正誼總歸是沒有打也沒有罵，只是讓魏相思在院子裡跪著反省，晚飯也不准吃了。

此時太陽雖已下山，但地面依舊熱氣蒸騰，魏相思額上漸漸沁出汗珠，肚子也餓得咕嚕咕嚕叫。

「少爺，給您包子！」

一個散發著香氣的油紙包扔到了她的面前，她不動聲色地把油紙包用袍襬蓋住，轉頭去看那油紙包飛來的方向，便見白芍正怯生生地躲在柱子後面。魏相思又看向門內，見楚氏正與魏正誼說著什麼，兩人並未注意到自己，於是在袍襬底下把油紙包打開，用迅雷不及掩耳之勢猛地咬了一大口。

她眼睛一直盯著屋裡，見魏正誼抬頭往這邊看，她忙又藏起油紙包，頭深深地低著——防止魏正誼看到她鼓鼓囊囊的腮幫子。

為免夜長夢多，魏相思趁屋裡人沒注意，把剩下的半顆包子一股腦兒塞進了嘴裡，卻忽然聽見背後一個稚嫩天真的聲音喊。「爹爹，魏相思偷吃包子！」

魏相思心頭一緊，這一分神，包子便嗆到了氣管裡，猛地咳嗽起來，那半顆剛塞進去的包子被她整個噴了出來，骨碌骨碌滾到了一雙緞面白底的黑鞋跟前。魏相思驚愕地抬頭，看見魏正誼比鞋面還黑的臉，她靦覥地用袖子擦了擦自己的嘴角，訕訕叫了一聲。「爹。」

魏正誼修剪得極規矩的鬍子抖了抖，看看女兒，又看了看腳邊的半顆包子，憤然無語。

此時導致魏相思噴包子的罪魁禍首正俏生生站在一位婦人旁邊，那婦人生得妍極，只是神色中隱隱可見侷促之色，正是錢姨娘，那罪魁禍首就是錢姨娘的女兒魏綺袖，早先在魏府家宴上，魏相思見過一面。

「賤妾拜見老爺、拜見夫人。」錢姨娘一福身，又看了魏相思一眼，有些猶疑。「思少爺這是怎麼了？」

魏正誼並未回答，只淡淡問：「可是有事？」

錢姨娘臉色一白，忙回道：「院中有點小事，並不十分著急，待老爺、夫人閒時我再來吧！」

這時楚氏出來了，拉住她的手道：「妹妹有事便說吧，此刻並沒什麼別的事。老爺在潁州府的故交紹家老爺讓人送了些頂好的蜜汁葡萄來，我本想讓下人一會兒送到妳們那兒去，妳倒是有口福，聞著便來了，快領著綺丫頭進屋吃些。」

錢姨娘見到楚氏臉上也有了些笑容，被楚氏拉進門裡去了。

魏相思跪得直挺挺的，垂著眼，卻悄悄瞄著眼前那雙緞面黑鞋，黑鞋站了一會兒，才聽黑鞋主人低聲道：「現在有人，我給妳些顏面，回屋裡自個兒反省去。」

魏相思歡天喜地，卻十分矜持地應了一聲，腳底抹油地溜了，臨走看了一眼堂裡，見楚氏與錢姨娘正在閒話，那告狀精魏綺袖卻對著她翻白眼、吐舌頭，氣得她險些吐出胸口老血！

一進自己的小院，白芍便迎上來，慌慌張張跳腳道：「剛才看見綺袖小姐，嚇得我趕緊跑了，嚇死啦！」

魏相思拍了拍她的肩膀，十分感動。「我在前院吃苦受罰，妳能冒險給我送肉包子，我心中十分安慰。」

「都是紅藥姐讓我送的。」白芍老實回答。
「紅藥在哪兒呢？」
「紅藥姐去小廚房……」
院門「呀」一聲開了，兩人正談及的紅藥提著個小竹籃進門，脆聲道：「我聽說少爺考了倒數第一，老爺罰不讓吃飯，所以去小廚房拿了些吃的，等少爺回來好吃。」
魏相思心下一喜，推著紅藥、白芍兩人快步進屋。籃子被一塊藍色的布蓋著，掀開便見一碗熱氣騰騰的晶白米飯、一小碟蝦仁炒筍、一盅豆腐羹，魏相思深吸一口氣，滿眼欣喜地看著紅藥。「小廚房怎麼還有這些吃的？」
紅藥不過八歲左右的年紀，做事卻頗為伶俐，本身尤其喜歡鑽研吃食，平日無事便常往小廚房跑，與廚房的嬤嬤、婆子們早已十分相熟。「我去的時候看見趙嬤嬤在，便說自己傍晚給少爺整理書房錯過了飯時，想尋些吃食，趙嬤嬤想起昨兒還剩了一碗蝦仁，便順手炒了筍。」
紅藥說話的工夫，魏相思已經埋頭苦吃起來。那蝦仁彈牙、青筍滑嫩，味道甚好，魏相思比了個大拇指，口齒不清。「妳以後多往趙嬤嬤那邊走走，拉拉關係，以後我要是被罰，妳也好給我留口吃的。」
「我的少爺啊，您能不能稍有些出息，下次可別考末位了！」紅藥翻了個小白眼。
紅藥、白芍本是楚氏娘家的家生子，兩人也知魏相思是個沒把兒的，是故她總算也有兩個能說實話的人。

魏相思迅速解決了一菜一飯一湯，擦了擦嘴。「妳倆趕緊把這些藏起來，我怕一會兒爹娘要過來。」

果不其然，碗盞剛剛收起來，魏正誼與楚氏便來了，此時魏相思已經在牆角站直擺好了姿勢，等待查驗。見她這般乖巧，魏正誼的氣也消了大半，卻是佯怒道：「妳往常從沒考過這樣的名次，這次是怎麼了？」

魏相思面牆而立，乖巧道：「先生講了些新知識，我一時學不會。」

「妳既學不會，便更要用功才是。」魏正誼嘆息一聲，卻未再苛責；楚氏上前牽起魏相思的手，語重心長。「思兒，妳與慶哥兒、蘭哥兒同在啟香堂上學，如今妳考成這樣，妳讓妳父親怎麼向老太爺說呢？老太爺聽了心裡又該怎麼想妳？」

魏相思低著頭，一副泫然欲泣、悔恨莫名的樣子，楚氏嘆了口氣，口氣更柔和些。「娘知道這些年來委屈了妳，但眼下確實沒有其他的法子，妳現在還小，有些事本不應讓妳知曉，但我與妳父親的為難處，妳心裡也應有數才是。」

「孩兒知道，孩兒讓父親、母親操心了。」

楚氏嘆了口氣，與魏正誼對視一眼，覺得教育得差不多了，便讓身後的丫鬟把食盒打開，從裡面拿出一葷一素兩碟小菜和一碗米飯，然後滿眼憐愛地看著魏相思。「妳爹說罰妳不准吃飯是嚇妳的，妳正在發育，把這些都吃了才好。」

魏相思嚥了口口水，並不是因為飯菜可口，而是她現下略撐……但又不能不吃，只得硬著頭皮端起飯碗，以壯士斷腕的姿態咬牙吃著。

「月試的成績既然下來了，老爺明兒還是回報父親一聲才好。」楚氏有些憂愁。

「確實須回稟父親一聲，只是父親明兒要去拜望陳老尚書，晚些再說。」魏正誼掃了魏相思一眼，悠悠道：「只怕父親到時也要找思兒去問話的。」

魏相思噎住了，白芍忙把早準備好的水杯遞過去。她早先怕自家的少爺餓著，如今卻怕她撐著，一張小臉皺成個苦瓜。

魏相思神色堅毅地拍了拍胸口，唇語道：我能行！

但一想起因這成績之事魏老太爺免不得還要找自己去談話，心中難免有些忐忑，哭喪著一張臉。魏正誼見此，不安慰，反落井下石。「誰讓妳自己不爭氣？我這關雖過去了，妳親爺爺那關可不好過。」

第十五章

或許是被老太爺要找自己談話的事弄得心中忐忑，又或許是晚上多吃了一碗飯，魏相思這夜無論如何也睡不著，翻來覆去在床上烙餅，連外屋睡著的白芍、紅藥也被擾得睡不安穩。

這樣翻了半宿也沒有一絲睡意，魏相思索性披了件衣服躡手躡腳地走到院子裡去乘涼。天上一彎弦月，銀輝滿地，雖未點燈，卻纖毫畢現，她抱膝坐在院內臺階上發呆，許久摸了摸圓滾滾的肚子，覺得胃裡滿滿的、熱熱的……

「少爺？」白芍迷迷糊糊摸出門來，有些不解地望著她。

「我……晚上吃多了，出來消食。」

這時紅藥哈欠連天地拿了三個繡花小墊出來，在臺階上一字擺開。「坐墊子上吧！」

「妳們睡吧，我坐一會兒就進屋了。」魏相思輕聲哄道。

白芍、紅藥卻一左一右在她旁邊坐下，白芍道：「我也覺得屋裡熱得很，涼快涼快再睡。」

紅藥卻瞇著眼，一副看破一切的瞭然模樣。「少爺現在肯定想著老太爺呢，下次看您還敢不敢考末位？」

魏相思愁眉苦臉地抱著膝蓋，深深嘆了口氣。

打架事件雖暫時瞞過了家裡，但按照沈成茂的做派，這事必定是不得善了的。第二天一早，果見沈成茂在四個家丁、一個管家的陪同下，一瘸一拐地來了書院，直奔盧長安的書房。

不多時，盧長安帶著沈家一行人來到堂內，眾學生一見沈成茂這副齜牙咧嘴的模樣，都有些好笑，只有另外三個同被打慘的學生笑不出來。

盧長安輕咳一聲。「昨兒是哪幾個人參與了打架？」

那三個鼻青臉腫的學生率先站了起來，魏相思本著坦白從寬、抗拒從嚴的原則正要站起來，唐玉川卻率先站起來，大聲道：「是我一個人打的！」

盧長安皺了皺眉，去看沈成茂，見沈成茂氣得臉紅脖子粗，高呼道：「還有魏相思、魏相慶、魏相蘭和顧長亭，他們都打我了！」

「你別誣賴他們，是你昨兒放學帶著人要打魏相思，被我看見了，他沒還手，是我打你的！」唐玉川睜著滴溜溜的大眼睛說瞎話，一看便是撒謊不眨眼的。

「你、你……你撒謊！昨天你們五個都打我了，你看我的臉，你看、你看！」沈成茂從沒吃過虧，昨兒被這一頓狠揍傷得不輕，臉上身上青一塊、紫一塊。

「沒打就沒打！」

「打了！打了！你們都打我了！」

兩人便這樣吵起嘴來，同來給自家少爺討說法的沈府管家腦袋有些疼。這事本是自家少爺挑起的，沒打過人家就算了，偏現在還理直氣壯地要說法，他也知道是理虧，但老爺不在家，夫人又寵著少爺，這才讓自己攤上這遭難事。

「好了！」盧長安喝了一聲，防止這兩個小霸王當堂再打起來。「沈成茂，昨日可是你先去堵人的？」

對這個院長，沈成茂還是有些忌憚的，一下沒了氣焰，卻仍不依不饒。「都是魏相思他先招惹我的！」

盧長安眼睛一眯。「我這院長當得不好，啟香堂如今竟沒有一點學堂的樣子，看來是該整頓了。」

「盧院長……」沈府管家話說到一半，被盧長安的手按住。

「明兒請各位學生的家長來書院，今兒你們就都回去吧！」盧長安一甩袖子走了，留下面面相覷的學生們；然而魏相思早已看破這一切——院長大人這是要祭出家長會這個大招了！

學生各自散了，沈成茂雖然不忿，奈何自己有傷在身打不過唐玉川，只得放下一籮筐狠話走了。唐玉川立時跑到魏相思面前邀功。「小爺是不是很講義氣？把你們全保住了！」

魏相思一邊收拾書箱，一邊問了個讓他摸不著頭緒的問題。「你跑得快嗎？」

事實證明魏相思這個問題非常關鍵的。第二日開完家長會已是正午，唐玉川的親爹唐永樂老爺手中拿著鞋子，追著唐玉川跑過了騾馬胡同，橫越了整條蘇木街，終於在洪福客棧門口逮住他，這一頓狠揍，慘絕人寰，鬼哭神嚎，路過者無不搖頭嘆息，可憐那粉裝玉琢的小男孩被揍得鼻青臉腫。

盧院長此次開會，將這次群架事件的前因後果說得明明白白，涉事的幾家又都是這雲州府裡有頭有臉的，哪個臉上也無光，好在魏相思這邊過錯較小，且罪責又都讓唐玉川一人攬去，所以並未被魏正誼責罰。

沈繼和自然沒有親自前來，卻是讓沈香會中的掌事代為參會，也是極為重視了。

會中盧院長還宣佈了一件事——啟香堂從今兒起實行末位淘汰制。

每年年末考試，若考了最末位，那學生便要被請出啟香堂去，這話一出，眾人譁然，更有請院長三思的，但盧院長主意已定，這事便是鐵板釘釘了。

這一天魏相思等著魏老太爺的傳喚，但春暉院那邊卻沒有動靜，這讓魏相思忍不住以最深的惡意揣度魏老太爺——他是故意的，就要用鈍刀割肉折磨自己。

天剛黑，春暉院那邊的人便來了，說是老太爺請，魏相思只得乖乖去了。等到進了正廳的門，卻只見魏興，不見老太爺那白胖的身影。

「老爺正在用飯，小少爺稍等一下吧！」魏興笑呵呵的，和善可親。

魏相思乖乖應了，卻不坐，罰站在中間。魏興看著，覺得有些好笑，魏相思撓撓頭，忍不住道：「我先罰會兒站，說不定爺爺看了心疼就不罰我了。」

不多時又進來兩個人，正是魏相慶、魏相蘭，魏相慶見魏相思站著，小聲問：「爺爺罰你站了？」

魏相思也小聲嘀咕。「你們怎麼也來了？」

「不知道……」魏相慶一頓又問：「打架那事爺爺不知道的吧？」

這時聽見簾後一聲咳嗽，三人連忙閉嘴站好，魏老太爺掀開簾子進了廳裡。他本生得極為和善，怎知此時他不笑竟頗有些駭人。

「我今天收到盧院長的信，聽說啟香堂月試了？」

「回爺爺，前兒剛考過了。」魏相慶規規矩矩回答。

「你們三個考得如何？」

「我考了十七，蘭弟考了二十九，思弟考了……考了……」

「考了多少？」魏老太爺瞇著眼問。

「考了三十四。」這話卻是魏相思說的。

「三十四？你月試的時候用腦子了嗎?!」魏老太爺鬍子都氣歪了。今兒盧長安那倔驢給他送了封信，信中雖有安慰之話，他卻分明從那信中品出揶揄嘲笑之味，想他一輩子都沒輸給盧長安過，臨老卻因為孫子被看輕了，心中如何能不氣惱？

「用……用了。」魏相思乖乖回答。

魏相慶因為上次毀壞藥田誣衊魏相思的事，心中尚有虧欠，硬著頭皮求情。「思弟這次沒考好，下次努力就是，爺爺也別氣壞了身子。」

魏老太爺雙下巴抖了抖。「你倒是會做好人，你月試雖不算太差，但你就沒有錯不成？」

魏相慶連忙伏身跪下。「孫子成績也不好，實在有愧爺爺教導。」

魏老爺眼睛一瞇。「只有這一件事？」

相思一聽，心道不好。想來是盧長安的信中也提及了幾人打架之事，一腳踹在魏相蘭的膝窩上，另一手則按住他的頭，讓他與自己同時跪了下去，誠懇惶恐道：「孫兒不敢隱瞞。」

「你如今有能耐了，啟香堂月試能考倒數第一，還帶頭與人打架，想來是你爹平時疏於管教了。」魏老太爺冷哼一聲，似是真的動了氣。

相思本來尋思著今天耍乖賣萌，這事便能過去，誰想卻是料錯了，此時也無好的法子，只能低著頭小聲道：「是孫兒自己不爭氣，與父親沒有關係。」

「啪！」雞毛撣子打在桌角，聲音響亮嚇人，若是打在屁股上，該有多疼啊！

相思縮著脖子，魏相慶也咬著牙，魏相蘭也蔫了，魏家三寶在魏家老太爺面前統統老實了。

「魏興。」魏老太爺喚了一聲，魏家老管家便把早已準備好的三個香爐拿上來，一一擺放在魏家三寶面前。

「原本今日我是要開祠堂的，但顧念你們是初犯，所以網開一面。」

一聽要開祠堂，魏相慶牙齒發酸。他記得上次開祠堂是因為三叔拿了家裡販藥的銀子去贖了個紅倌人，被魏老太爺開祠堂打得皮開肉綻……他嚥了口唾沫，一動不敢動。

魏老太爺用手指梳理著雞毛撣子上的雞毛。「與同窗不睦、上學不思上進，這兩條罪責，你們可認？」

「與人打架都是因為沈……嘶！」相思狠狠一掐魏相蘭的小腿，阻止魏相蘭那尚未出口的辯解之詞。

既然盧長安親自寫信給魏老太爺，自然會把事情的來龍去脈說得清楚明白，魏老爺此刻怕是定要給他們教訓嚐嚐，若再辯解，只怕罰得更重。

相思忙道：「是我們三個錯了，本該勤學上進，為家裡爭光添彩，也該與同窗相睦相親，爺爺教訓得極是。」

白胖的老頭摸了摸稀稀疏疏的花白鬍鬚，與站在身旁的老管家使了個眼色，那意思似在說——你看，我就說這猴崽子是個會看人臉色的。

第十六章

這一天，戚寒水終於來到啟香堂，即將展開教書生活。看著這位忍冬閣赭紅堂堂主，盧長安不解地問：「雖沈會長親自延請，我仍不解戚先生為何肯屈尊來此授課？」

盧長安此一問卻不唐突，只因醫者多看不起藥商，覺得販藥之徒唯利是求，又時有昧良心的藥商以次充好，害人性命，是故鮮有醫者與藥商來往。忍冬閣作為北方十三郡醫者匯聚之地，戚寒水又是兩個堂主之一，竟肯紆尊降貴來此教小兒讀書，怎不教盧長安好奇？

「我從未覺得大夫比藥商高貴到哪裡去，有時藥商反而比大夫更知藥性、藥理；忍冬閣那幫老傢伙故步自封慣了，我卻反而瞧不起他們。」戚寒水眸子裡帶了絲絲冷然。

這話卻是盧長安第一次聽別人說起，不僅與時下眾人的想法迥異，還多出些叛逆的況味，只是這說法卻與他的看法不謀而合。「藥物習性、產地、炮製和藥性強弱、藥質優劣，都是一個藥商最為看重的；藥商整日與藥材打交道，藥材手一摸，鼻子一聞，舌頭一舔，這藥是好是壞心中就已知道，確實比一些大夫要瞭解些。」

戚寒水難得與人投機，也起了興致。「這世上還有照著書治病的大夫，病患來了他只把脈，判斷脈象，然後觀人面色，確定了病症，然後呢？翻著醫書找方子，照著前人的方子全抄下來；且不說古書上先人之言是否正確，患者和患者的病症千差萬別，哪能因為大致病狀相符就全開一樣的藥？」

「正是！」盧長安欺身上前。「這樣的大夫識藥、辨藥全從整篇方子裡得來，若單拿出一味藥，他們怕是不會用，更不知只有一味藥就能治大病的道理。」

戚寒水聽得盧長安「一味藥」的理論，眼中得色一閃而過。「盧院長猜我那聞名天下的傷藥『金剛散』是什麼配的？」

「怕是最多不過三味藥？」

戚寒水伸出兩根手指。「只有兩味藥，止血生肌卻再好用不過。」

兩人聊得正投機，旁邊的裘寶嘉卻忍不住提醒。「院長，戚先生該上課去了。」

盧院長尚不盡興，卻也只得放戚寒水去上課。戚寒水本想糊弄兩節課便退了，如今竟頗有久逢知己之感，於是上課也用心起來。

堂裡學生們早已坐好，他既然講的是醫道，難免要從醫道根本講起，問眾生。「誰是班裡成績居首的？」

學神顧長亭緩緩起身一禮。「學生顧長亭。」

戚寒水點點頭，問道：「你說說何謂人之脈？」

顧長亭一愣。啟香堂從未講授醫道，他不過是自己看書略知而已，只得道：「學生才疏學淺，只知脈搏乃是元氣之行跡，有陰陽虛實之分，可斷人病狀。」

這回答對於一個八歲的孩子來說，已經是滿分，戚寒水很滿意，揮手讓他坐下，又問：

「班裡末位是誰？」

相思期期艾艾站起來，臉皺得苦瓜一般。她可沒有顧長亭的領悟力，如果讓她回答什麼是「脈」，她這個前世學習西醫的人只會說——脈就是血液經由心臟的左心室收縮而擠壓流入主動脈，隨即傳遞到全身動脈，當大量血液進入動脈將使動脈壓力變大而使管徑擴張，在體表較淺處動脈即可感受到此擴張，即所謂的脈搏。

只是不知道戚先生有沒有高血壓的毛病，會不會被她氣死？

「你說說什麼是滑脈？」

相思絞盡腦汁，在腦海裡搜尋關於「滑脈」的資訊，卻一無所獲，只得支支吾吾道：「滑脈……就是很滑……的脈。」

戚寒水並沒有高血壓的毛病，所以沒被氣昏頭，他只是搖著頭道：「怪不得你是班裡末位。」

戚寒水不再提問，開始中規中矩地講起「中醫入門基礎」系列課程，相思聽得雲裡霧裡，但想起魏老太爺的雞毛撢子，只得強打精神聽著。與她不同，旁邊的顧長亭聽得十分認真，眼神晶亮，學渣和學神果然是不同的。

眨眼一上午便過去了，戚寒水要講的都已講完，之後便是回答學生提問的環節。班裡有個叫秦鈺成的，正是那日壽宴上口吐白沫的秦老太爺之孫，他對戚寒水莫名崇拜，舉手提問：「先生，忍冬閣是什麼樣的？那裡的大夫都和您一樣醫術高明嗎？」

「忍冬閣啊！」戚寒水一頓，幾不可聞地嘆息一聲。「也沒什麼特別，人比別處多些，掉書袋的老學究比別處更古板些，只有我們閣主是世所罕見、心懷大愛且醫術高明的大夫。」

「忍冬閣閣主的醫術要是真那麼高明，為什麼自己親兒子的病卻治不好？」一個學生小聲躲在別人後頭問道。

戚寒水並不氣惱，略略惆悵道：「藥石之力終究有限，若你心脈上長了個東西，用再多的藥，也不能將那東西除去，所以說醫者並非無所不能。」

這是相思第三次聽人提起忍冬閣的少閣主。第一次是在壽宴上魏老太爺問，戚寒水答；第二次是魏正誼在房中與楚氏說，忍冬閣少閣主大限將至；第三次便是此時此地，只是這三次提起，都逃不開他的病和短命。

忍冬閣少閣主的命，真是苦啊！

吃罷晚飯，春暉院的下人來請相思，她尋思著昨兒魏老太爺的氣應該消了，這時候找她過去又有什麼事呢？但魏老太爺作為如今魏家的董事長，相思雖心有疑問，卻仍是恭恭敬敬地跟那下人走了。

到了春暉院，卻見魏相慶和魏相蘭已經在堂內坐好，老太爺也坐在正位上喝著茶水，相思請過安，便與慶、蘭兩兄弟站成一排，等著指示。

不多時，魏老太爺的茶水見了底，這才悠悠抬頭看向三人。「我聽說今兒戚先生去書院教書了，他可是少有的有才學本事的人，你們三個要好好學。」

三人點頭稱是，魏老太爺又道：「今兒叫你們三個過來，有件事要與你們說。如今府裡的事都不用我操心，我閒著也是閒著，不如勤督促你們三個的學業，自今日起，你們放學便來春暉院溫習功課，若有事來不了，也要提前過來說明原因才可。我這樣安排，你們可有什麼意見？」

這是……要上晚自習？這個時代也流行用晚自習這種有百害而無一利的喪心病狂手段壓抑小孩子的身體和靈魂嗎？

相思心中大慟，卻一絲也不敢表現出來，忍得實在辛苦。三人中，魏相蘭是個直腸子，竟問：「是要天天來嗎？書院放假的時候也要來？」

魏老太爺倒是沒生氣。「書院若是放假，你們晚上便不用來此了。」

「哦。」魏相蘭悶悶應了一聲，卻聽魏老太爺說道：「以後每日我都會考察你們的功課，若是有進步就有獎勵，若是沒長進自然要懲罰，你們三個都仔細些。」

三人六條胳膊如今都是痠麻難忍，誰還敢不仔細？都敢怒不敢言地應了。

今日自然是不用上晚自習的，魏老太爺也沒有留他們吃宵夜的好心情，早早便放三人回去了。

「思弟，爺爺方才說要考察功課，你說是怎麼個考法？」魏相慶一出門就憋不住，問出了自己最關心的問題。
作為曾經飽受填鴨教育摧殘的倖存者，相思輕車熟路。「既然爺爺每日都要考察，想來就是嘴上問問今日堂裡教什麼了之類的，上課多聽聽就是了。」
魏相慶心下稍安，又對魏相蘭說：「這樣也好，春暉院清淨，也能學得進去。」
魏相蘭白眼望天，一臉生無可戀的表情。「白天忍一天都夠辛苦了，晚上還要溫書，真是夠嗆！」
相思與他心有戚戚焉，但還是不得不承認這一招確實管用——第二日上課她不敢夢遊了，乖乖拿出自己的小小線裝本，記起課堂筆記來。
吳先生依舊沒來上課，裘掌教的課也如同吳先生的課一樣無趣，實在是催眠的利器，但好在講得清楚有條理，相思前生數十年的學習經驗讓她很快找出了重點，又按照主、次順序把知識依次羅列清楚，一張薄薄的紙便把這一堂課的主要內容梳理清楚，至於再細的知識，就需要理解後記憶了。
旁邊的顧長亭見她竟然開始認真聽課，不禁覺得古怪，看了好幾眼確認這人是不是睡了小半年的魏相思？
自上次家長會後，沈成茂也吃了點苦頭，是故這幾日消停許多，不曾再找顧長亭的麻煩，啟香堂短暫地進入平靜祥和的氣氛中。

當晚，三人到了春暉院空出的小廳中，魏老太爺任三人晚自習小組督指揮使，魏興任指揮使助理，相思任組長，相慶、相蘭任副組長，三人晚自習小組正式成立。

晚自習進行得很順利，至於最後魏老太爺的口頭問答，三人雖有錯漏和答不上的，但念在三人裡，一個是倒數第一，一個是倒數第五，魏老太爺也沒太計較。

晚自習結束後，相思與魏相慶說：「咱們三個有不懂的問題也不知向誰請教，若是班裡第一能幫幫咱們就好了。」

尚未走遠的魏老太爺拉長耳朵。「誰是班裡第一？」

相思奸計得逞。「顧夫人的兒子，我的大外甥，顧長亭呀！」

第十七章

顧家的轉折是從顧老爺販藥遭禍開始的。債主找上門來，顧夫人只得把鋪子和祖宅抵押還債，帶著婆婆和幼子淨身出戶，好在顧家還有幾畝薄田，總算能有個遮風擋雨的地方。

田地上的活兒她幹不了，顧長亭又年幼，只得租給別人去種，一年收些租，但尚不夠一年的開銷，於是顧夫人也做些繡活貼補家用。好在顧長亭爭氣，不上學時也幫忙操勞家中事務，且成績又是極好的，顧夫人覺得人生也有了指望。

這日她剛伺候婆婆喝完藥，便聽見門外有人敲門。「顧夫人可在家中？」

她應了一聲，開門一看，卻是個不認識的中年人。「請問您有什麼事？」

那中年漢子打了個千，笑盈盈道：「我是城東魏府的車伕，奉了老太爺命令，請夫人過府一敘。」

顧夫人有些納悶，那車伕見此解釋道：「是老太爺有件事想煩勞夫人，還請夫人不要推辭。」

上次顧長亭被吳先生冤枉的事，多虧魏老太爺從中周旋才大事化小，她雖事後去道了謝，卻也沒有什麼拿得出手的謝禮，聽車伕這樣一說，便不再耽擱，回屋換了身衣服，又與婆婆說了緣由，便同那車伕走了。

魏家高門大院，這次卻不用門僮通報，徑直由那車伕引著進了春暉院，見著魏老太爺，顧夫人連忙一禮。「見過五爺爺。」

「快別管這些虛的，我有一件事要求妳幫忙，妳一會兒可別推辭。」魏老太爺呵呵笑著，格外慈善可親。

顧夫人卻更是丈二金剛摸不著頭腦，有些赧然。「五爺爺又有何事需要我幫忙呢？上次的事還多虧您才得以周全。」

「我這次可是真的有事。」魏老太爺摸了摸鬍鬚，沈吟道：「妳家小子很聰明吧？我聽相思說他考了堂裡的第一呢！」

說起兒子，顧夫人眼角帶了些欣慰之色。「長亭聰慧又認真，成績向來好。」

「是這樣的。」魏老太爺一頓，身子往顧夫人那邊靠了靠，商量道：「我這三個孫子，成績不太好，如今我讓他們晚上在我這院子裡溫書，奈何他們三個都是榆木腦袋，沒一個能把課堂上的知識學全的，我就尋思……」

魏老太爺頓了一下，見顧夫人正傾身靜聽，這才道：「我尋思讓妳家小子晚上也一起來我這兒，幫他們解解惑，但絕不會耽誤他自己學習，妳看怎麼樣？」

「原來是這事。」顧夫人鬆了口氣，心下一思索，卻又有些遲疑。「只是如今我們住在城外，若是太晚，我怕夜路難走啊！」

「我早想過了。府裡那個車伕原是住在你們往東一里多的莊子上，平日也是他接送相思他們上下學，如今正好，早上讓車伕順路去接妳家小子，再到府裡接相思他們，放學也一道接回府裡來，用過晚飯就在這春暉院裡溫書，到了時辰再讓車伕把妳家小子送回家裡去，妳看成不成？」

顧夫人沒想到魏老太爺想得這般周全，起身一福，笑道：「五爺爺安排得這般仔細，自是沒得說，不像是我們幫忙，倒像是您照拂我們了。」

顧夫人這話說得卻沒錯，魏老太爺自從知道自己有這麼一個頗有氣節的窮孫女，總想著照拂照拂，但又知她的性子，平白無故的幫助是斷不肯受的，昨日相思提那麼一茬，才生出這樣一舉兩得的好法子，他揮了揮手，笑道：「瞧妳說的，往後常走動走動。前幾日妳那大伯母還問起妳，說十五要與妳一起去寒積寺進香，妳今日既來了，稍後去她院子一趟。」

顧夫人應聲，又與魏老太爺說了些西山郡娘家的事，閒話平日，才被婆子引去見楚氏。

章華院裡，楚氏正在指揮丫鬟、婆子曬書房裡的書，見一個清淡恬靜的夫人站在門口，便猜是先前被請進府的顧夫人，自己的……姪女。

她叮囑丫鬟、婆子兩句，迎著顧夫人走了過來，輕輕牽起她的手。「妳這次若再不來，我就要找妳去了。」

說罷拉著她進了屋裡，立刻有丫鬟端了香茶和茶果上來，楚氏拉著顧夫人坐下，剛要說什麼卻又止不住笑起來，少頃才道：「妳我年紀相近，我的輩分卻比妳大一輩，這可怎麼稱呼才是？」

顧夫人見楚氏和善可親，又沒有什麼架子排場，心中一暖，輕笑道：「按照輩分，我合該是叫妳一聲『大伯母』的，但卻怕把妳喊老了。」

「可別這麼叫，妳若叫一次，我便要笑一次，讓人看了成何體統。」楚氏拿了個茶果給顧夫人，自己也揀了一個吃，嚥下口中甜膩的餡，才道：「若是只有妳我兩人的時候，妳叫我名字便好；若是有外人在場，我怕是也不得不喊妳一聲『大姪女』了。」

顧夫人一陣好笑，卻點點頭應了。她吃著楚氏遞給她的茶果，覺得香酥可口。「這茶果是廚子做的？」

楚氏搖搖頭，拿帕子擦了擦手上殘屑，笑道：「父親喜歡吃甜食，我平日無事便做些孝敬他老人家，妳覺得味道如何？」

「甜而不膩，卻不知是放了什麼？」

「把槐花、桂花用糖漬了，混在細粉裡，用油酥和麵做成的……」

眨眼便到中午，楚氏留顧夫人吃飯，卻因顧夫人家中有婆婆需照料而不成，走前還把早讓人包好的茶果點心遞給顧夫人。「我親手做的，拿回去給妳家老夫人嚐嚐。」

顧夫人謝過，依舊是讓先前引她來的婆子送出去，馬車已等在門口了。

當晚顧夫人把此事與顧長亭說了，又說上次的事多虧魏老太爺的幫襯，如今這點事不能推辭，顧長亭便也依從。

第二日一早，車伕果在門外等候，馬車自然比步行快很多，不多時就到了城東的魏府，稍等片刻，魏家三寶也爬上了馬車，三人早知道顧長亭的事，相慶打趣道：「以後還請顧小先生多多指教。」

顧長亭微微點頭，不悲不喜的樣子，相思也湊趣道：「我們的屁股挨不挨板子，就全仰仗顧小先生了。」

顧長亭抬頭看她一眼，薄唇輕抿，良久才冷冷開口。「底子太差，我沒辦法。」

相思鬱卒。

馬車穿過尚未熱鬧起來的大街，車轂轆在青石板上輾過發出規律的聲響，不多時便到了書院門口，四人魚貫下車，驚呆了在門口站了一早上的唐玉川。

「哎哎哎！你們四個怎麼搞到一塊兒去了？」此時唐小爺的傷已經好了大半，只是那隻被親爹揍得烏青的眼圈還有半圈沒消下去。

「不要用『搞』字。」相思白了唐玉川一眼。「我們是在尊重彼此雙方意願的情況下，成立的『溫故知新互助上進小組』。」

「啥小組？」唐玉川一臉懵懂之色。

從他身旁走過的魏相慶重複道：「是『溫故知新勤學上進奮發圖強四人互助小組』。」

這個名字更長、更拗口，唐玉川完全懵了。「啥？啥？啥？你們說的到底是啥！」

半天之後，唐玉川終於明白這個小組是幹什麼的？由此他也感受到一點被拋棄的錯覺，略略惆悵，問魏相慶。「你們也帶我一個怎麼樣？」

專心致志學習的魏相慶看都沒看他，只道：「顧長亭考第一，我們有問題可以問他，所以爺爺才讓他來府上學習，你考倒數第一……」

魏相慶的話沒說下去，但唐小爺如今格外脆弱的小心靈已經受了傷。

傍晚，唐府飯桌上，滿桌的山珍海味卻只有一大一小兩人用飯。大的自是唐永樂唐老爺，他看著自己的兒子捧著碗吃得那叫一個香，這是罕見的場景，因為唐小爺有進食困難症，挑食就算了，還總要府裡的丫鬟追著餵才肯吃兩口，今天這情形——不正常啊！

然而這還不是唐小爺最不正常的地方，飯後他竟親自去給唐永樂打了一盆洗腳水，然後蹲在地上賢良淑德……不，是孝順知禮地要給唐永樂洗腳。這可把唐永樂嚇壞了，抱著自己的臭腳，叱問道：「你那水裡是不是放麻癢粉了？」

只見唐小爺小臉微紅，腳尖羞澀地點著地，大姑娘一般羞澀道：「其實我覺得……上學也挺有趣的。」

什麼？他聽到了什麼？唐永樂不敢相信自己的耳朵，更不敢相信眼前這個羞澀的大姑娘般的是自己那混帳兒子，愣了足足半晌，才試探著問：「你今天是不是把我的藥鋪子拆了？」

第十八章

問完這句話，原本嬌羞似花的唐小爺，臉脹成了豬肝色。「我也要參加魏相思他們辦的那個什麼……什麼小組！」

「啥？」

解釋了半天，唐永樂終於大致瞭解了事情的原委。他看見自己的混帳兒子竟然轉了性，要學習了，心中欣喜安慰，面上卻露出了奸商本性。「我怎麼知道你不是去混日子胡鬧？別下次月試還是末位。」

唐小爺這次洗腳水都端了，可知是下了狠心，當下保證道：「下次我肯定考三十名裡去！」

啟香堂總共三十四個學生，三十名裡的意思就是：不考倒數第一、倒數第二、倒數第三和倒數第四，這顯然是很有出息的。

唐永樂見這小敗家子終於往正路上使勁了，再說倒數第二也是進步，怎麼能夠不欣慰呢？當下拍胸脯道：「既然這樣，我肯定讓你進那個什麼……什麼小組裡去！」

然而唐永樂的保證下得太早了。他與魏家並無生意上的往來，也無什麼交情，總不能沒有緣由地登門造訪？也是急得夠嗆。

一日，藥鋪裡的掌櫃唐年年回報，說是有一戶藥農的藥不但訂給了唐家藥鋪，還同時訂給了魏家的藥鋪，如今不知道給誰好，讓他拿主意，唐永樂當下便腳不沾地去了自家藥鋪。

一進門，見自家的唐年年大掌櫃正站在櫃檯後面打算盤，忙衝上去，問道：「人呢？」

唐年年抬起綠豆一般大的兩隻小眼瞧他。「誰呀？」

「魏家的人哪！」

「魏家去買藥的是個拿不了大主意的小子，我漲了一成價錢，那人回去問他東家去了。」

「這戶藥農的藥我們不收了，讓給魏家。」

「啊？東家，這批藥我看了，成色好著呢，價錢也尚可，正是立秋進補常用的藥，怎麼能不要了呢？」唐年年大掌櫃是個十足十的財迷，哪裡肯把快到嘴裡的肥肉讓給別人？但他更多的卻是不解，他東家可比他要財迷得多，這葫蘆裡面賣得是什麼藥？

唐永樂伸手招呼了一個小伙計，讓那伙計去魏府一趟，又教那伙計一套說辭，打發走後，這才轉頭對唐年年道：「我有事要那魏老爺幫忙，這事正好讓我賣個人情，你讓待在藥農家的幾個伙計回鋪子吧！」

唐年年卻猶自不解。「咱和魏家也沒什麼交往，面上過得去便是了，何故還要折損自己的進益？我不知是什麼事要魏老爺幫忙，還請東家說給我聽聽。」

唐永樂輕咳一聲，把學習小組的事說了，唐年年一聽，眼中顯出十分驚異來。「小少爺這是撞邪了吧？要不要去寒積寺找個和尚回來作法？」

唐永樂一聽，當下氣得鼻子都歪了。「那小兔崽子還能總不懂事？這次我看是真的要往正道上走了。」

唐年年哼哼兩聲，心口不一地附和了兩句。

卻說唐家的小廝去過魏府之後，魏正誼也是奇怪，一來那批藥確實緊俏得很，只要入了手，少說也有四成的進益，誰也不肯輕易給人的；二來魏家與唐家向來沒什麼交往，唐永樂這一做法確實是厚道得很。

於是一面給了那小廝兩吊錢喝茶，讓他傳話給唐永樂，說自己明日登府拜訪，一面派藥鋪掌櫃帶著伙計去藥農家中收藥。

翌日一早，魏正誼如約而至，唐永樂早已在正廳迎候。因這兩人一個剛占了大便宜，另一個曲意逢迎，這話頭便也聊得盡興，竟頗有相見恨晚的知己之感，不覺便至中午。

唐永樂留飯，魏正誼沒有推辭，酒至半酣之際，頗有演技天賦的唐老爺忽流出幾滴老淚來。

魏正誼一慌，卻不知是為了何事，忙擲了酒杯急問緣故。唐老爺心情起伏不定，許久稍平靜，道：「愚弟是想起自己那不成器的兒子，不禁悲從中來。」

魏正誼猶自不知這其中緣故，卻聽唐老爺又道：「他如今在啟香堂上學，前幾日盧院長說的『末位淘汰』你我都知曉，犬子卻正是那最末的一位，想來年底就要被啟香堂趕出來了。愚弟只有這一個兒子，若被啟香堂趕出來，不僅我面上無光，怕是祖宗也要被氣急了的。」

魏正誼面色微紅，全因他想起了自己的寶貝女兒也是這名次，卻不知如何安慰唐永樂？

唐永樂又嘆了兩聲。「魏兄你是知道我的，從沒唸過什麼書，沒上過啟香堂，更不用說沈香堂了，唐家能有今天一是運氣使然，二便是愚弟的小聰明，犬子有時遇上難題來詢問，我也說不清楚明白，實在慚愧啊……」

魏正誼心思一動。「犬子和兩個姪子也在啟香堂上學，他們這幾日放學後同一個品學兼優的學生一同溫書，若是唐老弟不嫌棄，倒是可以讓令公子與他們一同學習。」

不嫌棄！當然不嫌棄！唐永樂只差拍腿贊同，面上卻露出沈靜感激的神色。「若真如此，我先在此謝過魏兄了。」

於是唐玉川也正式成為「溫故知新互助上進小組」的正式成員，坐穩了小組的第五把交椅——

這輛馬車並不大，兩排固定在車底的長凳上共坐了五個人，顯得……略擠。

相思旁邊坐著顧長亭，對面坐著相慶、相蘭兩兄弟，兩兄弟中間夾著唐玉川。魏相蘭對唐玉川的加入顯然有些嫌棄，並沒有什麼好臉色，馬車搖搖晃晃不穩，唐玉川不小心碰了他一下，他立刻就抱怨起來。「你不是自己有馬車嗎，非跟我們擠什麼？如今天氣這麼熱，五個人坐車都要悶死了！」

唐玉川如今遂了心願，雖然條件艱苦些，心情卻極好，沒和魏相蘭吵起來，陪笑道：「我那車只有自己坐著多無聊，也沒人說個話，更憋得慌，好兄弟，你且忍一忍吧！再說，雖然現在處暑悶熱，過幾月入冬人多反而暖和呢！」

「也不知你腦子是不是壞掉了，我們想逃逃不掉，你還偏要跟我們一起受罪。」魏相蘭嘟囔一聲，往旁邊挪了挪屁股。

「你不知道，俺家就我一個，沒有兄弟姊妹，放學回去連個說話的都沒有。」唐玉川抱怨。

唐小爺向來是個怕寂寞的，偏偏未上啟香堂前，只能與伙計玩，自然不比同齡人能交心，如今好不容易碰見這幾個並肩作過戰的兄弟，便想時時待在一起。

晚飯五人是在章華院飯廳用的，因顧長亭和唐玉川兩人第一次在府中用飯，楚氏唯恐不周全，準備得十分豐盛，六道精緻葷素小菜、一道鮮湯，還讓廚房蒸了綿軟可口的酥酪饅頭。魏家三寶自然吃得香甜，顧長亭卻因第一次來有些拘謹，但飯菜可口他也吃了不少，就連平日在家吃膩山珍海味的唐玉川，此時也因為有伙伴作陪，而多吃了一碗飯。

飯罷，五人去春暉院自習，魏老太爺已經在小廳等候，幾人請過安、見過禮便各自落坐，拿出筆墨紙硯等物，開始溫書學習。相思已打定心思好好學習，此刻拿出自己這幾日的筆記重新理順，但奈何基礎太差，總有不懂之處。

心細如髮的顧長亭見此，竟主動講解起來。學神總歸有學神的道理，顧長亭講得淺顯易懂，很快便把相思不明白的地方理順了；另外三人也好奇地圍過來聽顧小先生講課，儼然一個小課堂的光景。

之後魏相慶又問了幾個一直困擾自己的問題，顧長亭也一一詳盡解答，時間很快過去了。

此時一向習慣早睡的魏老太爺強打著精神，坐在那頭小雞啄米一般一點又一點，魏興輕咳一聲驚醒了魏老太爺，這才開口道：「時間不早了，顧少爺和唐少爺還要回府去，今天是不是就先到這兒？」

魏老太爺打了個哈欠，試圖驅散睏意，又看了看外面的夜色，對魏興說道：「那就到這兒吧，把兩家的小子都送回去。」

「是。」魏興應了，從門外喊來兩個小廝、一個婆子，送五個人各回各家，各找各媽。出了春暉院，慶、蘭兩兄弟便先告別，和一個婆子回院子去了，相思卻先與顧、唐兩人一同前去府門處。此時月明星稀，白日天氣雖暑熱難耐，此刻卻清涼舒適，院子裡的某處牆角藏著的蛐蛐兒正十分有節奏地叫著。

相思打了個哈欠，今天確實有些乏了，轉頭問唐玉川。「你家離這多遠？」

「不遠、不遠，坐馬車一會兒就到了。」唐玉川精神尚好，一雙溜溜轉的眼睛泛著光，顯然他此時很高興。
不多時幾人到了門口，唐家的馬車早已來了，唐玉川和兩人道別後便上了馬車，馬蹄噠噠，一溜煙就沒影了。
依舊是來時那輛馬車送顧長亭，車伕老孫也在府裡吃過了飯，已在車上睡了一會兒覺，掀簾讓顧長亭上車，轉身打個千道：「小少爺放心，我一定把顧少爺送到家裡去。」
相思還未張口，旁邊一個小廝卻開口道：「馬車穩著點。」
老孫應了一聲，一揚馬鞭走了。

春暉院裡，主僕兩人正對坐著喝睡前的安神茶，魏老太爺噘嘴吹開浮在水面的兩片茶葉，輕輕啜了一口，眼睛看著杯裡，問道：「你看那顧家小子如何？」
「從這兩天的觀察來看，顧少爺比同齡人要堅忍沈穩，且又聰慧非常，是個好苗子，若是好好培養，以後是有大出息的。」魏興一手端著茶盞，卻沒喝。
魏老太爺又啜了一口，依舊沒抬頭。「今日來的唐家小子呢？」
魏興想了想，臉上浮現一絲忍俊不禁之色。「唐少爺也是個聰明的，只是心思怕是不在學業上。」
「兒子哪有不像親爹的，他爹啥樣，以後他也差不了多少。」魏老太爺輕哼一聲，放下茶盞進屋安歇去了。

第十九章

這幾日，吳先生依舊處於停課的處罰中，裘寶嘉代課。戚寒水來得倒是勤了些，他本想來幾次不駁了沈繼和的顏面便可，誰知這個忍冬閣的激進派代表不但找到了志同道合的盧長安，還在教課中獲得了幾分奇異的滿足感。他雖然知道這班學生以後鮮有從醫的，但自己畢生所學有人知曉總是件得意事，所以竟上得頗認真。

課間休息，因魏相蘭說了什麼話惹惱了唐玉川，被唐玉川追著滿堂跑，魏相蘭跑得快，唐玉川便想抄近路，抬腿要跨過桌子，奈何腿短，於是……人卡在了桌子上，褲襠撞上了桌角。

只見唐玉川一把摀住胯下，撕心裂肺地叫了起來。「我的蛋！我的蛋啊！」

這一幕嚇慘了眾學生，有幾個還忍不住護住了自己的胯下。顧長亭和相思忙移開那桌子，扶住唐玉川。

這邊的聲響也驚動了戚寒水，他兩步走到唐玉川跟前，手指飛快解開了他的褲腰帶，一把拉下褲子，仔細打量察看半晌才抬起頭來。

此時疼痛已經不是最難忍受的了，最難忍受的是私密之處完完全全展示在眾人面前。若這是在茅房便罷，你露我也露，不覺得羞恥，可現下這情形實在讓他這個厚臉皮也臊得慌啊！

「你們看——」戚寒水指著那明顯有些腫脹的所在，平靜又十分專業道：「這就是外傷導致的水腫，裡面的經脈被外力所傷，有血水充盈，所以才會腫起來。」

眾學生都看向戚寒水指著的那處，也是唐玉川最神秘羞恥的所在，此時六十多隻眼睛都目不轉睛地盯著那兒，唐玉川雪白的小臉蛋「刷」地紅成火盆，他合住腿想把那抹神秘藏起來，奈何自己的神秘所在並不十分聽話——沒藏住。

「看——他的蛋上有顆小痣！」不知是誰驚呼了一聲，眾人的目光又被吸引過去。

「啊啊啊！你們不要看、不要看了！」唐玉川驚慌嬌喊，然而並沒有什麼用。

三十多個人，圍著一個褲子被脫到腳踝的男童，目不轉睛地盯著他在風中戰慄的某處。

這畫面實在……

所幸唐玉川的傷不重，戚寒水找了幾味藥磨成粉末用棉布包好，敷在傷處，不多時疼痛漸消。

距離唐玉川撞蛋事件已有兩日，身上的傷痛早已好了，心靈上的創傷卻沒有痊癒，他兩天沒來上課了。

魏正誼得知此事，備了些薄禮，讓相思去慰問。於是這日放學三人先去春暉院告假，才去唐家。門僮一聽是自家少爺啟香堂的同窗，一邊派人去稟報老爺，一邊讓小廝領著三人去唐玉川的住所。

唐家有錢，非常有錢，進門便是一棟簇新的三層錦樓，只在外面看，便覺得這樓……很貴，裡面想來更貴。

繞過這棟樓，又穿過花園，幾人來到一座院子前。這院子依舊沿襲唐府的浮誇奢靡之風，院門上寫著「招財院」，很有唐家風格。

「三位少爺，這裡便是我家少爺的住所，請隨我來。」領路的小廝堆笑說著，一面又在前面引著三人入院，才入院內，便聽見屋裡傳出嘈雜的人聲。

「下注、下注！快點下注！」

那領路的小廝聽見這聲音並無特別的神色，到了一扇門前也未敲門，逕自推門進去，做了個請的姿勢，卻是不進門。「小的就不進去了，三位少爺請進吧！」

三人謝過小廝便魚貫而入，一進屋看見左手邊方桌四周圍著丫鬟、小廝，有的蹲在椅子上，有的踩在桌上，這群人最中央，站著身心受到重創的唐玉川。

只見他把袍子繫在褲腰上，大紅的裡褲露在外面，臉因為興奮而透出微微的紅色，他一手按在青竹色盅上，嚷嚷道：「不許換了，買定離手！不許換！」

那正準備耍賴的小廝訕訕伸著雙手，一臉極為無辜的樣子，色盅打開，小廝臉色一苦。

「月錢輸光了，不玩了、不玩了！」

唐玉川一手把桌上的碎銀銅錢聚攏過來。「沒錢就散了吧！散了、散了！」

這一屋子的小廝、丫鬟摸著空盪盪的荷包，各個心中酸楚難受，卻是沒個辦法。唐玉川完全繼承了唐老爺愛財、惜財，不放過一枚銅錢的優良血統，此刻數著才贏來的銅錢碎銀奸笑，等數完抬頭一看，這才看見早已進門的三人。

下一刻，唐小爺撒了手中的銀錢，雙手摀住自己的褲襠……

三人一見此景，彷彿昨日重現。魏相蘭最先破功，一手捂著肚子，一手指著唐玉川，笑得上氣不接下氣。「小痣……唐……唐小痣！」

唐玉川臉色一白，轉身就往裡屋走，看樣子是真的惱了。相思和相慶忙跟上去，誰知唐玉川走得快，等兩人找著唐玉川，他已正面朝裡躺在床上，胸口一起一伏，顯然氣得不輕。

相思想了想，勸道：「你這兩日沒去書院，我們都挺想你的，今天放學特意來看你，相蘭本沒有惡意，你也別氣了吧！」

唐玉川一蹬腿，依舊背對著氣呼呼道：「我看他是特意來嘲笑我的！你們都走、都走！」

自己有這一番遭遇本是因和魏相蘭打鬧才引起的，方才又見他嘲笑，唐玉川受到深深的傷害，稚嫩心靈留下了巨大的陰影。

相思推了推唐玉川的後背，哄道：「那你以後都不去書院啦？」

「不去！」

魏相慶也圍上來，小意道：「那天的事大家都忘了，再說都是男孩子，被看見也沒什麼，以前一起上茅房不也都看過了嗎？」

唐玉川往裡移，離兩人遠些，悶聲道：「你又沒被人圍著看……看那兒！你自然說得輕鬆！」

魏相慶無奈地摸了摸鼻子，實在不知該再說些什麼來安慰，這時魏相蘭也進了屋裡來，見唐玉川這番模樣，雖還想笑，卻生生忍住了，服了軟。「方才是我錯了，我不該笑你的，你別和我生氣了，明兒去書院吧，不然過些日子月試你又該考末位了。」

唐玉川冷哼一聲，並不理會魏相蘭。

屋內陷入沈默，此時進來一個人，這人三人卻是見過的，正是唐永樂。三人見禮，他慈祥笑道：「你們三個真是有心，竟特意過來探望玉川。」

魏相慶有模有樣正色道：「我們都是同窗，見玉川兩天沒來書院，所以來看看他。」

「唉，那日的事我也聽說了，玉川臉皮薄，一時拉不下臉，你們幫著開導開導他也好。」唐永樂拍了拍魏相慶的腦袋，又轉身對另外兩人道：「我讓廚房備了飯，晚上你們留下吃飯，我已經派人去府上通報過。」

三人應諾，唐永樂便又敲打唐玉川兩句，才出門去。

心靈受創的唐玉川癱在床上，頗有些生無可戀的意味，若是過不去這道坎，唐小爺是絕不肯去上學的，相思只得又勸了幾句，誰知唐玉川竟一個翻身坐了起來，氣呼呼道：「你們都說被看了『鳥』沒什麼，你們怎麼不讓我看你們的鳥？」

相思偷偷往下一瞄，暗暗嚥了口唾沫：老娘沒鳥，拿鳥毛給你看？

身負勸諫重任的三人此刻早已詞窮，最沒耐心的魏相蘭一聽便把心一橫，一把解開了褲腰帶，把褲子褪到腳踝，大氣道：「你看吧！」

唐玉川覺得自己的羞恥感少了幾分，又轉頭去看魏相慶，魏相慶見此，也豪邁得一解褲子……

此時三人已將目光都落在相思身上，相思深吸一口氣，上前一把握住唐玉川的手，生生逼出兩滴淚，語重心長道：「玉川，我知道你心中難受，你覺得恥辱，但是我也知道你是堅強的，真正的勇士敢於面對慘澹的人生和淋漓的鮮血，我相信你是一個勇士！」

相思實在情詞懇切，且又滿眼的淚，唐玉川只覺感動莫名，也沒再要看她的鳥。

相慶、相蘭也穿上褲子，圍上前，又是鼓勵、又是安慰。他們四個如今也算是觀「鳥」之交，情誼自然更加深厚，唐玉川的心靈防線終於露出了一絲缺口。「可……可是我去書院，他們都會笑話我的。」

見唐玉川的注意力終於從「鳥」上移開，相思鬆了一口氣，她握住他的手緊了緊，鼓勵道：「我們會和你一起挺過去的。」

其餘兩人同樣舉手發誓，唐玉川心中感動莫名，眼中竟隱隱有淚，兩日來的忐忑心緒總算是稍稍安定，也同意第二日去書院。

晚上唐永樂留飯，只是因與唐老爺不相熟，魏家三寶吃得小心謹慎，雖珍饈佳餚不少，卻都沒吃飽，回府路過夜市，聽聞外面有小販在叫賣八寶酸湯麵片的小食，三人食指大動，下車加食一碗宵夜。

雲州府作為南方六州藥商雲集之地，藥膳歷史悠久，如今剛立秋，正是適合進補的時節，這麵片便是此時最受歡迎的吃食了。八寶酸湯麵片的湯水是用茯苓、陳皮、桂子等八味溫補的藥熬製的，酸香味美，招人喜歡。

食肆裡面擺著六、七張小桌和長凳，老闆是個小老頭，一見是三個衣著華貴的小少爺，忙笑著招呼。「三位吃八寶酸湯麵片？我做的麵片味道好得不得了！」

相思小手一揮。「四碗在這吃，兩碗打包帶走！」

第二十章

魏正誼和楚氏沒有吃宵夜的習慣，相思作為拍馬屁的翹楚，那兩碗麵片自然是給魏老太爺和魏總管的。

三人到了春暉院，魏老太爺尚未安歇，於是就著唐玉川的糗事這碟小菜，吃光了整碗的八寶酸湯麵片。此時已經不早，想著第二日還要早起去書院，相思便想走了，誰知告辭的屁股還沒抬起來，就聽得院子裡傳來女子斷斷續續的哭聲。

魏老太爺瞇了瞇眼，魏興便十分識趣地出門探看去了，不多時進門，身後卻多了兩個婦人；若是普通小事，這個時辰魏興自然就打發了，想來這事他卻做不得主。

走在前面的那位婦人生得一雙杏眼，面色瑩白如玉，身形裊娜，穿著蓮青色撒花軟煙羅裙，勒得那一束纖腰銷魂奪魄，頭上戴著一支鎦金點翠的蝴蝶步搖，襯得越發美豔不可方物。這人正是如今魏正信一刻也不能離的枕邊人，辛姨娘。

這辛姨娘本不是雲州府人氏，去年魏正信到韶州府販賣藥材，與當地藥商去花坊時，遇上了辛姨娘，那時候她還叫「辛夷」，在韶州府一帶頗有些豔名，舞跳得妖嬈嫵媚，人也生得勾人魂魄，魏正信一見就邁不開腿，一擲百金度日了，只覺此生再沒有這般過，於是生意顧不得，藥材也販不得，整日在花坊中流連。

這樣過了將近半月，辛姨娘也把魏正信的家底摸了個清楚，知他是雲州府裡一個大商賈家的爺，偏她彼時也想尋個人家託付，於是用話試探，魏正信此時正沈浸在溫柔鄉裡，哪有不應承的？當下便要給辛姨娘贖身。說來也是色字頭上一把刀，魏正信竟顧不得臨行時家中囑託的販藥之事，把身上的錢財全交給了鴇母，贖了這紅倌魁首。

然後一路攜著這美婦人歸家，路上自是繾綣萬分，及至了家門口，魏家三爺才如夢初醒，萬分懼怕，但此時身上銀錢已不餘半分，只得硬扛了。魏老太爺開了祠堂，打得魏正信一個皮開肉綻，又要讓人辭了辛姨娘，誰知辛姨娘的肚子爭氣，竟懷上身孕，此事便只得作罷。

但辛姨娘肚裡的孩子不久便小產了，其中緣由外人自然無從知曉。好在辛姨娘生了一副讓男人觸之難忘的好身子，魏正信竟夜夜宿在她的房中，院子裡的丫鬟、婆子自然都奉承著，便是正房秦氏，平日也不太去招惹她，今日卻不知是為了何事鬧到春暉院來？

秦氏身材豐潤，生得平常，年紀尚輕卻時常顯出疲態來，今日更是打扮普通，並沒有亮眼的地方，她對著魏老太爺一福身，尚未來得及說話，辛姨娘便喊起委屈，秦氏幾不可見地皺了皺眉，卻任由辛姨娘喊冤。

「老太爺做主，賤妾命苦，多虧相公垂憐才能有今日的安穩日子，心中也感念夫人，來府上一年有餘，不敢對夫人稍有不敬之舉，如今相公出去販藥，夫人卻不念情分，苛待於我。」辛姨娘年紀二十有餘，但自小在風月場中打滾，巧言如簧自是不必說的。

魏老太爺卻沒理她，轉頭問秦氏。「三房媳婦，這是怎麼回事？」

秦氏面有愧色。她父親本是中過舉人的秀才，也算是書香世家，只是書不能當飯吃，這才嫁進魏家來；但自古凡是和「書」沾上邊的，大多都好面子，秦氏自然不能免俗，雖氣那辛姨娘搬弄是非，卻不肯表露，只道：「原是院子裡的一些小事情，我處置得不妥當，讓辛妹妹想左了。」

「那梅香是從小跟著我的，夫人說發賣便發賣了，如今倒怪我多想！」辛姨娘恨道。

「梅香又是怎麼回事？」

秦氏正要張口，卻被辛姨娘搶過話頭去。「梅香是從小跟著賤妾的丫鬟，做事盡心盡力，連相公也時常誇獎她有眼力又勤快。今早我遣她去夫人那裡討疋布做入秋用的簾幔，誰知左等右等不見她回來，只以為丫頭貪玩，也未放在心上。哪知到了晚間，夫人房裡的崔嬤嬤來我屋裡說把梅香發賣了，我問緣由卻不說，後又去夫人屋裡問，夫人只說是梅香的錯。我只有這麼一個貼心的丫鬟，夫人只一句有錯，卻不知是哪裡有錯，想來夫人也有心虛，所以特來請老太爺做主！」

梅香的事，秦氏自然不欲人知，但眼下辛姨娘這個鬧法，若是不說出實情，怕是不能善罷甘休，是故暫時拋下了面子，面有愧色道：「今兒上午崔嬤嬤看見梅香與一個小廝在偏房裡……尋私情，於府中風化有傷，是故不得不打發梅香出府去。這事全是兒媳御下不嚴，還請父親責罰。」

尋私情。

這三個字用得極為含蓄，若是平日丫鬟、小廝眉目傳情一類，也是有的，府中丫鬟也常配小廝，敲打敲打便罷，並不會發賣出去，想來是那梅香正與小廝做那勾當，被崔嬤嬤迎頭撞見，這才鬧出如今這一樁事。

辛姨娘臉一白，萬萬沒料想是這一番緣故，當下有些後悔鬧到春暉院來，此時聽老太爺淡淡道：「梅香本不是妳屋裡的丫鬟。」

所以即便有錯，也應是辛姨娘的錯。

辛姨娘從進門起便不得魏老太爺待見，她自己也是知曉的，晚間聽見梅香被發賣的消息，怒氣攻心，才鬧到這裡來，誰承想竟全是自己的錯處，這下老太爺怕是更瞧不上她了。

好在她如今還有一張牌，於是期期艾艾下拜，聲音嬌弱不堪。「賤妾沒想到那丫鬟竟這般不知廉恥，夫人發落原是對的，只是……賤妾如今懷有身孕，身邊沒個得力的人實在不成。」

此話一出，屋內立時靜了下來，秦氏嘴唇微張，復又恢復平靜，嗔怪道：「妹妹有了身孕如何不早說，我也好早派幾個丫鬟過去伺候；如今相公不在府上，妳若是有什麼差池我可是擔待不起。」

辛姨娘暗啐一口，腹誹道：就是要妳不知曉才好，第一個孩兒正是被妳害的！

她本想等魏正信回來之後，自己的胎也穩些再說，哪知今日鬧了這一場，完全打亂了她的計畫。

「家中人丁稀少，這是件喜事，三房媳婦要小心照顧著。」魏老太爺並無太多喜悅情緒，只淡淡叮囑。

秦氏誠惶誠恐應了，小心扶著辛姨娘回桐香院去了。

桐香院，外面寂靜無聲，臥房內端坐著一個相貌平平的微胖婦人，那婦人面色陰冷，淡淡道：「那娼婦果真是個沒腦子的，也不看看自己幾斤幾兩，竟鬧到老太爺那裡去。」

旁邊站著的崔嬤嬤應聲道：「誰說不是呢，這一鬧，只怕老太爺更加不喜，只是……如今老太爺也知她懷了孕，這便不太好處理了。」

「這有什麼，婦人懷胎十月，中間若出些意外誰能預防呢？這娼婦留在府中早晚是個禍害。」微胖婦人臉色越發狠戾起來。

縱然崔嬤嬤跟著秦氏十多年，此時也有些恐懼，暗暗嚥了嚥口水。「咱們老爺不過圖她的一時風情，到底是個賤妾，早晚老爺有一日要厭煩便會發賣出去。」

秦氏臉色稍緩，摸了摸頭上戴著的珠花，觸手微涼，沒有說話。

第二日，素來有信用的唐玉川真的來了書院，他雖然來了，卻磨磨蹭蹭不肯進屋，只在門外晃蕩，最後被裘寶嘉拎進屋裡。

他一進屋，屋裡便是一靜，接著沈成茂帶頭喊了一句「唐小痣」，於是哄堂大笑。

唐玉川的臉一陣白、一陣紅，平時流利的嘴皮子此時完全沒了功用，說不出一個字來。

相思作為奮發圖強小組的組長，自然見不得組員被欺負，當下一躍而起……輕輕拍了下桌子，問道：「掌教，咱們今天是不是該月試了？」

笑聲立刻便停了下來，學生們都緊張兮兮地去看裘寶嘉手裡那卷紙，只見裘寶嘉微微一笑，悠悠道：「來，咱們開始月試了。」

這一個月，相思可謂是頭懸樑、錐刺股，發憤圖強，立志要考個好名次，如今看著試卷，也能答上十之六七，實在是進步神速了。

當日成績出來，相思成績果然進步，排了二十一位，尚在左抄右抄的沈成茂前面；相慶也有進步，考了十二名，相蘭卻不知是怎地，依舊是倒數幾名。

至於如今被「小痣」這諢名困擾的唐玉川，竟在看完相思畫的重點後，考了倒數第六的好成績。

顧長亭依舊是榜首，領先第二名很遠的距離。

幾人能有這般進步，全仰仗顧長亭的指點照顧，齊齊給他行了個大禮，顧長亭面無表情地受了。

放學後，魏家三寶難免又要安慰、鼓勵唐玉川一番，並承諾若沈成茂再拿這名頭嘲笑他，還要揍沈成茂一頓解氣，唐玉川這才放心，拍著三人的肩膀，感動莫名。「有你們這句話，這輩子咱們都是好兄弟！」

此時顧長亭也向裘寶嘉請教完畢，揹著書箱上車，聽得唐玉川如此說，又想起今日情狀，不禁拍了拍他的肩膀，卻沒說什麼安慰的話。

此次月試，除了相蘭的排名不好，相思、相慶兩人進步頗快，魏老太爺甚是欣慰，給他們放了兩日假，又派人去謝了顧夫人一回。

去韶州府販藥的魏正信回府裡了，這次倒沒把販藥的錢換個美貌小妾回來，只是回來便鑽進辛姨娘房裡。辛姨娘有孕在身，卻也沒個節制，偏魏正信原有害夏的病，一到夏日時節，便渾身疲倦，形容清減，前幾月請大夫好生調養，才沒害病；他想著如今已經立秋，夏去不遠，且又小別，行那等事便也沒個忌諱，誰知竟倏忽犯病。

府上請醫問藥，連著幾日也不見好，秦氏防著辛姨娘再勾著魏正信壞了身子，索性把他留在自己屋裡日夜照顧，辛姨娘那邊便被冷落了。

相思聽聞此事時，正在練自己那見不得人的字，於是提筆寫到——二八佳人體似酥，腰間仗劍斬愚夫，雖然不見人頭落，暗裡教君骨髓枯。

這本是隨手寫的，奈何白芍卻細心收好，放在自家少爺平日裝墨寶的箱子裡。許多年後的某日，某人看到這首詩，大為讚嘆這詩香豔玄妙而暗通醫理，相思本人則羞得面紅耳赤。

第二十一章

秋分，書院裡休假一日，馮氏帶著相慶、相蘭兩兄弟回娘家去了；魏正誼這日也少有的清閒，想起忍冬閣的戚寒水，南方素有秋分吃醬肉的習慣，便帶著廚房做的醬肉和一些禮物，和相思一同去拜望。

戚寒水性子古怪，又喜歡安靜，如今住的宅子雖在雲州府頂好的地段，卻處僻靜之所，門前竟無車馬行人；那院門也沒關，門上寫著「趙府」兩字，約莫是之前的住戶姓趙，戚寒水懶得換，便這麼掛著了。

魏正誼在門口喚了兩聲，許久才有個僕從出門來應。這人原是由忍冬閣一路跟著戚寒水來的，是故也識得魏正誼，並不通報，徑直引著兩人進了院裡。這院落本是三進的院落，如今卻只用了最後一進，前面都荒廢著。

進了最後一道院門，只見院中並無花草樹木，只在院中擺著一個黃花梨木架，架上林林總總擺了些笸籮之類的東西，還不及細看，戚寒水已走了出來，見是魏家父子，便也不拘禮，熟稔道：「戚某還想過幾日去府上拜見老太爺，你們倒是先來了。」

魏正誼一禮，道：「今兒是秋分日，雲州府的風俗是要吃醬肉的，晚輩也知戚先生是不講究這些，只是府中醬肉味道甚好，所以送來請先生品嚐。」

那醬肉由相思一路從門口提了進來，十分沈重，聽聞此言，忙把那沈甸甸的一罈醬肉遞過去。

盛情難卻，戚寒水只得接過。「我以前就聽雲州府是十分講究進補和吃食的，一年二十四個節氣，每個節氣都當節日過，不是吃這、就是吃那，吃得這般費事，卻也沒見比北方的百姓多活上幾年。」

這話說得隨意，卻並無惡意，魏正誼自然是知曉的，於是也不辯解，只笑道：「雲州府大半的百姓都靠藥過活，祖上也是如此，幾輩子傳下來的習慣，自然難改。」

戚寒水點點頭，卻沒說話，魏正誼又問：「戚先生說北方不講究這些，卻是怎麼回事？北方的百姓都不進補的嗎？」

「進補的少，吃藥的多。」戚寒水道。

兩人又隨便說了些話，相思坐在旁邊小凳上乖乖聽著，卻聽魏正誼問道：「晚輩聽說，戚先生剛來雲州府時曾尋找能工巧匠，不知可尋到了？」

戚寒水面色本就如火燎過的鍋底，聽了這話便忍不住又黑上幾分，略有不甘之意。「能工巧匠倒是有，只是沒人能做出我要的東西來。」

魏正誼一聽來了興趣。「是什麼樣的東西？」

戚寒水面色更加難看。「我也不知是什麼樣的東西。」

這話說得……你都不知道，能工巧匠哪能知道？

似是也意識到自己這話說得古怪，戚寒水解釋道：「我尋這東西，全是為了少閤主的病。」

「少閤主的事情晚輩時常聽聞，只是卻不知是什麼病症，不知現下可是大好了？」

「好倒不曾好，只是暫時控制住病情，還要尋長久的計較。」戚寒水一頓，面上隱隱現出擔憂之色。「少閤主的心脈與普通人不同，心脈上還生著歧脈，使經絡血脈不能正常運作，若遇到艱難時，一動也不能動，痛苦異常。」

魏正誼雖不是個通曉醫理的，聽聞此言卻也明白了幾分。「若是如此，只怕吃藥只是揚湯止沸，是除不了病根的。」

「正是。我身為外傷醫家，想法與忍冬閣眾多醫家不同，他們只囿於自己所學，想讓藥石之力治好畸形之脈，實在是癡心妄想。」戚寒水看了看魏正誼，又看了看相思，似在思考接下來的話兩人可能承受得住？思忖多時，終於輕聲道：「我想得是打開胸膛，將那畸形脈絡割下，這才是真的『釜底抽薪』之法。」

相思暗暗嚥了口唾沫，不禁感嘆戚寒水想法真是新穎，竟想給忍冬閣的少閤主開膛破肚做手術，只是如今這條件，一沒有無菌手術室，二沒有順手的手術用具，三嘛……

相思看看張著大嘴、眼中滿是惶恐之色的自家老爹，嘆道：三是沒有做手術的社會環境啊！如今這時代，若是摘了一個人發炎穿孔的闌尾，只怕比殺了那人還難以接受吧！

相思正胡思亂想著，不經意撞上戚寒水探究的目光，於是呵呵傻笑著，當作沒聽懂。此時魏正誼也從巨大的震驚中醒過來，聲音卻猶自顫抖。「戚先生這話倒是有些駭人，人若是打開胸膛，只怕一腔熱血都要噴濺出來，當下就要斃命了。」

相思心道：要是一刀切在動脈上，只怕是漫天血雨咧。她轉頭想聽聽戚寒水怎麼回覆，哪知見到魏正誼方才那般駭然的樣子，戚寒水自沒了交談的興致，便沒有接話。

「先生，溫少閣主的病，當真十分痛苦難過嗎？」相思輕聲問道。

戚寒水眼神一暗。「這病是娘胎裡帶來的，自小少閣主吃的藥比飯多，發起病來似在冰裡又似在火裡，輾轉反側，渾身疼痛非常，竟動也不動得，有時一躺便是一月。少年心性難免不甘寂寞苦守，少閣主卻能忍得許多，閣中眾人沒有不敬服的。」

相思正要說話，戚寒水卻又道：「便是發病之時，旁人偶有疏於照顧之時，少閣主也不曾遷怒丫鬟、小廝。」

「先生尋的東西可是刀剪一類的？」相思試探著問。

戚寒水面上現出疑慮神色，自言自語道：「我查閱眾多古籍，並無相關記載，醫典上雖有開腹取腐腸的記述，卻未說是用刀還是其他東西……」

戚寒水雖然想法新穎，但囿於社會環境，想像力始終有限；再加上西醫與中醫完全是不同的體系，那片薄薄的手術刀，只怕靠他的想像力是難以勾勒出來。

三人扯了半晌，也沒扯出個所以然來，又見戚寒水沒有留飯的意思，魏正誼便帶著相思告辭走了。

出了院門，楚氏差遣來的小廝魏棠便迎上來，說是唐永樂請老爺過府一敘；相思心中有事，便同魏棠先回府去了。

回魏家要路過一條鐵器鋪街，雲州府的百姓都稱呼這條街為「玄光街」，只因這條街的街石因成年累月浸了鐵水，石面黝黑發亮，便是夜裡也能發出光來，所以有這一諢名。

雲州府藥農多，鋤頭、耕具自是常用之物，也是玄光街最緊俏的貨，只是這些農具雖實用，卻都做工粗糙，想必鑄造之人也不是細心的匠人。

相思下車走著，挨家挨戶挑揀器具仔細觀看，故意裝出老成持重的樣子。跟在後面的魏棠看著不禁有些奇怪，問道：「少爺，咱們也不種地，你看這些農具做什麼用？」

相思一笑。「自然有用處。」

說完，她伸手招來老闆。「老闆，這條街上哪家的手藝最精細？」

老闆一愣，讓他說自然說自家的最精細，卻見這唇紅齒白的娃娃俏生生得招人喜歡，又聽他解釋。「我是想做個小玩意兒。」

老闆一聽，這才放下心來，指了指長街盡頭。「你只管往前走，找到門最破、客人最少、情景最淒慘的那一家，便是了。」

相思驚訝地重複了一遍，見那老闆堅定地點了點頭，不像是誆自己的，這才去尋這古怪的打鐵鋪。

長街盡頭，一間極為窄小的鋪面，沒有招牌，門前案上橫七豎八擺著幾件鐵器，這幾件鐵器做得十分精細，鋪內爐旁坐著一個一身肌肉的壯漢，街上傳來陣陣打鐵的鏗鏘之聲，襯得這間破落的小鋪格外安靜。

「老闆你接活兒嗎？」相思脆生生問道。

那壯漢似是沒聽見一般，專心致志地坐在爐旁，繡花。

「老闆，你接活兒嗎？」相思提高聲音，又問了一遍。

那壯漢依舊沒理會，粗壯的大手捏著一根極細的繡花針，十分熟練地繡著，相思只得走進鋪裡去，踮起腳尖一看，卻見大漢正在繡一隻振翅欲飛的仙鶴，針腳細密精緻，仙鶴栩栩如生，相思拍了拍大漢的肩膀，笑得見牙不見眼。「老闆，你接活兒嗎？」

那大漢此時才注意到鋪子有人進來，想來平日也時常如此，難怪他的生意冷落了。他打量著這個比桌子高不了多少的小人，冷冷道：「沒錢的活兒不接。」

「有錢、有錢、有錢！」相思連聲應著，從袖子裡左掏右掏，總算掏出個鼓鼓囊囊的小荷包，掂量著大概有三、四兩。

那漢子見了，卻無太多喜色，仍轉頭去繡花，此時相思才看出漢子正在繡的應該是個套子，又見那套子是細長的形狀，猜測著也許是給劍配的。

見漢子不理自己，相思也不惱火，站在旁邊看了一會兒，自言自語道：「我想做的那幾件東西，要是手藝粗糙蠢笨的怕是不成，整條街都說你的手藝最精細，不知道你能不能做出來呢？」

那漢子知道鋪子裡有人後，做事難免分心，相思的話自然都聽見了，只是這玄光街全是些買農事用具的，就算鑄劍的客人也鮮有，他便以為相思也是來尋農具，頭也沒抬道：「農具都在外面擺著，你自己去看。」

相思唉聲嘆氣，接著釣魚。「我要做的那件東西是極為精細的，只怕整條玄光街都沒有。」

何止整條玄光街沒有，便是整個大慶國只怕也沒有的。

那漢子終於抬起頭來，虎眼一瞪。「你個乳臭未乾的娃娃，能有什麼新鮮玩意兒？一會兒有客人來取貨，你快走，別在我這尋開心。」

方才相思在門口見了大漢做的農具，邊是邊，角是角，十分精細，竟把粗使的工具做得有些匠人精神，深得她的歡心，讓大漢做那把手術刀，再適合不過，於是覥著臉，自去角落取了草紙和描畫的細筆，趴在旁邊的木桌上，振筆疾畫起來，不多時，一把簡約而不簡單的手術刀便躍然紙上。

她把草紙遞到大漢面前，試探問道：「這種刀，你能不能做？」

大漢掃了一眼，便再移不開目光。如今的鐵器，除了農具便是廚具，偶爾也有來鑄劍打刀的，此外再無別的。這紙上的小刀線條流暢如柳葉，刀柄細長，真是從來沒見過。他從相思手中接過草紙，看了一會兒。「這刀有多長？」

「四寸。」

「那實物與這草圖上畫的同樣大小？」

「一模一樣。」相思畫的時候，擔心這鐵匠不知大小比例，所以畫了個與實物同等大小的。

那漢子用手比了比，眼中興味越濃，嘖嘖稱奇。「你這刀是做什麼的？這般大切菜也不實用啊？」

相思自然不能說是切人的，於是糊弄道：「用來剝動物毛皮的。」

大漢一拍手。「這刀靈活，剝皮最適合不過了！」

這大漢頗有些勇攀險峰的精神，當下應了這買賣，收了相思的訂金。

相思走到門口，忽想起一事來。「老闆，我這刀薄，須得用鋼鑄造才成，不然怕不合用。」

那老闆卻不用她提醒，此時正低著頭研究圖紙，傲然道：「這刀當然要用鋼鑄。」

回到家，相思卻還在想那把手術刀，心想若是要送戚寒水禮物，只怕一把刀有些寒酸，於是又手起筆落，畫了各種型號的手術剪、手術鑷、止血鉗、縫針等物的圖紙，然後收好，只等那把手術刀到手，再行考慮。

第二十二章

秋分之後，早晚有些涼爽之意，衣衫也不似夏時輕薄，中午雖有些熱，卻能安睡。

這日，用過午飯，眾學生便如舊在廂房準備小憩，這時卻忽然闖進來個青年男子，這男子賊眉鼠眼掃了一圈，見屋裡沒有大人，才鬆了口氣，把肩上揹著的大書箱往地上一摜，擦了擦額上的汗水，悄聲道：「小爺們看不看書？我這裡可有時下最流行的話本！」

正在整理枕頭的相思一愣，唐玉川和魏相蘭等一群人已經一窩蜂地迎了上去，她便也湊個趣，踮腳在旁瞅。只見那書淨是些才子佳人的小說，角落裡還藏著幾本可疑的繪本，想是春宮圖一類。

這幫學生，平日在家經史子集、草藥通論管飽，這類閒書卻是鮮見的，一個個跟蒼蠅見了臭雞蛋一般，都在那書箱裡挑挑揀揀。有的人找到自己喜歡的，便掏了銅板，拿著書上炕看起來，卻也有挑來挑去沒尋到滿意的，把書箱翻了個底朝天，那書客也不惱，只揀出幾本受歡迎的。

唐玉川此時尚年幼，才子佳人類的繾綣自然勾不起他的興趣，於偏僻處尋到一本記載經商趣聞的書來看；魏相蘭呢，尋了一本三俠五義的傳奇來讀，於是這個本應安寧的午休時間，生生被破壞了。

顧長亭自然沒去尋閒書看，此時正安靜恬淡地閉著眼小憩，這是他一天中為數不多的閒暇時光。

「大外甥。」

顧長亭聽見右手邊的相思又這般喚自己，閉著眼睛沒有理會。

「我知道你沒睡，我有件事要問你。」相思伸手戳了戳顧長亭白嫩的面皮，悄聲道。

顧長亭繼續裝睡，依舊沒理。

相思嘆口氣，對於這個僅僅八歲卻油鹽不進的大外甥，她實在是束手無策，只得湊近了些。「我看戚先生上課時你聽得極認真，可曾想過以後要做大夫？」

本以為相思又要說些不著邊際的話逗弄自己，沒想到這次卻真是正經事，他睜開眼，轉頭去看近在咫尺的相思，有些不解。「你問這些做什麼？」

「其實做大夫也挺好的，救人性命，也受人尊重，你要是喜歡醫道，往這條路上走豈不好？」相思兩世為人，心思自然縝密些。顧長亭如今家裡的光景，只怕往後從商艱難險阻頗多，本錢一項就夠他愁的，若是他樂意學醫，那就是另外一條路了。

南方六州首重藥事，大夫少而不精，卻極受尊重，往後顧長亭若真做了大夫，自然安穩一生。

顧長亭神色微動，全然落進了相思眼中，她猜他也是動過心思的，於是繼續道：「咱們的戚先生是忍冬閣的名醫，如今在咱們書院裡教課，你也常向他請教，不如就拜入他的門下如何？」

顧長亭眸中隱現驚異之色，彷彿第一次認識相思一般，良久閉上眼，淡淡道：「戚先生怕是不肯輕易收我這樣的野徒弟。」

既然知道了顧長亭的想法，相思便也不再說什麼，回到自己的位置上安然入眠；而被她攪擾的顧長亭雖閉上了眼，卻失了睡意——若戚先生能收自己為徒，該多好。

過了半月，寒露日，雲州府的風俗是要喝桂花稠酒的。魏府裡晚間要賞菊喝酒，相思便只得早早出門，車伕老孫早在府門等候，此時見相思少爺左手拎著一大罈酒，右手拎著個雕花小箱，忙上前接了過來放在車裡，跟在相思身後的小廝也把手裡的大小包裹放上車，這才出發去城外顧家。

顧長亭一家如今住在田莊上，院落雖然樸素，卻很乾淨，顧夫人迎了相思進門，見她乖巧可人，自是喜歡，忙喚裡屋的顧長亭出來。

不多時，門簾一晃，一個人走了出來，不是顧長亭又是誰，只是此時的顧長亭實在有些……土氣。

他頭上包著赭色布巾，身上穿著粗布小衣，褲子有些短，露出直細的小腿來，他臉上還擦著兩抹黑灰，不知是不是方才在擦鍋底？

顧長亭見是相思來了，略有些驚訝，相思已經先開口道：「今兒寒露，爺爺讓我來送些桂花稠酒，你和我一起去搬進來吧！」

顧長亭隨便用袖子擦了擦額頭上的汗珠，便跟著相思去門口，到了馬車前，相思卻不急著搬酒，而是笑咪咪地看著顧長亭。「大外甥，我一會兒要去戚先生家裡送酒，你要不要和我一起去？」

聽著這句「大外甥」，顧長亭瞇起眼來。「你有題請教時，叫我顧小先生，如今沒事求我，就喊我大外甥，這臉變得也忒快了些。」

嘴上占了便宜的相思微微一笑。「那你到底去不去？」

「我去做什麼？」

「我聽說昨日下大雨，戚先生的房子漏雨了，把兩大箱書都泡了，正需要人幫忙。」

顧長亭一聽，便同意去幫忙，於是兩人告別顧夫人，一起往戚先生府上去。相思說既然是去幫忙幹活，顧長亭的衣服就不用換了，顧長亭也無所謂。

兩人被引著去見戚寒水，一進最後一道門，便見院子裡一本一本被水浸濕的書，煞是壯觀，而戚先生，正雙手顫抖地捧著一本字跡都被水暈沒了的傳世名方欲哭無淚。

顧長亭任勞任怨地在院子裡曬書，曬完一面再翻一面。這些書都是戚先生的命根子，他見顧長亭能如此細心，也是老懷安慰。

此時太陽正烈，書也曬得七、八分乾，相思狗腿地泡了一壺茶，讓顧長亭給戚寒水送去，於是一老一小兩人又在太陽底下說了半晌「天下醫道」、「六州藥事」之類，到了中午，戚寒水帶著兩人去隔街的館子吃了一頓後，又回去收書。

收完書，相思讓馬車先把顧長亭送回去，自己則在戚寒水處等著。

顧長亭一走，戚寒水便有些按捺不住，捉了相思到眼前，問道：「顧長亭家裡很苦嗎？」

相思費了這麼多勁，自然就是要戚寒水知道這事，於是一五一十把顧長亭的身世說了，又誇他聰明好學，對醫道十分熱衷之類。

戚寒水摸了摸鬍子。他早有收顧長亭為徒的想法，只是怕他未來是要經商的，所以一直沒開口，這時卻見相思眼睛雪亮，天真爛漫道：「先生收他當徒弟吧，他將來一定是個好大夫呢！」

戚寒水雖然心思已定，面上卻並無表現，相思一急，便趕緊取了那雕花小箱過來，神秘兮兮地問：「先生，你猜這裡面裝的是什麼？」

戚寒水鬍子一顫，冷冷道：「沒興趣。」

相思卻不氣餒，將那個略有些沈重的小箱放到桌子上，老神在在道：「那日我聽先生說起想打開腸肚，用『釜底抽薪』之法治少閣主的病，只是苦於沒有適合的用具，偏我家中有一孤本，記載著開腹手……手術之法，上面有一張手術刀具的插圖，我便找人打造了一套。」

戚寒水眼睛一亮，身子稍稍前傾，急急問道：「什麼孤本？何時拿來給我看看？」

哪裡有什麼孤本，那是西方醫學數百年的智慧結晶，但這話是萬萬不能對戚寒水說的。

相思滿臉為難道：「那……那書如今找不著了，但上面的圖我記得清清楚楚，先生你看看這東西是否合用？」

戚寒水不禁面色一黯。他本來就沒對一個六歲的娃娃抱有太多期望，如今又聽那書找不著了，想來這箱子裡的東西八成也是一堆廢鐵，但是看著相思一臉期待，又不好不看，只得打開了那箱子。

箱子裡面用紅色綢布襯著，裡面擺著白燦燦的幾件什物，是戚寒水從沒見過的新奇玩意兒。他伸手取出一把刀柄細長的小刀在眼前仔細打量，眼中異色漸濃，最後竟是雙目圓瞪，不可思議地轉頭去看相思，卻見小娃娃純真可愛地看著自己。

放下手術刀，戚寒水又拿起一件什物，打量擺弄了許久，卻不知這是做什麼的，不禁納悶。「方才那是刀，這又是什麼？像剪刀卻不是剪刀。」

那當然不是剪刀，那是止血鉗！相思心中嗤笑，面上卻正經嚴肅。「我記得那書上說，這是用來夾住經脈的，好像是能防止血液流出吧。」

她話音一落，戚先生就往自己的手腕上夾去，相思來不及阻止，下一刻只聽得忍冬閣赭紅堂堂主、頂頂有名的戚寒水戚先生「嗷」的一聲叫了出來，疼得直捶大腿，卻不敢再碰那把挾在手腕上的止血鉗。

相思瞪著眼睛嚥了口唾沫，隱隱感受到戚先生的痛楚，然後躡手躡腳地走上前，輕輕把那止血鉗拿了下來。「先生……您沒事吧？」

戚先生那張原本漆黑如墨的老臉皮，如今白得像紙一般，顫抖憤怒地指著相思手中的止血鉗。「什麼……什麼鬼……鬼東西！」

相思訕訕，不知該怎麼回答。

許久，戚寒水才平靜下來，小心翼翼從小箱裡又取了東西挨個兒細看，卻只用兩根手指捏著，一副生怕再被咬到的樣子，一樣樣看完用了小半個時辰，心中大為驚奇，感嘆這套工具實在精巧奇妙而實用。

他忍不住追問：「既然書找不到了，那你記不記得那書叫什麼名字？」

相思撓撓頭，想著這個世界中醫一家獨大，是沒有西醫的，於是坦然胡謅道：「好像叫《西醫手術案集》。」

戚寒水暗暗唸了兩遍，然後開始了將近二十年的《西醫手術案集》尋訪之路，只可惜上窮碧落下黃泉，兩處茫茫皆不見，十分遺憾，只嘆魏相思這貨害人不淺。

「這西醫是什麼醫？」戚寒水問。

「不知道。」相思真誠答道。

戚寒水也不知在想什麼，許久之後一抬頭，瞇著一雙眼看著相思。「無事獻殷勤，你到底想幹啥？」

相思腳在地上蹭了蹭，小聲嘟囔。「我想讓先生收顧長亭做徒弟，他品行好，又肯勤學，肯定是個好徒弟的。」

「我收不收他做徒弟，與你有什麼關係？你這麼熱心是什麼緣故？」這一套工具做工精細，且是用貴重的白鋼鑄成，可知價錢不菲。

「顧長亭他是我大外甥啊，我總得多為外甥想想，」相思一頓，又道：「他家裡光景艱難，別的啟香堂先生又不肯好好教導，怕是會耽誤他的。」

顧長亭年少沈穩，有慧根，是個學醫的好苗子，如今這年紀尚可補救，若是再晚些年歲，只怕的確會誤了他；但讓戚寒水驚訝的，卻是相思竟知道這一重，平日只看他是個迷迷糊糊的娃娃，如今看來心思竟然剔透非常。

見戚寒水又不說話，相思便有些急了，她看他這些日子對顧長亭格外照顧，覺得他是有收徒之心的，但眼下不說話是怎麼回事，於是一咬牙、一跺腳，幽幽道：「我記得那本書上還畫了人胸內的構造來著……」

第二十三章

戚寒水兩眼「刷」地一亮，雙手按在相思的兩肩上，急道：「你還記得清楚嗎？快畫出來給我看！」

人胸腔內的構造，別說戚寒水不清楚，在這個死者為大的時代，誰也沒敢剖開人的胸膛去看，自然沒人清楚，如今聽相思這一說，戚寒水簡直欣喜若狂，奈何相思卻只傻笑不說話。

戚寒水越發急了，只盼望相思那本《西醫手術案集》能給他指出一條救命的明路來。「你倒是說話呀，傻樂什麼！」

相思瞇著眼，笑容可掬。「先生收了顧長亭吧，收了我就好好回憶回憶那幅圖是怎麼畫的。」

戚寒水險些氣翻過去，卻也不再賣關子了。「收收收！我明兒就收了他！」

相思這才鬆了一口氣，進屋去找了紙筆出來，坐在小凳上，在戚寒水探照燈一般的目光裡，畫起早年為了應付考試而熟記於心的人體器官和人體循環圖來。

畫完交給戚寒水，只見上面脈絡清晰，線條流順，體貼的相思還用箭頭指出血液流動的方向。戚寒水先是驚嘆，再是驚嘆，然後狐疑——這張圖複雜非常，即便是他自己，只怕也不能輕易記得清清楚楚。

但看相思依然一副純真無知的模樣，戚寒水頭痛地放棄了詢問的念頭。

相思幫自己的大外甥找了個好老師，十分開懷，一路哼著小曲回了魏家，才下車就在門口看見了也剛剛回府的魏老太爺，相思忙小跑著上前甜甜請安。

魏老太爺見自己這嫡孫大寶貝今兒的心情似乎格外好，於是問道：「你這是幹什麼去了？」

「爹讓我給戚先生送稠酒去了。」

「戚先生如今隻身一人，平日多拜望是應該的。」

相思應聲，兩人各回了院子。

晚間魏府家宴，在春暉院擺了酒席。因沒有外人，倒也沒分男席、女席，大人們坐一桌，魏相學、魏相玉和相思等五個後生坐了一桌，這相學、相玉雖見過幾次，相思卻並不相熟，於是小心謹慎地吃飯。

吃了一會兒，忽然一個婆子慌慌張張地跑進春暉院裡，焦急地看著秦氏，秦氏知是有事，於是尋了個空起身來到院子，那婆子對著秦氏耳語兩句，秦氏的臉色便變了。

像是受了驚般，秦氏的腳步有些虛浮，進了堂內便臉色煞白「撲通」一聲跪在魏老太爺面前，聲音中夾雜著隱痛。「兒媳無能，沒照顧好辛妹妹，方才院裡的嬷嬷過來傳話，說是妹妹小產了。」

魏老太爺臉上和煦的笑容眨眼消失了，他不說話，只冷然看著秦氏，那洞穿一切的目光讓她如芒在背，但她卻並不害怕，只因這事做得天衣無縫，如今誰去查，也查不出她的毛病來，便讓她有恃無恐。

那辛姨娘魏老太爺自然不喜，但他卻更不能容秦氏這般狠辣的手段。

眾人都悄聲放下酒杯，生怕發出一點聲音點燃了這場對峙。就在這時，魏老太爺說話了。「上次我叮囑妳好好照顧的話，妳是當作耳邊風嗎？」

秦氏低了低頭。「兒媳自然記在心中，回院子後也悉心照顧，只是辛妹妹實在體弱……或許是早年小產傷了身子，所以這胎才坐不住了……」

「當年小產是什麼緣由，妳當我不知道嗎？」魏老太爺不眨眼地盯著秦氏。「再怎麼說，她懷的也是魏家的骨肉，妳若是看不慣她，發賣掉也罷了，何必去害她腹中孩子的性命！」

秦氏沒想到魏老太爺會發這樣大的火氣，當下也有些後悔自己做得急了，嘴上卻是不肯認的。「兒媳從未害過辛妹妹的孩子，老太爺這樣說，可是有什麼證據？相公納妾，兒媳心中雖然不喜，卻尚有容人之量的！」

此時堂內十分安靜，靜得能聽見院子裡蟲鳴之聲。

「芒硝。」魏老太爺冷冷道。

芒硝常用作瀉熱通便，清火消腫，積滯腹痛，是一味常用的藥。

但是脾胃虛寒及孕婦禁用。

這是辛姨娘第一次小產時，秦氏用的手段，她心下大驚，看魏老太爺竟似不準備放過她一般。

「那次流產是妳害的？」此時才聽出些門道的魏正信憤然起身，怒指著秦氏罵道。

秦氏心中想著不應這麼著急動手，眼下這情勢卻是騎虎難下了，只有抵死不認一條。

「兒媳聽不懂父親說什麼。」

那魏正信是極愛辛姨娘的，又看秦氏平庸相貌，想她歹毒心腸，無名冒出些邪火來，衝上前去，劈手便是兩個耳光，怒道：「我怎麼會娶了妳這蛇蠍心腸的婦人！」

秦氏只覺眼前一花，頰上火辣辣地疼，她一手撫上微微腫起的臉，眼中滿是狠戾之色，咬牙道：「我若知你是寵妾滅妻的混帳，我就是出家當姑子，也不肯嫁你！」

「現在說得硬氣了，當初你們家窮得只剩女兒，妳有選擇嗎？」魏正信開始耍渾，魏家平日也算是有頭有臉的，今日魏正信卻比潑皮還混蛋幾分。

「好了！」魏老太爺狠狠一拍桌子，指著魏正信氣道：「你如今也長能耐了！要說錯，也是你最初不該把人帶回府裡來！」

魏正信垂手，不說話，卻瞪了自己的髮妻一眼，頗有回去再算帳的意思。

一直在旁看熱鬧的馮氏卻不嫌事大，冷冷道：「平日三嫂一口一個『孝順』掛在嘴邊，卻一雙素手害了兩個老太爺孫兒的性命，可真是夠孝順哪！」

魏正孝是個膽子小的，桌子下的手拉了拉馮氏的袖子，讓她少說幾句，馮氏卻沒理會。

秦氏今日是有些心灰意冷了，也不惱怒，只冷笑道：「生出來又怎麼樣？不過是庶出生的庶出，都不能繼承家業，還不是白費力氣。」

這話說得不敬了，對魏老太爺也頗有怨憤之意，魏老太爺卻沒有生氣，他今兒有些累，揮揮手道：「你們都走吧！」

魏正誼擔心自己的老父，本想留下寬慰幾句，魏老太爺卻連他也趕走了。

滿桌殘羹冷炙，杯中殘酒已涼，魏興關上門，想要阻擋如水的涼夜，又溫了一壺桂花稠酒給魏老太爺斟滿，嘆息一聲。「老爺今兒是怎麼了？三房夫人做事狠辣並非一天、兩天，若做得過分老爺只不過敲打敲打，從未像這般不給臉面的。」

華髮已生的老人摩挲著杯子，清清淡淡問：「魏興啊，你說人這一生有什麼意思呢？」

魏興蹙眉思索，少頃，問道：「可是秦老爺不成了？」

魏老太爺喝了杯中酒，目光落在虛空之中。「老秦年輕時也是個狠角色，如今老了成了老糊塗，天天迷戀吃仙丹，誰勸也不聽，我今日去看，他那些子孫後代竟沒一個頂事的，只怕他死後，秦家也算是完了。」

「秦家哪能那麼容易完。」魏興輕嘆一聲。

「我看到他拚命拚出的產業，如今後人卻沒有能扛起來，想到自己也是這樣，這三個兒子沒有一個是做生意的好手，相互之間也不和睦，兄弟無情，老三更是搞得自己院子不得安寧，我若百年之後，三房、四房定是要分家，大房又是個沒主意的，魏家只怕要完了。」

魏興雖想出言安慰，卻知魏老太爺的擔憂並非沒有道理，只得又給魏老太爺添了杯酒。

這日風和日麗，天氣涼爽，啟香堂裡的眾人終於漸漸忘卻了「唐小痣」撞蛋事件，事主也夾起尾巴做人，一切是如此祥和。

戚寒水正在上課，時不時用充滿愛意的目光看顧一下顧長亭，再用麻木不仁的目光看一眼相思，這是他準備收徒後第一次上課，課後他就打算找顧長亭談談拜師的事宜。

「救命、救命、救命啊！」此時堂外傳來撕心裂肺的喊聲。

戚寒水皺眉快步走出去，只見兩個大漢抬著個竹輦疾步往這邊來，竹輦上癱著個進氣少、出氣多的老人，多虧旁邊還有個青年扶著，不然只怕老者就要掉下來了。

那青年看見戚寒水就在眼前，彷彿看到了希望，大聲喊道：「戚先生救命啊！救救我父親的命啊！」

竹輦停下，戚寒水上前號脈，只覺觸手冰涼，指下竟全無脈搏，這時聽得那青年道：「家父先前痰卡在喉嚨裡，咳不出、嚥不下，找了幾個大夫也沒有用，眼見著人要不行了，先是抬去府上找，府裡的下人說您在書院，我們便急忙趕來了。」

戚寒水放開老人的手腕，搖搖頭。「不成了，已經沒脈搏了。」

「啊！戚先生您可千萬救救我父親啊！」青年一把抓住戚寒水的袖子跪了下去，顫聲說：「我父親還有氣息啊！」

這老人自然就是曾經在魏老太爺壽宴上口吐白沫，後被戚寒水救了的秦太爺，青年是秦太爺的小兒子，名喚秦明霄。

戚寒水是見慣生死的人，知這秦太爺服食丹藥已久，內臟均被腐蝕，且年歲已大，是無論如何也救不回的，於是只站在遠處不再言語。

這時啟香堂裡的學生們也好奇地出來張望，一個眉眼細長的學生看清眼前景象一下子慌了，跑上前急急拽著秦明霄的手哭道：「九叔，爺爺這是怎麼了？」

這學生名喚秦鈺成，正是秦太爺的嫡親孫子，先前出門時秦太爺情況尚好，誰想再見時竟是這樣的光景。

啟香堂的學生們都尚年幼，誰也不曾親眼見過死人，如今猛然見了誰能不害怕，各個定在原處不敢動彈。相思看看躲在自己背後捂著臉的唐玉川，狠狠地翻了個大白眼，不料卻撞上顧長亭的目光，只得訕訕。

顧長亭平日便比別人沈穩許多，此時也不見懼意，一手提著唐玉川，一手提著魏相蘭先送進屋裡，又擋在眾學生面前讓大家快回屋裡去，便有許多學生十分感激他。

第二十四章

第二日，書院月試，秦鈺成自然沒來，五人互助學習小組頗見成效，顧長亭自然是萬年第一，毫無懸念和期待，相思和相慶也入了前十；唐玉川這些日子也是發憤苦讀，誓要把露痣之恥用名次洗刷掉，竟排了倒數十名。

只是五人組中的相蘭……依舊是倒數的，此次考了倒數第三。相思想，該抽時間和他「溝通、溝通」了。

回府之後，相思便巴巴地跑到楚氏屋裡給她報告自己的進步，又因魏正誼尚未歸家，便寸步不離地等著。

但相蘭這邊就有些難看了。馮氏平日雖然並不苛求，但聽得相思如今也考進前十名裡去，相蘭卻這般不長進，便訓問了幾句。相蘭性子有些倔，聽了也不回話，馮氏見此越發地生氣了，拿起棍子便打，這下卻不好了。

相蘭被打得惱了，一咬牙喊道：「我不上學了！」

馮氏一愣。「你剛才說什麼？」

相蘭也是吃了秤砣鐵了心，憤然道：「上學有什麼好？我不上學了！我考也考不好，學又學不會，不如去做大俠客！」

「什麼勞什子大俠客！就你這沒桌高的小娃還想著做俠客！看我不打死你！看你還上不上學！」馮氏氣得大罵，劈手又是幾下，相蘭也不躲避，只由著她打，自己卻是打定主意要做大俠客了。

相蘭如今這荒謬想法，自然是因那日從書客手裡買的那本書，上面的大俠威風凜凜，風雨中仗劍，是何等瀟灑快意。於是尚未有獨立思考能力的相蘭小朋友，現實生活受挫，便一心想著做個大俠，也瀟瀟灑灑過一輩子。

馮氏打了幾下，一是心疼自己的親兒子，二是覺得相蘭不過是小兒心性，明兒這話只怕就全忘了，於是又教訓幾句，此事便暫時擱下了。

誰知相蘭竟真的打定主意，第二日死活不去上學，馮氏拉著他出門，他便一把抱住門框，壁虎般嵌在上面，大喊「我不上學！我不去！我就不去上學！」之類的話。

馮氏氣得七竅生煙，也是動了怒。「你今天要是不去，我就把你的腿打斷！」

事到臨頭，相蘭竟也有些膽氣。「打斷我也不去！我要當大俠客！」

馮氏使勁一拽，奈何相蘭把門框抱得死死的，竟是拽不動，便鬆手又去尋棒子。魏正孝忙去攔，也有丫鬟、婆子去勸，馮氏卻是個壞脾氣的，斥退了眾人，拖著棒子便往這邊來。「我看今天是你厲害還是我厲害！」

相慶一看大事不好了，擔心弟弟吃苦頭，拉起他就往外跑。「快跑！別大俠客還沒做成，自己先被打死了！」

相蘭一看親娘那架勢，心裡也是一驚，趕緊逃命去了。

誰知兩兄弟剛一出門，便迎面撞上了魏老太爺。魏老太爺今日穿了件玄色長衫，臉色不太好，見兩人慌張出逃，又聽兩人身後院子裡嘈雜，盯著相慶問道：「這麼慌張做什麼？」

兩兄弟嚇得魂不附體，偏偏這時馮氏也衝破了重重阻礙追了出來，只見她手中拿著根手臂粗的棒子，渾身殺氣騰騰，但一見到魏老太爺，馮氏便蔫了，忙想藏起棒子，奈何棒子太粗沒處藏，只得小步走過來。

「四房媳婦，這是怎麼了？」

馮氏一時無語，相蘭卻不怕死地回道：「我不想上學了，我要做個大俠客！」

魏老太爺的眉頭輕輕顰了顰，笑得溫和。「你要做個什麼？」

「大俠客！我要做個慷慨仗義的大俠客！」相蘭胸膛一挺，彷彿這一挺就能當大俠。

溫和的笑容從魏老太爺的臉上消失了，他看著馮氏道：「現下我要去秦府一趟，妳把相蘭送到祠堂裡等我。」

聽聞這話，眾人臉色一變，相慶滿臉驚恐，相蘭硬著的脖子也軟了幾分，馮氏乾笑兩聲，小意道：「小孩子不懂事，不用進祠堂吧？」

「送到祠堂裡去。」魏老太爺說完這句，便頭也不回地走了。

馮氏的手指恨恨點了點相蘭的腦門，又急又氣。「這回好了，有你好受的，讓你做大俠客！」

相慶勸道：「娘，爺爺讓您把弟弟送到祠堂去，別是真的要動用家法吧？弟弟年紀這麼小可是受不了的。」

「老太爺說的話誰敢違逆？要是把他打死了就當我沒生這個兒子！」馮氏雖話是這樣說的，心中卻也在盤算怎麼才能讓兒子少吃些苦頭？又想起相蘭這「大俠客」的志向來得實在有些蹊蹺，便逼問道：「平白無故的，你這小子怎麼就想要做大俠客了？」

相蘭沒說話，相慶卻為弟弟著急。「還不是那日書院裡來了個書客，他買了一本閒書鬧的。」

才改邪歸正的馮氏沈吟片刻，故態復萌道：「既然是在書院買的閒書，相思也肯定在場，老太爺回來你就說是他慫恿相蘭去看那書，勾得他不思上進，不然只怕他這一頓家法是躲不過的。」

相慶尚未開口，相蘭腦袋卻搖得撥浪鼓一般。「和他沒關係，扯上他做什麼？」

馮氏聞言一怒，正要發作，卻聽相慶也道：「娘，這事不能這麼辦，上次因為誣賴相思，他好長時間都不理我，如今他也不是個什麼都不懂的小孩子了，要再這樣，以後我們怎麼相處？而且若被爺爺查明是咱們誣賴的，只怕就不是一頓家法的事了。」

見馮氏面色略有鬆動，相慶繼續勸道：「前幾日三伯院子出了那事，您看爺爺多生氣，如今咱們院子若再不安寧，爺爺只怕要狠狠整治呢！」

馮氏沒想到兒子如今竟能說出這番話來，一時心中有些詫異。「那你看這事該如何辦？」

相慶看了相蘭一眼。「這事要是弟弟肯認錯，答應以後好好上學，便不算是大事。」

哪知相蘭竟冷哼一聲。「我就是不要上學了，我要當大俠客！」

「當你奶奶個大俠客！」

馮氏一聲暴喝，相蘭的慘叫響徹雲霄。

馬車裡空盪盪的，只有相思和相慶兩個人。先前聽相慶說起相蘭鬧退學的事，相思也有些頭疼，都說少不讀《水滸》，原是沒錯的，相蘭活了心，免不得自己要對他進行一場深刻的……「洗腦」。

因思忖著晚上要怎麼給相蘭洗腦，相思這一天便渾渾噩噩的。午間，五人小組只剩四人湊在一起吃飯，唐玉川一聽相蘭所為，不禁讚嘆。「他的志向還挺特別的，但是當俠客有什麼好？又窮又苦，風餐露宿，也不知圖個啥！」

一直默默吃飯的顧長亭抬起頭來，幽幽道：「相蘭對學習從來不上心，這次既然說要做大俠客，怕是不肯輕易罷休的。」

「這可怎麼辦！」相慶苦了臉。

相思咬著筷子，似是拿定了主意，猛地一拍桌子。「五人小組一個都不能少！」

顧長亭看著忽然莫名激動起來的相思，並無太多情緒，淡淡道：「那就要想想怎麼把相蘭勸回來。」

「將欲取之，必先與之！」相思一字一頓道。

卻說書院這邊四人正在商量對策，魏家祠堂那邊相蘭跪得膝蓋發麻，他往旁邊挪了挪，小臉皺成了一顆三十八褶的大包子，但他要做大俠客的人生理想並未動搖！

此時，剛從秦家回來的魏老太爺正坐在他前面的太師椅上，面上略有疲色。

「說說吧，你自己是怎麼想的？」

相蘭不安分的屁股動了動，悶聲道：「孫兒覺得上學沒什麼意思，不想唸了。」

「哦，沒意思所以不想唸了，那你要退學幫家裡做生意？」魏老太爺輕聲問。

相蘭撓了撓頭，有些不安。「我想……做大俠客。」

魏老太爺冷哼一聲。「你想做大俠客？做大俠客有什麼好？大俠客又是那麼好做的嗎？」

相蘭聽魏老太爺嘲笑自己的理想，心中略有些惱意。「我看書上那些大俠，慷慨仗義，好不快活，哪裡像咱們商人到處鑽營，這一輩子都窩窩囊囊的！」

魏老太爺面色一變，始知這個孫子心底竟是這般想法。如今大慶國雖對商賈有些惠策，商人地位不高卻是事實，但自己的孫子看不上自己的職業卻是另一回事了；又加上今日去秦家弔唁，魏老太爺便真真生出了些「人生寂寞如雪」的感嘆來。

「你看不上商人？你可知你如今身上穿的、嘴裡吃的，都是我們這些你看不上的商人給你鑽營來的！不然你還能比那街上的乞兒強出多少去？」

相蘭畢竟從小沒吃過苦頭，也不覺得當乞兒能如何，他看那書裡的大俠小時候也是個乞丐，然後遇上了世外高人學了武藝，這才成了一名大俠。

但他卻不敢在魏老太爺面前發表這番言論，只硬著頭皮說道：「我學習也沒有什麼用，將來不過是幫家裡跑跑腿，家業還是相思繼承的，我就做我的大俠客去！」

魏老太爺黑了臉，狠狠一拍桌子。「你們三個兄弟如今整日在一起，平日極為親密，我還當你們兄弟情深，沒想到你心裡卻也惦記著要家產，今日竟說出這些誅心的話！你讓相思聽到了，心中怎麼想？你們這兄弟以後還做不做了！」

相蘭說這話全是一時情急，並無半分爭奪家產的想法，聽得魏老太爺的怒聲質問，才知是自己說錯了話，但他偏偏是個直腸子，並不肯軟下身段來認錯，只道：「孫兒沒有那些想法，只是確實不想讀書。」

「不讀書你就在這裡跪死算了！」氣成河豚的魏老太爺一甩袖子走了。

第二十五章

下學後，四人小組依舊來春暉院晚自習，只是魏老太爺今天勞神動氣沒來看著，單單魏興陪著。

相思拉著相慶去屋裡找魏老太爺，進了裡屋，見魏老太爺已經躺下了，躡手躡腳地走過去看，卻見魏老太爺正閉眼睡著，於是拉過薄被想給他蓋上。

「你們不去溫書，到這來幹什麼？」魏老太爺忽然睜開眼睛。

相思忙與相慶站直身子，低著頭道：「聽說爺爺今天發火了，我們來看看爺爺消沒消氣？」

相慶也忙狗腿獻殷勤。「爺爺快別生氣了，相蘭他年紀小不懂事，嘴上也沒個把門的，別氣壞了身子。」

魏老太爺冷哼一聲，坐起身來，因這幾日的事著實費心勞力，原本緊繃的雙下巴也鬆軟了許多。「說吧，你們兩個兔崽子到底要說什麼？」

相思偷偷抬頭打量魏老太爺的神色，哪知正撞上老太爺的目光，忙又低下頭去。「我們想了個法子勸蘭弟，保准能讓他改變心意回來上學。」

「你們還能有什麼法子？那小子如今能耐得很，已經看不上商人了，非要做個大俠客呢！」魏老太爺冷哼一聲。

相思卻從這話裡聽出些委屈的意味來，想了想，替相蘭辯解道：「蘭弟還小，心眼又直，情急時肯定口不擇言的，爺爺別和他計較這些，只要讓我們去勸，最多一個月，我們肯定讓他知道大俠客不是那麼好當的，也讓他明白家中生意的不易。」

「就是，我們都知道家裡的生意是爺爺付出許多辛苦的，是蘭弟小，忒不懂事了。」相慶也附和。

見尚有兩個孫子是懂自己的，魏老太爺心氣稍順。「那你們要怎麼勸？」

「先把蘭弟從祠堂放出來。」

當晚，跪了一天的相蘭小朋友一瘸一拐地回院子，馮氏怕再把事情鬧大，便沒再教訓他。

夜深人靜之時，相慶趴在相蘭耳邊說了一通私房話，那相蘭小朋友的雙眼放光，樂得見牙不見眼。

次日一早，相蘭早早起身，同相慶一起上學堂去了。一上馬車，相蘭便再也控制不住激動的情緒，興奮地抓住相思的手。「爺爺真的同意讓我當大俠客了？」

相思鄭重其事地點點頭，做了個噤聲的手勢，這才小聲道：「只是這事怕是四嬸不會同意，所以暫時先別告訴她，你只先暗中學些功夫，等有小成就了再同她講。」

旁邊的顧長亭聽相思這般胡謅，便也一臉嚴肅地配合哄騙。「昨天魏老太爺確實是同意了，我們都知道這事。」
相蘭一聽顧長亭都這般說，便信以為真，興奮地搓著小手。「那我怎麼學功夫呢？」
相思從屁股底下抽出一本縐巴巴的書，只見書上寫著四個字——《葵花寶典》。
這正是她昨天晚上奮戰的結果，裡面匯集了她記得的所有武功精華。
「這本秘籍是那日我路過玄光街，一個神秘的打鐵匠給我的，說讓我轉交給有緣人，想來這有緣人就是你了。」睜眼說瞎話的相思雙手奉上《葵花寶典》。
相蘭興奮接過，小臉通紅地翻開秘籍。
相思沒有陰損地在上面寫下「欲練此功，必先自宮」，只見第一頁上畫著個蹲馬步的動作，再往後翻，依舊是蹲馬步，只是雙腿之間的距離大了一些，再往後翻，雙腿間的距離更大些，最後一頁，只見雙腿劈到極致，屁股已經坐到地上。
相慶有些驚訝地張著嘴。「這是什麼功夫？」
已經被相思帶壞的顧長亭認真道：「醫道上，越是精妙的書，道理越是簡單，想來武功也是如此，這本秘籍的功夫定是絕世武功。」
「原來是這樣！」被俠客夢沖昏頭腦的相蘭小朋友握緊了小拳頭。
「你看，前面好像還有一頁。」相思奇道。
幾人都往她指的方向看去，只見秘籍扉頁上寫著兩行字：

一天練五個時辰不得間斷，只可吃糠嚥菜不沾葷腥。

相蘭小朋友幾不可見地嚥了口口水，卻是咬牙道：「我能做到的！」

於是這日，啟香堂裡多了一道風景——相蘭蹲馬步。

上課時蹲馬步，吃飯時蹲馬步，別人午休睡覺時蹲馬步，下學的馬車上依舊……蹲馬步，相蘭的腿都有些站不住了。

到了晚自習時，五個時辰終於到了，相蘭坐在椅子上，始知屁股與椅子的接觸是如此甜蜜。

然而這並不是最難忍的，最難忍的是吃糠嚥菜不沾葷腥這一條。相蘭從會吃飯開始便頓頓離不了肉，如今猛然斷了葷腥，實在殘忍，尤其是午間，其他四人吃肉吃得那個香哪！

相蘭的口水流下來，他嚥著口水道：「我只吃一塊肉可以嗎？」

相思往旁邊挪了挪，一手護住碗裡的肉，一臉大義凜然。「天將降大任於斯人也，必先苦其心志，勞其筋骨，餓其體膚，又不是不給你飯吃，少吃些肉都受不了嗎？」

相蘭討了個沒趣，嘟囔道：「但我還是不知道練功為什麼不能吃肉？」

「蘭弟，你要知道，做大俠的是要摒棄凡人庸俗趣味的，不能貪圖享受，要以天下為己任，要體恤弱者疾苦。有床不能睡，要睡地上；有肉不能吃，要吃野菜。」

「有床為什麼不能睡？有肉又為什麼不能吃？」

相思拍了拍他的肩膀。「因為床要給賣身葬父的少女睡，肉要給被富戶貪官欺壓的乞丐吃。」

相蘭目瞪口呆，半晌沒有說話。

唐玉川挾了一塊肉放進嘴裡，一邊有滋有味地嚼著，一邊含糊不清地說道：「相思這話……有理，你看那些大俠客哪個不是風餐露宿的？我看好你啊，總有一天你也能和他們一樣。」

尚有一星火苗在相蘭心裡不滅，他不甘心地問：「那大俠幫了別人忙，總歸會有人感激他的，總能掙到銀子的吧？」

相思道：「但需要大俠幫忙的都是窮人，大俠哪裡好意思收銀子呢？」

相蘭苦惱地撓了撓頭。「但是世上總要有路見不平的大俠吧？」

相蘭的心思動搖了。他想當大俠的原因有三個，第一是現實生活受挫，想要逃避；第二是他在閒書裡面看到的大俠都瀟灑快意不窩囊；第三他想慷慨仗義。

但如今知道大俠不但要吃許多苦，一個不小心還會被官府通緝，前途堪憂，於是整個人都消沈下來，飯也不吃，功也不練了。

拯救失學兒童的計畫已經完成一半，成功讓相蘭意識到大俠客不是好當的，剩下的一半就是幫助相蘭找到新的人生理想。

這日放學，馬車走了平日不會路過的一條街道，到了一寬敞處停下，坐在車門處的相思拍了拍相蘭的肩膀，掏心掏肺地說：「家裡的事你甚少關心，那日在祠堂又說做商人不好的話，你不知爺爺聽了多傷心。」

說完，她掀開車簾。

雲州府百姓富庶，但富庶之地亦有衣不蔽體的窮苦人家。車外是一個粥棚，粥棚上掛著一個招子，招子上寫著幾個字：魏家施粥。

棚子裡有兩口大鍋，只放粥和鹹蘿蔔小菜兩樣，但棚子前已經排了兩條長龍，隊伍裡多是些七、八歲的乞兒，也有些年老的乞丐，他們都十分熟練地端著碗排好隊，想來是這裡的「常客」。

相蘭面露驚訝之色，顯然他從不知道魏家有這個粥棚，相思便解釋道：「這粥棚開了十年了，每月從藥鋪的進益中拿出一些放粥，接濟這些食不果腹的人，雖然並不是大幫助，但也能讓他們免於饑餓之苦，這些你怕是從不知道的吧？」

別說相蘭不知道，就是相慶也不清楚，現下聽相思說起，兩人心中竟生出些身為魏家人的驕傲來，卻聽相思又道：「蘭弟，你說商人蠅營狗苟不坦蕩，但這些銀錢全是正途掙來的，沒有騙也沒有搶，這是取之有道；平日府裡不曾奢侈揮霍，反而還拿出一部分銀子施粥做善事，這是用之有度，這番作為也算是君子行徑了，我覺得很坦蕩、很光明。」

相蘭從未聽過相思這般正經地說過話，如今這話竟還極有道理，一時愣住了。

「你想當大俠客，不過是因這次月試的成績不好，於是想逃避，但是見硬就躲做什麼能成呢？當大俠客也要練功夫，吃許多苦頭，遇上許多困難，到那時你還要躲不成？困難的出現是為了讓你克服，不會，學便是了，困難的事能贏了才是真厲害呢！

「再者，我知道你比我們都高尚許多，想要鋤強扶弱，但銀錢用得好未必會弱於刀劍。刀劍是為了救人而殺人，咱們家的生意是為了救人而掙錢，掙了錢再去救人，兩者沒有高下之分吧？」相思開始滿嘴胡謅，努力幫相蘭洗腦，連車內的相慶和唐玉川都被她唬得一愣一愣的，只有顧長亭略有深意地看了她一眼。

若是說之前相蘭心思稍有波動，如今卻是徹底被顛覆了，只嘆相思的洗腦功力深厚。他吸了吸鼻子，低頭悶聲道：「我不當大俠客了，我好好上學讀書。」

這才對！

口乾舌燥的相思差點拍手，卻硬是忍住，做出心懷安慰的神色來。「那日你說做商人不坦蕩，爺爺心裡苦，但是爺爺不說，今兒你回去可要好好賠個禮。」

相蘭應了，馬車這才又啟程往魏家去。

到了魏家，相慶自然先陪相蘭去春暉院，剩下三人便先去章華院等著，一向聒噪的唐玉川卻一路沒有說話，快到章華院時終於憋不住了。「相思，我原來雖然不覺得經商有什麼不好，但也沒有覺得做商賈怎麼光榮，今兒聽你一席話，覺得蕩氣迴腸，以後我要當一個厲害的大商人！」

相思訕訕笑了笑，不知這話該怎麼接，顧長亭卻淡淡對她道：「你那一番言論並沒太大謬誤，但有一處卻是大大的不對。」

相思越發地心虛，唐玉川卻問道：「哪裡不對？」

「商人用銀錢做善事，是因為那些銀錢於他們來說並不關係性命，但俠客仗劍鋤奸，卻是用性命證道，雖銀錢與刀劍有時能做同樣的好事，到底是高下不同的。」

唐玉川自然又被唬得一愣，這類問題對他來說實在是要命地難懂；相思卻知此言不差，搗著發紅的老臉求饒。「自然是這個道理，咱們知道就成，別告訴相蘭就是了。」

第二十六章

相蘭鬧退學事件，總算在給魏老太爺認錯之後，告一段落。五人小組重新恢復平靜，相思卻思忖著怎麼激發幾人的學習熱情，於是一日提議——每人把自己當月的零花錢拿出來放到一處，當月月試進步最大的人得所有的零用錢。

至於已經沒有進步空間的顧長亭自然排除出去，只有四個人來爭。眾人都同意，於是把零用錢都放到顧長亭處寄存，又寫了份文書，四個人都畫了押。

這一方法果然奏效，四人竟有了懸梁刺股的狠勁來，每日就比誰學得晚、誰記得牢；至於成績最差的相蘭和唐玉川兩人，也開始在課堂上向裘寶嘉發問，實在是難見的景象。

課上認真聽講，課下奮發圖強，且有顧長亭這個學神輔導，有相思這個筆記小能手助攻，又有銀子刺激，五人小組進步神速，當月竟都考進前十五名去，滿堂的學生無不目瞪口呆，便連裘寶嘉也略略驚異。

順利脫離學渣隊伍的幾人一時熱血沸騰，而贏得此次比賽勝利的相蘭更是熱淚盈眶，在其他三人同樣盈滿熱淚的眼神裡，接過了顧長亭手中那沈甸甸錢袋子。

至於唐永樂，只要他親兒子不考倒數幾名就要燒高香了，此次聽聞他月試竟考進了前十五名，當下又驚又喜，以為自己在作夢，險些暈過去，最後知道竟是真的，馬上進了祠堂拜了又拜，跪了又跪，把這天大的好消息說給列祖列宗聽。

事後，唐老爺又親自去了趟魏家拜望魏老太爺，其間感激涕零。

這幾個孩子進步神速，魏老太爺也是老懷安慰，准他們去魏家溫泉別院一遊。

顧長亭自然是不去的，奈何幾個人不落下他，又加上顧夫人也讓他去，便只得同去了。

這溫泉別院卻不在城裡，是建在城外一清靜山裡，五人坐車，一路歡笑，不多時便到了別院。下車一看，只見門前匾額上寫著「瓊花別院」四個字，同來的婆子、丫鬟去敲門，應門的是個花白鬍鬚的老頭兒，見是府裡的人，連忙將他們迎了進來。

這院子依山傍水，此時又秋高氣爽，十分宜人，更妙的是院後有一處水氣氤氳的溫泉，溫泉旁還栽種著幾株開得正盛的瓊花樹。

相蘭、相慶也是第一次來，解了褲腰帶就跳下水去，唐玉川和相思互看一眼，如同來時商量好的，一把將毫無防備的顧長亭推下水去，那水並不深，又因相蘭、相慶在下面接著，顧長亭一驚後穩穩站在了水裡，顧長亭看著四人陰謀得逞的笑意，莫可奈何。

唐玉川扠腰指著顧長亭嬉笑道：「都是相思的主意，他怕你不肯……哎喲！」

唐玉川「撲通」一聲也被推進水裡，剩下的話沒能說出口，他咬牙指著相思。「你推我幹什麼？不是說好只推顧長亭嗎？」

相思面有慚色，往後退了兩步躲開唐玉川向她伸來的魔爪。「你們泡，我怕水，我去給你們找吃的！」

說罷，轉身跑了。

泉水溫暖，四人赤條條地泡在裡面，不一會兒只覺渾身軟綿綿的，像飄在雲上一般，不一會兒，相思身後跟著兩個丫鬟來到泉邊，她已換上一身嶄新的深青色衣衫，身後兩個丫鬟也捧著幾套同樣的衣衫放在岸上。

唐玉川「咦」了一聲，指著相思問：「你這衣服倒是精神。」

相思原地轉了一圈，指著岸邊同樣的棉質新衣。「這次咱們小組考得好，娘說要獎勵我們，我想著咱們五個穿著一樣的衣服，出去多神氣！」

唐玉川驚喜一聲爬上岸，拿起一套仔細打量，又圍著相思轉了一圈，嘖嘖讚嘆。「顏色也好，款式也好，咱們五個一起穿肯定好看！」

其實相思哪有精神弄這些，不過是看天氣涼了，顧長亭卻沒有一件棉衣，若單送他又怕他不肯收，所以才繞了這麼大的彎。

相思又去弄了些茶水點心，依舊放在岸上，卻不下水，只坐在旁邊與四人插科打諢，一個上午竟眨眼便過去了。

四朵出水芙蓉換上新衣，竟大小適合，穿上又舒適、又暖和，跟著相思去飯堂用飯。別院只有一個老家人看管，廚娘是從府裡帶來的，飯菜簡單可口，五人吃完便在房裡午睡。

今日起得早，又坐了許久的馬車，相思也覺得憊懶，躺下不多時就睡著了，這一覺睡得沈且香，彷彿周遭的一切都離自己越來越遠。

再醒來時日已西斜，榻上除了她竟空無一人，相思揉了揉有些痠麻的脖子，口有些乾，趿著鞋子去廳裡倒水，卻見顧長亭正坐在門前臺階上讀書，秋日陽光灑在他的身上，暈出恬淡的影子。

相思端著茶杯走出門，與顧長亭並肩坐著，她才醒，眼睛微微瞇著瞧那本書，隱約看見應是一本醫書，正要喝水，杯子卻被顧長亭奪走了。

「茶水涼了，我給你換一杯。」說罷，人已往廚房去了。

相思百無聊賴地閉著眼睛曬太陽，舒服地長嘆一口氣。不多時一杯熱茶塞進她手裡，她「咕嚕咕嚕」灌進肚子裡，聲音因為睡意未消的緣故有些綿軟。「戚先生收你做徒弟了？」

顧長亭拾起那本書，臉上現出鮮少露出的微微喜色，聲音卻平淡如常。「是，戚先生讓我書院休假時去他那裡，我如今也開始看些先生讓我看的醫書了。」

相思點點頭，許久才道：「那你往後別日日來魏家了，如今我們幾個不像以前那般差勁，日間上的課也能聽懂，日日來和我們溫書會耽誤你的。」

顧長亭這才抬起頭，他仔細打量著相思那張稚嫩的臉，雖然對相思的細心體貼感念在心，口上卻問：「往常用到我的時候，『顧小先生、顧小先生』地叫，如今翅膀硬了就要卸磨殺驢？」

相思嘴裡發苦。「我們四個以後還要『顧小先生』多多指教的，只是不用日日指教，你多些時間跟著戚先生學習醫道，原本也是替你著想的；再說你可比驢要聰明多了！」

顧長亭收回目光，眼中笑意更盛。「我知道，我還知道是你去求戚先生收我做徒弟的，謝謝你。」

這轉變太快，腦中尚且混沌的相思理了理思緒。

「戚先生本來就有收你做徒弟的心思，我只是在旁邊煽風點火，你跟著他好好學，以後肯定有大出息。」

有沒有出息顧長亭不知道，但自從他接觸醫道以來，興趣一日比一日濃，若以後能救死扶傷，是極符合他的心性。

「他們三個哪兒去了？」

顧長亭放下手中的書，起身拍了拍屁股上的灰，又把相思拉起來。「他們三個和丫鬟去後山採野果去了，這時候應該採得差不多，咱們去吃現成的。」

別院後門開著，兩人拾階而上，行至半山腰便聽見前方有嬉鬧之聲，再走兩步，就在重重疊疊的果樹間看見幾個深青色的影子，及到了跟前，只見相慶正站在樹下用袍子兜著各式果子，唐玉川和相蘭各攀在一棵樹上，比猴兒還靈巧。

見到兩人，唐玉川把手中剛採擷下來的鮮果扔了過來，笑喊。「這棵樹上的果子甜！」

顧長亭一把接過，遞給相思一顆，自己留了一顆，那果子熟透了，咬下去爽甜可口，相思又要了幾顆全部吞吃入腹。

此時天色不早，摘夠了果子，幾人便打道回府。馬車先到了顧長亭家，摘的果子放在幾個柳條編的小簍裡，相思給顧長亭拿了一簍，又把一個早準備好的包袱遞給他。「果子你拿回去給顧老夫人和顧夫人嚐嚐，包袱裡是一套更厚的棉衣，咱們五個人都做了的。」

顧長亭這樣心思縝密的人，怎麼會不知道相思的心思，笑笑收下了。

唐玉川下車時，同樣也是拿了一簍果子、一套棉衣。等到三人回家，便把剩下的果子分一分，春暉院送一簍，魏正信住的桐香院送一簍，相思和兩兄弟各帶回院一簍，剩下的分給府裡的丫鬟、小廝，各院子倒也吃得承情。

秋日既到，冬日便也不遠了。啟香堂眨眼便要年底大考，考了末位的學生是要被退學的，堂裡的氛圍便有些嚴肅起來；但學習小組的幾個人如今成績十分穩定，倒不擔心年底大考。

顧長亭如今一月只有半月來春暉院，剩下的時間便去戚寒水的住處聽教，日子充實祥和，一片寧靜。

自從那日魏老太爺對秦氏呵責後，已有近兩個月的時間，秦氏事後不但極為誠懇地認錯，連秦氏在雲州府衙做幕僚的親爹也親自上門賠禮，魏老太爺免不得又說了些敲打之語，卻不好拂了秦父的臉面，事情只得暫時作罷。

那日秦氏也與魏正信撕破了臉皮，好在她是個能屈能伸的主兒，頗有容人雅量地從花坊裡找了個十分會伺候人的紅倌回來，親自塞進了魏正信的屋裡，這對夫婦總算是在紅倌的說和下握手言和了。

那新進府的紅倌名喚「彩月」，生得蜂腰窄肩勾魂眼，幾個晚上便讓魏正信魂兒也丟了，再記不起舊愛辛姨娘來；彩月又吹得一手極佳的枕頭風，幾日後魏正信便沒了立場，竟要把辛姨娘發賣出去，頗有些「人不如新」的意思。

魏正信這邊既然鬆了口，早已虎視眈眈的秦氏便沒了忌憚，隔日便找來個牙婆，將辛姨娘發賣了。那辛姨娘雖也不是個善茬，卻因剛剛小產身體虛，又患了不淨之症，竟連話也說不出，被秦氏派了兩個體壯的婆子抬了出去。

那牙婆本是常與秦氏打交道的，也知秦氏恨極辛姨娘，笑著奉承道：「夫人放心，老身一定為這婦人尋個解恨的去處，往後是別想見天日了。」

秦氏微微一笑。「賣了多少銀錢全是妳的，只消多讓她遭些罪。」

這牙婆是做慣傷天害理事的，聞言嘿嘿一笑。「她如今也就一張皮相還成，年紀不行，身子也不行了，大戶人家不會收她做偏房，只一個『娼門』讓她入；好的樓子卻不肯收她，想來只有一個暗門子能容她，到時市井懶漢使幾個銅板也睡得，窮途末路的渾人不給銅板也玩得，哪有比這更遭罪的？」

秦氏一聽，心中大感快意，賞了幾吊錢，又留婆子吃了盞茶，才讓婆子走了。

第二十七章

冬至，天氣越發寒冷起來，雲州府冬日是少有雪的，只是陰冷潮濕，白晝也短了許多。因體恤他們幾個孩子晚上要來春暉院溫書，魏老太爺就免了他們早晨請安，只是相思依舊早早起來繞著院子小跑，身後跟著白芍、紅藥兩個倒楣的跟班。

相思怕冷，還沒到大寒就穿得如粽子一般，渾身上下裹得嚴嚴實實，只露出一雙眼睛。晨練完畢，楚氏已在桌前等著，見她小臉通紅，不禁心疼地用手揉了揉。「天氣這樣冷，早晨就別起這麼早了。」

相思笑了笑。「爹呢？」

「今兒藥鋪裡有事，先出府了。」楚氏給她盛了一碗熱氣騰騰的香粥，那粥裡除了稻米，還有些白瑩瑩的雞頭米。

楚氏又摸了摸她微涼的額頭，嘆道：「妳這樣怕冷，晚上生個火盆吧，不然夜裡怕是要凍醒。」

楚氏極為疼愛相思，所以晚上果真生了個炭火盆，只是今日氣悶，睡到半夜相思只覺渾身疼痛，想說話又說不出，哼哼了兩聲勉力睜開眼睛，尚餘一絲神志的腦子悚然一驚：這是一氧化碳中毒的症狀！

她用盡了全身力氣勉強翻身，明明用了很大力氣喊，傳回耳中的聲音卻如蚊子一般，求救算是無門了。

她咬牙滾下，只覺四肢像灌了鉛一般沈重，全靠一股意志在撐，好半晌才爬到外間，白芍正在榻上睡得香甜。相思狠狠掐了白芍的手背一把，白芍卻只是悶哼一聲，再無反應，相思也不知哪裡來的力氣，雙腿蹬著木榻，硬是把白芍拽了下來。

相思力竭，手腳再沒有半分力氣，卻知若是再不出去，兩人都要玩完，於是咬著牙，一手抓住白芍的後領，手腳並用往門外爬，生死攸關之時，相思便也發了狠，一尺、兩尺，眼看就要碰到門了。

卻有腳步聲漸漸近了，相思伸手撓門，卻撓不開，這時那腳步聲在門口停下，然後猛地一推門，門板「砰」一聲撞在相思鼻子上，只覺鼻子一痠一熱……相思便暈了過去。

來人正是睡在隔間的紅藥。她起夜時覺得房子有些悶，又想起這屋裡生著炭火盆，便想來瞧瞧，她見屋裡這般場景，忙將門大開，把兩人拉了出來，又喊了兩聲，院子裡的婆子、丫鬟便都出來了，楚氏和魏正誼也被驚醒，又是找大夫，又是抓藥熬藥，折騰了一整夜。

這事第二日一早便傳得滿府皆知，相思用自身經歷給魏府上了生動的一課，想來這個冬天大家用火盆會小心許多。

魏老太爺也親自探望了這位小病人，並讓魏正誼給相思請了幾日假好好調養身體。

啟香堂放學後，得知相思遭了這場災的四人，紛紛提著果子、糕點來探望。向來嬉笑怒罵的唐玉川握住相思的手，眼底隱有淚光。「你怎麼這麼不小心？你不知道燒火盆中毒多危險，要是你運氣再背一些，我們幾個就只能給你燒紙錢了！」

「呸呸呸！閉上你的烏鴉嘴，我的運氣好著呢！」

相慶也道：「你不知道，我們一聽說你出了事，都嚇得半死呢！雲州府每年都有幾個倒楣的遇上這事，你的確運氣好呢！」

顧長亭打量著相思，見她氣色精神尚好，便道：「這才幾月你就生起火盆，再過些日子怎麼辦？」

相思把棉被往上拉，整個人只露出一張小臉來，苦道：「我也正愁呢！」

這時春暉院的下人來傳話，說晚間幾人不必去春暉院了，在章華院溫書即可，四人便留下來陪相思。陪相思吃罷飯，便各在屋裡尋了個地方溫書，唐玉川存心要給相思解悶，便把早準備好的骨牌摸出來，與相思摸骨牌玩。

相蘭也是個貪玩的，拉著相慶和顧長亭加入，於是五人開始玩起骨牌來。楚氏聽下人彙報，只是笑了笑，由著他們玩。

自從燒火盆出事後，相思再不敢讓人往屋裡起火盆，但又禁不住冷，便尋思做個熱水袋用用，最終尋了幾塊揉好的羊皮子，讓白芍、紅藥用極為細密的針腳縫了一道又一道，又用絲線鎖邊，綢布繫口，實驗數次總算做出了奢華真皮的熱水袋來。

相思用著極好，就又做了幾個孝敬自己的親爹娘和老太爺，還剩下幾塊皮子，便也一起做了，五人小組各送了一個。

其他人用了這奢華真皮熱水袋都十分喜愛，只是唐玉川第一次用，沒把口紮緊，半夜水袋漏了，他還以為是自己又尿床。

幾日後，相思病假結束，又去上學，上了半月有餘，啟香堂的年底大考便到了。五人小組發揮實力，自然沒被退學；又因到了年底，書院放起小寒假，只等正月十五再開堂授課。

年尾是走親戚的好時候，各家都忙著送年禮、祝賀，魏正誼不得閒，今兒去城東，明兒去城西，不只沈繼和那裡要送份禮，沈香會裡的各位管事也要一一打點，為明年鋪路。

沈家這幾日自然也是忙碌辛苦——收禮收到手軟，只一個門僮，這幾日就收了幾百兩的小賄賂，主子收的就更不用說了。

這一年顧長亭多受魏家照顧，顧夫人便也準備了些莊上的乾菜、土產來拜個早年，魏老太爺滿嘴誇讚顧長亭，又封了個紅包，顧夫人倒也沒有堅拒。辭別魏老太爺，便有婆子引著他們母子兩人去章華院，楚氏早已備好香茶、點心等著，又說相思正在後堂裡摺元寶，讓顧長亭也去摺幾個求魏家老祖宗保佑。

顧長亭尋到後堂，見除了相思，相慶、相蘭兩人也在，三人圍著一張八仙桌坐著，一人面前一堆金紙元寶，見顧長亭來了，相思忙拍了拍旁邊的位置。「快來幫我們摺，今兒要是不摺完，是不讓吃飯的！」

顧長亭沒摺過這些東西，但看相思摺了兩個，也看出些門道來，初時摺得慢，漸漸摺得快了，不一會兒身前也堆了一座元寶小山。

「如今書院放假了，你可以天天去戚先生那裡了吧？」相思手上工夫未停，眼睛卻看向顧長亭。

顧長亭剛摺好一個元寶，又拿起一張金紙來。「這幾天一直都在戚先生那裡，下午還要去。」

「我聽說戚先生要開始看診了？」

顧長亭看她一眼，輕笑道：「戚先生說啟香堂的啟蒙課上得差不多，來年就向盧院長請辭，又暫時不想回忍冬閣去，就想開個醫館，也不會鬧出太大動靜，只把現今住的院子收拾收拾，前廳用來看診。」

相思撓了撓腦門，有些疑惑。「戚先生為什麼不想回忍冬閣去？」

「好像是之前為了溫少閣主的病，和青白堂的王堂主起了爭執，王堂主不讓戚先生用他的法子治病，所以他老人家索性不理會忍冬閣那邊的事了。」

相思想起戚寒水那個開膛破肚的治療方法，暗中伸了伸舌頭，沒再說話。

一時屋裡只剩四人摺紙的聲音，偶爾還能聽見屋外丫鬟說話的聲音，一個上午便這樣過了。

大年夜，守歲，相思得了個大紅包，歡歡喜喜收進口袋，這是她在雲州府度過的第一個新年。

年十五，啟香堂重新開堂授課，戚寒水辭去了啟香堂的執事，終於把自己院門的牌匾換掉，讓人寫了個簡單的匾額：醫館。

吳先生經過數月的停課思過，終於重回啟香堂授課，但這次吳先生有了之前的教訓，再不敢怠慢，也沒再苛責哪位貧苦學生；而秦太爺大辦了喪事後，秦鈺成也終於回到堂裡繼續上課。

這日，天上飄著幾朵懶洋洋的雲彩，街上的小販擺開了攤子卻沒什麼生意做，難得的是並不焦急，只慵懶地坐在攤子後面打盹。

這時十幾個衙役拿著腳鐐晃晃悠悠從街角走了過來，為首的那人小販平日時常孝敬，倒也相熟，涎著臉問：「爺這是要到哪兒去呀？」

那衙役隨隨便便把鎖人鐐銬搭在肩膀上，一步三晃，彷彿這條街就是他家的後花園一般，從小販攤子上挑挑揀揀，尋了個順眼的揣進懷裡，卻不給錢，這才懶散道：「才死了太爺的秦家吃了熊心豹子膽，私藏了件皇家的寶貝，被家僕舉報到府衙裡去，我們就是去鎖人的！」

那小販看著衙役的動作，敢怒不敢言，反倒陪著笑道：「這雲州府，就爺最威風！那秦家也真是膽子大！」

衙役撇撇嘴，見攤面上再沒有順眼的東西，這才領著身後一幫人走了。

於是這日，秦家私藏了一件皇家用的紋龍鼎便成了雲州府百姓茶餘飯後的話題。當日秦家的家主便被鎖到府衙裡去，因有僕人指證，又當場在一個不起眼的櫃子裡搜出紋龍鼎，秦家家主便百口莫辯了。

要說這舉報的僕人，是個名叫王琦的，也著實有些蹊蹺。他是秦太爺駕鶴西歸後才入府的，平日腳踏實地，秦家主事人見他是個能擔大任的，便讓他去主管一個院子，誰知才管了幾日，便出了這麼大的陰私禍事，說是害怕株連自己，連夜上府衙舉報了自家主子。人證、物證俱在，縱使秦家家主熬過了酷刑不肯招認，還是被按著手指畫了押，自此被收入大牢，等候發落。

魏老太爺與秦太爺本是舊識，知這事蹊蹺，親自去過秦府幾次出主意，但秦家如今的主事人一來覺得這主意不穩妥，二來已經去求了沈香會會長沈繼和，沈會長答應從中斡旋，讓秦家暫時什麼都不要做，秦家主事人便只肯信沈繼和的。

幾日後，沈繼和來秦家，說這事已經上報到京中去了，實在是不好辦，若是要救秦家，免不得要花些銀子打點。秦家主事人一聽鬧到了京城，哪裡還有什麼主意，把家中能拿出的現銀湊了湊卻還是不夠數目，只得賣了生意尚好的兩間鋪子。

又過了幾日，沈繼和又來秦家，說是京中管事的官員已經打點了，雖免於死罪，卻免不了抄家流放，讓府裡的人早做準備。秦家主事人慌了手腳，咬牙把房契、地契全部拿了出來，只讓沈繼和再幫幫忙，救救秦府老少；沈會長雖然為難，卻終究不能袖手旁觀，把房契、地契收進了自己袖裡。

又過了月餘，秦家這禍事才算是塵埃落定了，渾身傷病、奄奄一息的秦老爺被放了出來，此時的秦家已是窮途末路，要錢沒錢，要生意沒生意，連住的地方都沒有，一家二十幾口擠在一個破落的小院子裡。

而秦老爺經歷這一個多月的牢獄生活，身子已經毀了，人瘦得皮包骨，發燒說胡話，秦家卻再沒銀子請大夫，最後還是魏老太爺讓魏興送了銀錢過去接濟，但終歸是回天乏術，秦老爺出獄兩個月便死了，生前富貴，死後卻蕭條。

而秦鈺成，自然也從啟香堂退了學。

雲州府的知州大老爺姓胡，名嵐，胡嵐、胡嵐，叫得快了便叫成「胡來」，相熟的官員這麼叫他，雲州府內卻沒人敢喊這個諢名。

年近半百的胡知州坐在太師椅上，隨著堂中女子的小曲打著節拍，好不逍遙自在。他的旁邊坐著個寬額方臉、濃眉虎目的中年人，中年人也看著堂中的女子，面上略有得色。

「沈老弟，秦家這事多虧你的妙計啊，不然哪裡能這麼容易得了秦太爺的家產。」胡嵐閉上眼睛搖頭晃腦，也不忌諱堂中眾人，悠悠讚道。

沈繼和摩挲著手裡的墨玉金蟾，也不推託，只道：「秦家以後雖然再無翻身的可能，但留他們在雲州府總歸是個隱患。」

胡嵐猛然睜開眼睛，直直看向沈繼和，左手成掌，在脖子比劃了一下，似是詢問。

沈繼和卻笑著搖搖頭，目光移向窗外不畏寒冷的臘梅。「奪了秦家的家產，還要讓秦家斷子絕孫，這樣缺德的事沈某是做不出來的，只是要麻煩知州大人找幾個街頭地痞，每日去秦家尋些麻煩，他們吃些苦頭，這雲州府便待不住了。」

第二十八章

雲州府的日子平和而安寧，冬吃肥鴨，春吃筍，夏吃冰碗，秋泡溫泉，一眨眼就是三年。

今年冬天，雲州府破天荒地下了幾場大雪，雲州府百姓往年哪裡見過這般景象，都歡喜地出門觀雪，只是雪後天寒，許多穿少了的百姓便害了風寒，一時雲州府的醫館「病客」盈門，若忽略病患們奄奄一息的呻吟聲，倒也覺得這景象頗為熱鬧。

一條並不寬敞的小巷兩側，站滿了前來看病的百姓，隊伍的盡頭是個破破爛爛的兩開木門，門框上吊著個匾額，只寫了兩個字：醫館。

雲州府夏季雨水多，也不知是過了幾個冬夏，這匾額竟被腐蝕得黑一塊、綠一塊，更讓人瞠目結舌的是，匾額上面還掛著兩朵已經風乾的蘑菇……想來是夏日長出，主人也不曾管的緣故。

雖這院子有些破敗，位置又十分不起眼，裡面住的卻是鼎鼎有名的戚寒水先生，他不僅是外傷的行家，治內病也是手到病除，且診金不貴，吃他一副藥便有療效。

豆腐坊的王二娘身材微胖，平日鮮少生病，卻因這幾場雪，也害了風寒，本想喝點薑湯撐過去，奈何這風寒越來越重，只得咬牙拿出些銀錢瞧病。她雙手縮在棉襖袖裡，縮著脖子，身上一陣冷、一陣熱，不時打個噴嚏，只覺得這隊伍實在挪動得太慢。

好不容易終於挪到了院門口，往裡一瞧，卻嚇了一跳。只見院裡搭了個臨時的棚子，棚子裡生著幾個炭火盆，炭火盆邊又擺了幾條長凳，凳上串葫蘆一般坐滿了人。棚子中央放了個方桌，一個面皮白淨的少年正坐在桌後為一個人把脈問診。

「我的奶奶！這戚先生是吃了什麼延年益壽的仙丹？這個年紀還生得這般細嫩！」王二娘不禁驚嘆。

這話全落進了站在她前面的劉三爹耳中，他斜眼瞅了王二娘一眼，帶著股睥睨，道：「那哪裡是戚先生，那是戚先生的徒弟，顧小大夫。」

王二娘丟了面子，嘴上卻道：「這麼小的人兒能瞧什麼病？怪不得這兒看病便宜，原來是弄了個娃娃隨意糊弄的。」

劉三爹白了王二娘一眼。「顧小大夫的醫術好著呢！他看完開過方子，戚先生還要再看過，那開的方子少有改動的，要是妳信不過這兒，就到別處看去，在這嚼什麼舌根。」

見這老頭兒連著兩次掃自己的臉面，王二娘也有了火氣，吵嚷起來，前後左右或捂著肚子的，或捧著額頭的的病友都來勸，這兩人卻還爭執不休。

「來來，讓讓、讓讓！顧小大夫的助手借過啊！各位大爺、大娘煩勞借光！」一個脆生生的聲音從隊伍後方傳過來，眾人一聽是顧小大夫的助手，忙讓出一條道來，只見一個穿著竹青長袍、肩披水貂氅衣的少年從眾人讓出的那條小道穿行而過，臉上還帶著十分親善的笑容。

少年面皮乾淨，一雙黑白分明的眼裡透著股機靈勁，雖是個男孩，卻比許多女孩要漂亮些。

少年逕自進了門，見顧小大夫正在看診，便輕車熟路地自己去搬了個凳子在旁邊坐下，拿起墨在有些乾涸的硯臺上磨了起來，不多時硯臺上便積了一小汪墨汁。

「脈象弦硬，胸脹，舌苔焦黑，外感引發的內虛之症。」顧小大夫並沒看向那少年，自顧自繼續說道：「附子三錢、蜜蒙四錢、代赭石二錢、草果仁六分、知母一錢半，水煎服。」

旁邊的少年手中拿著狼毫細筆，「刷刷刷」地振筆疾書，顧小大夫話音一落，那張寫著脈案藥方的紙已經恭恭敬敬遞到了跟前。

顧小大夫把方子遞給病患。「請您到堂裡複診。」

這才轉頭對凍得縮成一團的相思道：「天冷，你何苦來這裡遭罪？」

相思整個人縮進氅衣裡，只留一顆腦袋在外面。「我爹讓我來請戚先生，順道也來看看大外甥你。」

如今顧長亭拜在戚寒水門下，雖考上了沈香堂，卻因戚寒水向盧院長求情的緣故，並不用日日到堂裡去報到，一月倒有半月是在醫館學醫看病。

兩人沒說上幾句話，便又有一個患者坐在對面，顧長亭只得安心看病，這一看便從早上看到了太陽下山。

送走最後一個病患，顧長亭揉了揉有些僵硬的後頸，起身拉著相思的手腕進了堂裡。一進門，見戚寒水正悠悠哉哉地喝著茶水，顯然因為有顧長亭這個徒兒在前面擋了一道，戚老頭的日子過得頗為滋潤。

相思暗中鄙視著這個壓榨顧長亭勞力的戚寒水，面上卻笑得諂媚熱情。「戚先生，再過月餘就立春了，我爹想請您去府上吃頓便飯，有些事情想請教您。」

「魏老太爺身子可好？」

「爺爺身子硬朗，昨兒還提起先生來著。」相思笑咪咪答道。

戚寒水正要說話，忽然闖進來一個小廝，這小廝本是忍冬閣跟來的，平日也常見相思，便只點了點頭就上前稟報。「堂主，閣裡派人來了！」

戚寒水一愣。他來雲州府也有四年了，每月會寫一封平安信回去，因離閣裡遠，便有些放逐山水的意思，閣裡的事不去管、不過問，閣裡也是每月來信說些當月情況，本月的信已經到了，這時派人來又是為了什麼事？

「人呢？」

戚寒水話音一落，便從門外進來一個風塵僕僕的青年，進屋便是一揖到底。「赭紅堂掌事周清見過堂主。」

原來是熟人。戚寒水四年未見周清，忙一手扶起他，朗聲道：「這千里的路，你怎麼說來就來了？」

周清呵呵一笑，露出兩個梨渦來，撓了撓頭道：「我這不是看堂主你樂不思蜀，也想看看這雲州府到底是個什麼好地方？」

戚寒水拍了一下周清的後腦勺，佯怒道：「快說是什麼事，我還不知你這個兔崽子？只怕我不在閣裡，你才自由呢！」

周清又是呵呵一笑，看了顧長亭和相思兩眼，才道：「閣主要南下了。」

這閣主自然就是指忍冬閣的閣主溫元蕪，雖然他也常四處行醫，卻極少來南方六州的地界，這次南下只怕不簡單。相思悄悄豎起了耳朵。

戚寒水也是神色一凜，問道：「可是南方有疫病了？」

周清搖搖頭，戚寒水神色稍安，卻聽周清道：「現下雖然還沒有要發疫病的徵兆，但是如今天氣尚冷，潁州府那邊就有百來個內熱不調的亡陽之症，且發病的又都是稚童，實在蹊蹺，閣主上報給防疫司，防疫司的官員卻不重視，閣主這才決定南下去潁州府看看。」

戚寒水沈吟片刻，面色凝重起來。「若那百來個人皆是如此症狀，只怕今年春天要發痘瘟啊！」

聽聞此言的顧長亭一愣。他如今讀了許多醫書，又聽戚寒水說了許多昔年疫病橫行時的情狀，對這痘瘟自然有些瞭解，也知凶險萬分，那潁州府離雲州府並不遠，只怕真發起痘瘟，雲州府也是要遭殃的。

周清從懷中掏出一個信封交給戚寒水。「這是閣主的親筆信，派屬下帶來；另外閣主還囑託，讓堂主幫忙籌備幾味藥材，不然瘟疫起時怕沒有藥用。」

戚寒水應了一聲，指了指相思。「那是雲州府大藥商魏家的少爺，要找什麼藥只管去問他！」

周清一愣，見相思不過是個十歲左右的孩子，便以為戚寒水在打趣他，卻也對相思拱手道：「找藥的事就麻煩魏小少爺了！」

相思促狹，卻也是個順竿兒爬的主兒，一躬身，對兩人道：「既然戚先生要找藥，不如和這位先生同去府上一趟，我嘴笨，怕把話學落了，你們自己與我爹說，這事情才不會出岔子。」

戚寒水點點頭，竟真帶著周清和相思去魏家了。

顧長亭把白日看診的用具仔細拾掇好了，這才準備回家去，剛要出門卻被鄭管事叫住。「長亭且等等。」

顧長亭停下腳步，鄭管事小跑幾步上前，喘著粗氣道：「白日裡尋不到你空閒的時候，現下總算抓到你了！」

顧長亭唇角微勾。「鄭叔找我有什麼事？」

鄭管事從袖中掏出一個信封遞給顧長亭，他狐疑接過，發現沈甸甸的，打開一看竟是兩塊銀子，足有二兩，忙退回去。「鄭叔這是做什麼！」

鄭管事堅決不肯收回。「這是堂主吩咐的，半年前便要給了，你那時偏偏不肯收下，今日你若再不收，只怕堂主要親自找你的！」

「我是先生的學生，平日也沒做什麼事，雖幫先生看診，卻也是為了學習，哪裡有收診金的道理呢？」

鄭管事卻不依，將那信封硬塞入顧長亭的袖中。「如今來醫館看病的患者多了，每個患者的診金雖不多，加在一起卻十分可觀，這些也不過是堂主的一點意思而已，你何必推辭？莫不是嫌給得少了？」

顧長亭只得收了，謝過鄭管事，想著再見戚寒水還是要當面再次感謝的。出了醫館大門，天色已經有些黑了，街上行人稀少，前幾日下的雪融了大半，石街濕漉漉的，才走了一會兒，顧長亭的棉靴子便已濕透。

走到城門，有個曾去醫館看病的車伕見到他認了出來，便招呼他上車捎了一段路。路上那車伕不住地誇他醫術好，他只笑笑，又問車伕的病可好索利了？這樣閒聊一會兒，便到了顧長亭家中。

院門沒關，屋裡昏黃的燈火透過窗子照出來，照得小院也有了暖意，他在門口跺了跺腳，把黏在鞋底的泥水蹭掉，這才進屋。

顧夫人正在摘菜乾，見他回來了，面上盈滿喜色，迎上來接過他手中的書箱。「乾等你也不回來，是不是今天去醫館看病的人太多了些？」

「這幾日天氣變化無常，好多人害了風寒，我今兒也抓了幾服藥放在箱子裡，晚上煎了給您和奶奶喝，防病的。」

母子兩人正說著話，裡屋的顧老夫人也聽見了聲響，高聲問：「可是長亭回來了？」

顧長亭應了一聲，便進裡屋去與老夫人說話，顧夫人忙去灶上端吃食。

顧老夫人的身子這幾年好了許多，也多虧戚寒水來看過幾次，又加上顧長亭通曉醫理後的盡心調理，老人家晚年喪子失家，自己也認為晚景必然淒苦非常；哪知自己那堅韌的兒媳和孫子竟硬是撐起了這個家，時間久了，顧老夫人也看開了，只盼望這孫兒將來娶一房知冷知熱的媳婦，一輩子平安美滿就好。

祖孫說了一會兒話，顧夫人便來喚吃飯，顧長亭扶著老夫人到外屋去，桌上已擺好了兩菜一湯，都是普通的鄉野小菜，但顧夫人的手藝頗好，看著讓人食指大動。

三人吃完飯，顧長亭把晚間鄭管事給他的二兩銀子拿出來，雙手遞給老夫人。「這是先生給我的補貼，請奶奶收著。」

老夫人一愣。「戚先生怎麼反而給你補貼，這怎麼使得？」

顧長亭於是把事情原原本本地說了，老夫人聽了心中難免更加感念戚寒水。「想來是戚先生看家裡光景不好，所以體恤你，日後若戚先生有事，你千萬不能推辭。」

「先生於我來說是難得的良師，只這一項便夠我還一輩子了。」

老夫人點點頭，把那信封交給顧夫人。「我一個老太婆平日也不出門，家中都是妳操心，這錢妳拿著！」

婆媳兩人推讓了一番，最終是顧夫人敗下陣來。

第二十九章

話說相思一行三人到了魏家，因魏正誼此時正在春暉院，相思便引著戚寒水和周清去了老太爺處。路上相思想起方才周清說起的防疫司，好奇問道：「溫閣主的話，防疫司也不放在心上嗎？」

之所以有此一問，是因為相思知道溫閣主的老婆可是個公主，這樣特殊的身分，只怕防疫司也要給些薄面，怎麼會置之不理呢？

戚寒水冷哼一聲，卻是周清解釋道：「防疫司的上面一個是太醫院，一個是戶部，戶部是撥銀子的，自然權力大一些，太醫院不過是做些輔助的工作，影響實在有限。閣主雖然把潁州府那邊的情形寫了表奏，但防疫司有自己的一套評判原則，必須有三百人確定得了疫病才會有對策；潁州府那邊如今人數不足三百，自然不能讓防疫司重視。」

相思點點頭，又想起個十分緊要的問題來。「這痘……痘瘟得了是否凶險？可有什麼好法子治嗎？」

周清正要說話，戚寒水卻睨著相思道：「凶險，治不治得好看命。我知你是個怕死的，若是雲州府發起痘瘟來，你就乖乖待在家裡哪兒都別去。」

相思被戚寒水看透，大窘，卻還要假裝自己坦蕩，裝坦蕩的同時還要拍拍馬屁。「我這是替雲州府百姓問的，但又想到先生醫術蓋世，想來這點小病必定藥到病除。」

戚寒水卻搖搖頭。「我說治不治得好看命，原就是沒騙你的，若是得了痘，非得痘開花，內毒才能發出來，若是用盡了發痘的藥都沒用，小命基本也就完了。」

這話讓相思有些惆悵。在二十一世紀，天花病毒早已絕種了，如今這裡卻正流行……西方早年倒是有種牛痘防天花的，這裡卻沒聽過「牛痘」，要給自己打疫苗的想法，怕是不能施行了。

她正胡思亂想著，春暉院已在眼前了，忙收斂心思請兩位進門，因是老相熟了，便也沒讓下人去通報，相思先開了門進屋，道：「戚先生和周先生來了。」

說罷一閃身，將兩人請進堂裡。

魏正誼雖不知這不請自來的周先生是誰，卻上前一禮，問了兩人好，戚寒水也回禮，又拜見了魏老太爺。「老太爺安好，這周清是我赭紅堂裡的掌事，因有些事要麻煩貴府，所以便一同帶來了。」

魏老太爺點點頭，轉向周清。「周先生是今日才來的嗎？」

周清忙又是一禮。「晚間才到雲州府，是奉了閣主的令，半月前從金川郡動身的。」

「雲州府風物與金川郡大有不同，周先生要多住些時日。」魏老太爺又轉向戚寒水。

「戚先生方才說有事，不知是什麼事？」

此時眾人皆已落坐，相思這小輩卻不敢放肆，只與魏興一左一右在魏老太爺旁邊站著，假裝是左右護法。

戚寒水從袖中拿出周清帶來的那封信遞給魏老太爺。「今年的疫病只怕要發起來了，潁州府已經有些徵兆，閣主處理完閣中事務，過幾日便要南下了。」

聽到溫元蕪要南下，魏正誼面色一變，魏老太爺卻是微微皺眉。「溫閣主已經許多年沒來南方，若連他都要南下，當知這次的情況不妙，不知可曾上報給防疫司？」

「表奏倒是遞上去了，只是防疫司如今沒探明情況，不肯輕易動作。」周清道。

魏老太爺搖搖頭。「等防疫司探明情況，只怕這疫病已經蔓延開來，怕是不好治了。」

戚寒水頷首，正色道：「所以才有事想要麻煩老太爺和魏老爺冒個險。」

魏老太爺沒立刻應承，半晌才開口道：「先生是要備哪些藥材？寫個方子，魏家一定傾盡全力置辦。」

戚寒水一愣，周清更是呆若木雞。他兩人不過說了幾句話，中間又多是猜想，並無確實證據，還沒等兩人說出所求，魏老太爺竟已答應下來，這是何等的自信與氣魄。

然而他們不知的是，就在方才，潁州府魏家藥鋪掌櫃的親筆信也送到了魏老太爺手中，兩方消息合在一起，魏老太爺的決斷才下得這般乾脆。

戚寒水斂了斂神色，起身一拱手。「需要的藥材，閣主都已寫在信中，共十九種，還請老太爺費心。」

魏老太爺這才打開信封，看過之後又遞給魏正誼。「別的藥倒不難辦，只是龜甲不好尋，怕是要從韶州府那邊動腦筋。」

見魏老太爺這般說，戚寒水便知這事八九不離十，縱使平日冷淡，今日也謝了又謝，魏老太爺留飯，再不好推辭。

相思是不願意和他們一同吃飯的，一來吃得小心翼翼難消化，二來飯桌上難免又要談論起自己，便尋了個由頭先回章華院去。

楚氏正在用飯，見相思先回來也不驚訝，讓紅藥給她盛了一碗飯，娘倆兒有說有笑地吃起來，剛吃一口，相思便想起方才春暉院尋藥的事，問道：「娘，戚先生說要尋幾味藥，爺爺一口答應了，這藥是白給戚先生用的嗎？」

楚氏一愣。「這沒頭沒尾的，我哪裡知道妳說什麼？」

相思只得把今日之事從頭到尾講了一遍，楚氏聽完，搖頭笑道：「藥商誰肯做虧本的買賣？答應幫忙尋藥，不過是怕日後要用時，買不到。」

「那戚先生何不把這消息傳出去，到時肯定有許多藥商……」相思驀地住了嘴，意識到這想法實在單純幼稚了些，便聽楚氏道：「這消息若是放出去，肯定也是有藥商相信的，到時候藥商都去找這幾味藥材，藥價水漲船高，到時這漲了的銀子還要從老百姓身上賺回來。」

相思一點頭。「娘說得對，這就叫羊毛出在羊身上！」

對相思偶爾冒出的新奇話，楚氏早已見怪不怪，卻叮囑她道：「這事可要保密，萬萬不得與外人說，不然痘瘟還沒來，這雲州府就要亂了。」

「我曉得。」相思應了一聲，心中卻祈禱這痘瘟千萬別來，不然她這根幼苗，若運氣背些，只怕是要完了的。

相思正胡思亂想，楚氏卻忽然嘆了一口氣，她一抬頭，就看見楚氏眼中滿是愧疚和心疼的神色，又聽她道：「相學和相玉沒考進沈香會裡任職，老太爺對妳是寄予厚望的，還盼妳光耀門楣；只是妳如今十歲了，卻還要日日隱瞞自己是……也不知何時才能恢復女兒身，真是苦了妳。」

「女兒身」三個字說得極輕，想來這是多年來一直困擾著楚氏的難題。相思只得又安慰她幾句，心中卻想——按照目前的形勢發展，怕是自己入土前都很難恢復了。

相思雖未與外人提起這事，奈何魏正誼卻先抖出去了，不……是有選擇地透露了一下，透露的對象自然是這幾年與魏家關係十分密切的唐家。

那晚魏老太爺與魏正誼商量之後，覺得魏家若獨攬了此事，稍有些風險，且不說收藥的資金會有些吃緊，魏家收這麼多藥有些招搖，倘若找個人同行，便安穩很多，最適合的人莫過於唐家。

唐永樂知道了這事，也是思忖了半日，敏銳的嗅覺讓他應下了這差事，於是唐、魏兩家的收藥工作有條不紊地進行著。

總共十九味藥，前十八味收得比較順利，只是最後一味龜甲實在難尋。

這龜甲並不是普通烏龜殼可以製得的，須得是湖裡的金線龜，而南方六州金線龜生長得最盛的，就要數韶州的幾處淡水湖了。

春暉院，正廳。

這幾年身子越發豐腴的魏老太爺湊在紅通通的炭盆前烤火，時不時抬頭看一眼並排站著的三兄弟。

四年時間，模樣倒都沒怎麼變，身高卻竄高了不少，原先最矮的相蘭已與相慶一般高，相思比兩人稍稍矮一點，渾身依舊透著股機靈勁。

魏老太爺清了清嗓子，依舊問起三人在沈香堂的功課，三人也如往常一般回答了。

魏老太爺卻向魏興伸出手，魏興遞了根手指粗的小棍子，魏老爺握住，三人斂聲屏氣，相思給相蘭使了個眼色，一起夾住了正要下跪認錯的相慶，便見魏老太爺把棍子伸進炭盆裡扒拉扒拉，扒拉，扒出來一個紅黑的長條東西，再仔細一看，卻是烤熟的山薯。

腿有些軟的相慶又恢復了些力氣，感激地看了左右兩人一眼，便聽到魏老太爺慢悠悠嘆道：「你們如今在沈香堂，日後或許能進入沈香會，或許進不去，但不管能不能進去，總歸是要和相學、相玉一樣，幫襯家裡的生意，我已經在盧院長處給你們三個請了假，你們去韶州府給我尋一批龜甲回來。」

魏老太爺白胖的手指靈巧地剝了山薯皮，把冒著熱氣的金色薯肉遞進齒間，那神情頗為享受。

「可我們三個沒幹過這事啊！」相蘭忍不住抱怨。

魏老爺盯著手裡的山薯。「這不是讓你們去幹嗎？要不然你們什麼時候能幹？」

得！這老頭兒連假都請完了，說啥都是白費。相思便沒說話，只邁著若無其事的步子走到炭盆前，拿起那根棍子，扒拉出來一顆烤山薯，然後吃起來。

看見相思如此作為，相蘭和相慶也若無其事起來，魏興也跟著神態自若，於是兩老三小蹲在炭火盆前，慢慢地吃起熱騰騰的烤山薯。

第三十章

三人去韶州的事情算是定了，但魏老太爺還算厚道，給他們一天的時間準備行裝。

出了春暉院，相慶尚有些惶恐，拍著胸口道：「方才爺爺一拿棍子，我還以為他知道我把玉珮弄丟的事，嚇死我了！」

相思拍拍他的肩膀，安撫道：「這事都過去好幾個月，我們也幫你遮掩過去了，往後只當沒這回事。爺爺只不過四年前用雞毛撣子打過咱們一次，你怎麼現在還記著？」

相慶咧了咧嘴。「只打那一次就夠我記住一輩子的了，疼了整整一個月！」

這時相蘭皺著小臉問道：「忽然讓咱們三個去收藥，咱們哪裡做過這事，我連點頭緒都沒有。」

說起韶州收藥之行，相慶也苦了臉。「誰說不是呢？我聽人說，那些藥農都很狡猾，遇上不會砍價的，就要狠宰一頓，咱們三個到時還不得被吃得連骨頭渣都不剩？」

相思倒沒像他們兩人一般擔憂。雖然老太爺說讓他們三個人去收藥，總歸會派個懂行情的人跟著。

但只怕這人也不會替他們把事做了，還是要臨陣磨槍啊！打定主意，相思便拉著兩人開了個小會，會議主旨是——各回各家，各找各爹去取經，取經內容包括但不限於：韶州產龜甲的湖都有哪些、龜甲今年的行情價和銷量、往年的行情價等等。

次日一早，相慶、相蘭便來找相思開早會，三人交流了一下各自獲得的消息，卻覺得這些消息尚不夠全面，於是草草吃了早飯，便出府去找魏家藥鋪的掌櫃和伙計進行深入交流。

交流完畢已是中午，想著下午還有許多事情要做，便直接去了戚寒水的住處，蹭了戚寒水一頓飯食。因離看診還有一會兒，相思便拉著顧長亭在桌前坐下，說明三人的韶州之行。

顧長亭聞言微微皺眉，復又恢復如常。「如今雖是冬日，韶州卻潮濕多瘴氣，一會兒我開張藥方，你們製了藥丸帶在身上，別在韶州生病。」

「藥丸的事一會兒再說，我們來是想問問『顧小大夫』，這龜甲除了用作治痘瘟，還能治哪些病？」相思問。

見到相思如此熱切的目光，又見相慶、相蘭也一臉渴求地看著自己，顧長亭反而賣起關子。「龜甲可是一味很妙的藥，能治許多毛病。」

相蘭搓著手急道：「我們當然知道，但都是哪些毛病？之前先生說得也含糊，我們尋思你如今是個大夫了，肯定厲害得很，這才來問你的，你怎麼這樣！」

顧長亭卻還是沒回答，微笑著問相慶。「你們什麼時候啟程？可得多帶幾件棉衣，不然怕是你們受不住韶州的濕寒。」

相慶也急得頭疼，雙手做討饒狀。「顧小大夫，別管這些瑣事了，我們明兒就要被趕去韶州，瑣事多如牛毛，您就發發慈悲，告訴我們吧！」

顧長亭又去看相思，哪知相思也伏低做小，涎著臉道：「就是、就是，憑咱們的關係，顧小大夫快開金口吧！」

顧長亭收斂神色。「你們三個要幾時才能回來？」

「從雲州府去韶州，一來一回要八、九日，若是收藥順利，十三、四天也就回來了。」

見顧長亭正了臉色，相思忙去旁邊桌上取了筆墨紙硯，相慶十分有眼色地磨起了墨，相蘭則給顧長亭捏起肩膀來。

刷刷刷！少年手持狼毫細筆，在方箋上快速寫了數行整齊清秀的小字，寫完遞給相思。「這上面的幾種病是時下最流行或者初春較常見的，寫得太多你也記不住，想來這些應該夠用。」

相思眼睛一亮，誠心誠意地道了謝。

顧長亭又寫了一張方子，也遞給她，道：「韶州瘴氣重，外人去了極易生病，這張防病的方子很有效用，你們抓藥製成丸子帶在身上。」

相思知道顧長亭這番作為是因為擔心，便忍不住想要說些輕快的話。「大外甥果然是個孝順賢良的，竟這般惦記著我們這些長輩。」

誰知往日屢試不爽的招數今日竟是不靈了，顧長亭只是眸色深沈地看著他們三人。「你們第一次出遠門，路上小心。」

連粗心的相蘭此時也感受到一些離愁別緒，咧嘴硬笑了笑，卻比哭還難看。「你這搞得跟生離死別似的，知道的以為我們去買藥，不知道的還不知要怎麼想呢……」

四人說了一會兒話，前廳又來了病患，三人便辭別顧長亭。相慶拿著那張防病方子去藥鋪裡抓藥，相思和相蘭先回府中準備明日要帶的東西。

才回章華院，相思便被魏正誼叫到正廳去，想著應該也是交代這次的韶州之行，相思衣服也不曾換便去了。一進門，除了魏正誼，廳裡還坐著個二十多歲的青年。

「思兒你過來，拜見裘先生。」

相思忙恭恭敬敬上前，深深一揖，行了禮。「學生見過裘先生。」

這裘先生卻是個老熟人——書院的掌教，裘寶嘉。

裘寶嘉微微笑著點點頭。「自從你去了沈香堂，一直不曾見到，才幾月的時間，竟比在啟香堂時更加沈穩了。」

相思心道：裘寶嘉大概也找不出我其他的優點，誇得這般不上心。

面上卻恭謹非常，回道：「在啟香堂時多虧裘先生悉心教導，裘先生的課讓人聽了大有長進，我們兄弟幾人最愛上先生的課。」

裘寶嘉的笑容有些不自然，卻是沒再說些心口不一的話。

「思兒，裘先生家在韶州府，正巧明日也要啟程，你們同行吧！」魏正誼又看向裘寶嘉。「路上還請裘先生費心了。」

裘寶嘉連連搖手。「舉手之勞、舉手之勞而已！」

魏正誼又從桌上拿出一個牒文。「這是沈香會剛簽發下來的藥材通關牒文，妳收好，若是丟了，那龜甲可就運不回雲州府來了。」

相思接過展開一看，只見上面寫著：

允准雲州魏氏販藥材龜甲，通涿、二關，數量四萬斤。

這牒文上方有一排印刷的數字，而「雲州魏氏」、「龜甲」、「通涿」、「二關」、「四萬」均是手寫，再下面有一個日期，最下還有兩個印章，一個是沈香會的印章，另一個是雲州府衙的印章。

看著手中的牒文，相思微愣，又想到這就是藥商販藥必須要辦的手續，忍不住多看了幾眼，心想，難怪藥商們對沈香會畢恭畢敬，原來是人家抓在自己的脈門上。

送走裘寶嘉，魏正誼又叮囑相思幾句，問了問韶州之行準備得如何，少不得又勉勵一番。

傍晚魏家三寶又聚在一起開了個會，相思先是總結了一下這兩日的收穫以及準備工作，又把此次買藥之行的計畫與兩人討論一番，分發了差事。

次日一早，三人早早去春暉院辭別了魏老太爺，便坐車出發。三輛馬車，裘寶嘉自乘一輛，一輛坐著魏老太爺派來的趙帳房。

行了三、四日都十分順利，每日出發前三人向裘寶嘉問個好，再去和趙帳房處套套關係，然後就是一整天的舟車勞頓。誰知到了第四日傍晚，眼看晚上就能到通涿，忽然下起了滂沱大雨，這雨勢來得急，且又是冬日寒雨，一時竟困在路上。

三位車伕別無他法，只得把馬拴在樹上，一起鑽進趙帳房的馬車裡躲雨去了，哪知這雨竟下個不停，只得再等。

相思三人坐在馬車裡，你看著我，我看著你，終於是相蘭先說話了。「別是要在這過夜了。」

相慶也苦了臉。「只怕今晚是住不到客棧。」

相思正待寬慰幾句，卻忽然聽見車外有人叫喊。「幾位是往韶州府去的嗎？」

「是是是！遇上大雨困路上了！」車伕老孫忙掀開車簾回道。

相思也掀開車簾往外看，見有一輛雙駕馬車停在旁邊，趕車的中年男人正與老孫交談。不多時，老孫小跑著來到相思三人的馬車跟前，用手遮著頭上的大雨，大聲喊道：「三位少爺，這位爺正要去韶州府，他的馬車是雙駕的，能在泥地裡走，也不知這雨要下到幾時，我尋思你們先同這位爺進城去，先尋了咱們家藥鋪落腳，等雨停了，我們再趕車過去。」

相蘭一聽就要下車，卻被相思一把拉住。她看了那中年男人一眼，壓低聲音問：「那人是誰？別是個來路不明的，再把我們賣嘍！」

車伕老孫一愣，旋即撓了撓頭，也壓低了聲音。「該是可信的；再說往前走七、八里地就是通涿，周遭再沒有別的岔路，裘先生和趙先生與少爺們一道去，出不了大差錯。」

聽聞此言，相思才放下心，一面讓相慶、相蘭把隨身的行囊帶好了，一面讓老孫去請裘寶嘉和趙帳房。

這馬車寬敞，只是裡面並無固定的長凳，趙帳房只從角落裡尋到一個黑漆漆且十分可疑的長墊，相蘭向來不在意這些，與趙帳房一同在烏漆抹黑的墊子上坐下，剩下三人則是不肯去碰那墊子，於是並排蹲著。

這情形有些古怪和窘迫，相慶轉頭去看車頂，相思看了裘寶嘉一眼，便低頭去看車板，裘寶嘉咳嗽了一聲，掀開車簾一角，對那中年車伕道：「請問兄台可是韶州人氏？」

「熊新。」中年男人報上自己的名字，抽了兩鞭才又道：「算是生在韶州，十六歲之後就到處跑，也沒個固定的地方。」

裘寶嘉眉毛一挑。「熊大哥是『藥官兒』？」

馬車有些顛簸，熊新的身子晃了晃，又穩住，轉頭爽朗對裘寶嘉道：「幫別人置辦藥、跑跑腿的活兒，這六州的人卻非給起這麼個外號，也不嫌累得慌！」

縱然在大雨裡，這馬車也跑得起來，只半個時辰就到了通涿，城門守兵見車上只有幾個人，盤問幾句便放行了。

進城不久，幾人便尋到了魏家的藥鋪，三人與趙帳房下了馬車，感激熊新一番，又辭別了裘寶嘉。

此時夜已深了，屋內卻隱約亮著一盞燈，趙帳房敲了敲門。「有人嗎？」

屋內一靜，下一刻那盞隱約亮著的燈卻被吹滅了。趙帳房一愣，旋即把門敲得震天響。「有沒有人！有人快給我們開門！」

屋裡依舊沒人應聲，相思想了想，大聲對趙帳房道：「方才見燈還亮著，一聽見聲響就滅燈，肯定是進賊了，咱們快去報官！」

屋內屏息靜聽的人一聽要報官，再也不裝聾作啞，頗有些惱怒之意喊道：「沒進賊！藥鋪關門了，你們要抓藥怎麼不白天來，這時候來抓藥不是折騰人嗎？快走、快走！去別家藥鋪！」

相思微微挑眉，又緩和道：「實在是病得太急，您開門，只抓一副藥便走，您看成不成？」

屋裡的人顯然極不耐煩，嚷道：「說了不給抓就是不給抓，你病得急和我有什麼關係？」

「你們這不是寫著『夜間抓藥』嗎？怎麼到你這就不給抓了，掌櫃的都不管嗎？」

藥鋪門口立著個陳舊的牌子，「夜間抓藥」四個墨字雖然年代有些久，卻依舊清晰。

屋裡的人似乎被惹惱了，點了燈，邊罵邊往門邊走，門猛地被拉開，只見一個橫眉豎眼的少年扠腰站在門內。「你們怎麼這般沒皮沒臉？說了晚上不抓藥，你們還在這囉囉嗦嗦的做什麼！」

第三十一章

這橫眉豎眼的少年打開門，見門口站著一大三小，臉色更加厭煩。「大的、小的都這般煩人，也不知是不是今日撞了霉星？」

趙帳房是第一次來韶州府，這伙計自然不認得他，但見到伙計這般作為，眉頭也輕輕地皺了起來。「藥鋪掌櫃呢？」

那小廝眉毛一挑，陰陽怪氣道：「怎麼，還想向我家掌櫃告我的狀？大爺您省省吧！」

趙帳房冷冷看了那伙計一眼。「你若識相，就快些去把掌櫃找來，我們是雲州府來的。」

「雲州府來的又怎……」那小廝的話猛然停住了，狐疑地看向那三個少年，臉色驟然一變，自搧了兩個耳光。「哎喲、哎喲……是家裡的少爺來了吧！是小的狗眼不識泰山！小的該打！」

這伙計名叫馮小甲，來到魏家藥鋪兩年，人頗機靈，卻是個偷懶耍奸的，平日夜裡若有人來抓藥，他也是這般轟走，誰想今兒竟撞在這幾位小爺的手裡。

見三人都沒吭聲，馮小甲又抽了自己兩下，聲音響亮，雖並不怎麼疼，卻哭著裝起龜孫子來。「今日小人的老母病了，白天又有許多事，晚上便乏了，方才又想起老母的病，就心緒不寧的，這才言語衝撞了幾位少爺，少爺們可不要怪罪我！」

馮小甲說完，便摀臉痛哭起來，他演技一流，相慶也忍不住拉了拉相思的袖子，有些想息事寧人的意思。

相思看著眼前這個抱頭痛哭的馮小甲，腦袋有些疼，卻是淡淡道：「你說老母病了，明日我們一起去你家看看便知道你是不是撒了謊？至於是不是只有今天驅趕了客人，我們在韶州府裡找幾個人一打聽便知，你不用在這裡唱大戲。」

馮小甲渾身一僵，臉上一把鼻涕、一把淚，驚得手腳冰涼。眼前這個少年不過十歲左右，在魏家應該也是嬌生慣養、易輕信人的，自己這般聲淚俱下，他怎麼能不上當？聽這意思，明天還要去自己家去瞅瞅？還要問問韶州府的百姓？

見馮小甲僵住，相思問道：「邱掌櫃人呢？」

馮小甲一驚，這才回過神來，忙把門打開，請四人進鋪裡坐了，這才邁開腿往後院跑。

相思背著小手在鋪子裡轉了一圈，最後在藥櫃旁站住，這藥櫃很大，隨手抽出一個抽屜，見裡面裝的是熟地，她又看了看抽屜外寫著的「大黃」兩字，不禁搖了搖頭。

一直沈默的相蘭此時也看不過去了。「這藥鋪要是能掙錢，可真是活見鬼了，你看櫃上那些蜘蛛網。」

趙帳房清了清嗓子，小聲道：「邱掌櫃原是在雲州府的，幾年前髮妻得病死了，身無牽掛，便派他來韶州府，以前也是個能幹的，誰知來韶州府後是怎麼了？」

正說著，便聽見有「叮叮噹噹」的聲音從後院傳來，彷彿走路不小心撞在鍋碗瓢盆上一般，少頃，先前離開的馮小甲便和一個微胖中年人進門，那中年人臉有些浮腫，眼神也有些混沌，見了相思三人匆忙上前，也不知是尚未睡醒，還是幾人忽然到訪對他的衝擊太大，竟話也說不索利。「少……少爺們來了，我沒去迎接，實在失禮。」

「我們出發前曾送了封信過來，邱掌櫃可收到了？」

邱掌櫃暗中搓了搓手，說話越發地不索利。「收……信昨兒收到了，但沒想到你們來得這麼快。」

天色已晚，相思便沒說什麼，只叫馮小甲給老孫他們留門，便到後院廂房去休息。想著方才馮小甲和邱掌櫃的言行，相思便把相慶和相蘭叫到自己屋裡，關上門，才小聲問：「你們覺得咱們家這間藥鋪怎麼樣？」

相蘭努了努嘴，嫌棄道：「怪不得每年都要靠家裡的接濟才能支撐開著。這樣哪能有生意做？」

相慶也點頭附和。「這間藥鋪既然賠錢，不知道為什麼家裡還要強撐著？這次回去咱們同爺爺說，乾脆把這間藥鋪關掉算了！」

相思揉著有些痠脹的腳踝，搖了搖頭。「進城時，我看這條路上的藥鋪並不少，說明這條街是開得藥鋪的，咱們家這藥鋪景況蕭索，還要從自家找原因。」

「伙計偷懶，掌櫃更懶。」相蘭總結。

相思點點頭。「今兒也累了，都先睡吧！明兒早點起。」

兩人點點頭，見相思又換了另一隻腳踝揉，相慶便回屋找了盒藥膏拿來。「搽點這藥膏試試，明兒只怕要更辛苦。」

子時未到，雲消雨散，在城外凍了半宿的三個車伕直打哆嗦找進鋪裡來，馬在後院拴了，幾人也吃上熱飯菜，喝上熱薑湯，這才把凍僵的身子緩過來，倒在炕上呼呼大睡。

第二日一早，相思早早起身，見後院還沒有動靜，便去前堂看看。此時馮小甲正縮在堂裡北角的小榻上睡覺，堂裡寂靜無聲，略有些微光從窗外照進來，相思輕輕開門，冷風吹得她打了個寒顫，不禁低咒一聲。「這鬼天氣，要凍死人不成。」

現下實在是有些早，街上一個人也沒有，兩側鋪子也沒有開門的，只隱約能聽見某些鋪子裡的喁喁細語，帶著韶州府特有的口音。

相思深吸了幾口氣，縮起脖子緊了緊衣服，回身關門，沿著街一路走、一路看。鋪子雖都關著門，門上和門前卻有招牌，也知裡面是做什麼買賣的，走了一路，相思心中有些驚奇——賣吃食、布料的鋪子自然不少，賣藥的鋪子卻更多，敢情這是賣藥一條街？

她正嘖嘖稱奇，不遠處一家鋪子卻拆掉門板，一個十七、八歲的少年在門前灑掃，竟是準備開門做生意了。相思抬頭看看那招牌，只見上面寫著三個大字——杏春堂。

再往這鋪子裡面看，也有三、四個伙計擦桌的擦桌、擦凳的擦凳，井然有序，卻沒有交談聲，相思略略詫異，卻見那門前灑掃的少年正望向自己，相思便上前道：「小哥，這麼早開門啊？」

那伙計雖生得眉清目秀，卻給人疏離冷漠之感，看了相思一眼，冷冷道：「早起鳥兒有蟲吃。」

相思見這少年冷漠，卻也不放在心上，又往鋪裡看了幾眼，便準備反身回去，卻見鋪裡出來一個小伙計，極恭敬地對那灑掃的少年道：「錦城哥，老闆昨兒說離春分還有兩個月呢，先不讓鋪裡進黃梅草，你今兒和那藥官兒說一聲，先別去給咱們尋。」

喚作錦城的少年微微皺眉，卻只應了一聲，便繼續低頭掃地。

相思轉回身來，滿臉堆笑。「小哥，這是我第一次來韶州府，你們說的『黃梅草』是什麼？別處怎麼沒聽過？」

崔錦城頭也沒抬，也不知是誰惹了他，把掃帚掄起來，不管有人沒人就是一頓亂掃，好在昨兒下了雨，青石街上沒有什麼灰塵。相思受了這樣的「禮遇」，也是一肚子的氣，轉頭就走。

回到鋪子裡，馮小甲已經起來了，因為昨晚那番作為，今兒竟出奇勤快地打掃起鋪子，見相思回來，便殷勤迎上。「少爺，這麼早就出去了啊！」

相思點點頭，閃身進門。「相慶和相蘭呢？」

馮小甲忙跟了上去，一邊引著相思去飯堂，一邊道：「兩位小少爺才起來，方才還找您呢，現在正用早飯。」

飯堂和灶房都在後院，堂裡除了相慶、相蘭兩兄弟，還有魏家的三個車伕。邱掌櫃在桌邊坐著，見相思來了有些侷促不安。

相思點點頭。心想自己也不是凶神惡煞呀，這邱掌櫃怎麼一見到自己就這副樣子？

「這麼早你幹啥去了？」相蘭嘴裡叼著包子，含糊不清問。

「出去溜溜。」相思隨口應道，喝了口粥，方想起那個叫錦城的少年，臉上便堆起十二萬分的和藹可親來。「邱掌櫃，有件事想請教。」

邱掌櫃微胖的身子一顫，嘴唇抖了抖。「您說。」

相思的聲音忍不住又和緩了些。「我今早在街那邊看見個叫『杏春堂』的藥鋪，這家藥鋪怎麼樣？」

邱掌櫃本以為相思是要問自家鋪子的事，聽了這話，神色稍稍放鬆。「那家鋪子的老闆姓王，不常去藥鋪，但鋪子地點極佳，聽說生意倒是不錯。」

聽邱掌櫃把藥鋪生意好歸功於地點，相思也沒爭辯，又問道：「今早見到個叫錦城的伙計，邱掌櫃可知道？」

邱掌櫃搖了搖頭，略有些無措，卻是馮小甲接過話頭。「那人叫崔錦城，我見過兩次，平日都是他管鋪子的大事、小事。」

「那家老闆沒請掌櫃？怎麼讓一個伙計管鋪子的事？」

馮小甲也拿了顆包子塞進嘴裡，嗤笑一聲，含混道：「那王老闆可是個出名的鐵公雞，家財萬貫，偏不捨得吃、不捨得穿，有了錢全去買地，怎麼肯花冤枉錢請掌櫃？」

相思點點頭。「黃梅草又是什麼？我怎麼從沒聽說過？」

馮小甲此時已經解決完一顆包子，在桌子上蹭了蹭手上的油，敷衍道：「那玩意兒韶州府到處都是，沒什麼稀奇的，就是春天這兒的人會用黃梅草煮雞蛋吃，說是補脾虛、防病邪的。」

相思眼睛一亮，心想若是春天真發起痘瘟來，這個黃梅草賣得肯定好，於是追問道：「這黃梅草價格幾何？」

「便宜得很，漫山遍野都是這玩意兒……」馮小甲隨意應著，似忽然意識到相思對黃梅草的興趣不淺，心思一轉道：「要是想買些，只要找個藥官兒來，讓藥官兒幫忙尋些就是。」

相思點點頭，沒再說話，吃完飯便寫了一封信送回家裡，信中不過兩件事：一是報平安，二是問這黃梅草能不能買些回去？若是準備運回雲州府，這黃梅草是否也在沈香會的名冊裡，需不需要再去請一張通關牒文來？

送出信，魏家三寶便在邱掌櫃和趙帳房的陪同下出城，行了二十幾里，到了一處湖泊，這湖叫四望湖，綿延數十里，是歷年產龜甲最多的所在。湖的周圍散布著幾個村落，住的都是靠這金線龜甲過生活的漁戶，只是如今在休漁時節，湖上並無漁人。

馬車才到村口，便有幾個男人圍上來。

「是不是來買金線龜甲的？我家裡有，去我家裡看看吧！」

「我家的品質上乘，去我家瞧瞧？」

「俺給你便宜些，先上俺家看看去！」

看著圍住馬車的幾人，相思撓了撓頭。是不是哪裡出了問題？這明顯是供大於求啊！為啥別處還缺龜甲呢？

但等相思看到那些龜甲時，臉便有些綠了。品質上乘的龜甲色澤瑩亮，這幾家的龜甲卻烏漆抹黑的。

她輕咳了一聲，雙手背在身後，沈吟道：「你這龜甲成色不對啊……」

那漢子自然知道自家的龜甲有問題，慌慌張張關了門，小聲道：「價格折一半也成，這東西磨成了粉再摻些白麵粉，誰能看出來？」

此時，相慶多年來在啟香堂受的教育發揮了作用，極為不屑地斥道：「這樣的藥吃了還了得，好好的人也吃壞了！」

那漢子被掃了面子，也不惱，想來是許久沒抓住買主，語重心長勸道：「這龜甲多便宜，你們收了再去賣，可賺幾番的雪花銀？收了吧！」

相思搖搖頭，和幾人一同出了門，人都到門外了，還能聽見那漢子不死心的聲音。「我再便宜點，你們回來！」

又在村裡尋了幾家，竟有大半的龜甲都是黑漆漆的發了霉，之後從一個婦人那裡打聽到，原來是去年秋夏兩季，韶州府下了數十場連綿不絕的豪雨，這金線龜剛打撈上來準備晾曬就下雨，一時間竟沒有能曬乾的時候，龜甲才都發了霉。

到了秋後，雖沒了大雨，但湖水冰冷，金線龜都到了水深的地方，餌食也誘不出，一年的收成便都泡了湯。

好在這村裡尚有幾家收得及時，龜甲保存完好，只不過數量實在有限。

回去的馬車上，初戰受挫的三人組一路無話。

晚間相思召開了個緊急會議，經過一番商討，決定明日三人分頭行動，依舊只收品質好的龜甲，晚上回來看看情形再說。

計畫雖然擬定，但顯然三人組都有些膽怯了。

「我看今天的情況，只怕即使分頭去尋，也尋不到太多。」相慶猶豫著道。

相蘭雖未言語，看向相思的眼神卻也是這個意思。

作為精神領袖，相思覺得自己的壓力很大，但她知道要想成為一個優秀的領袖，必須要有領袖氣質，所謂領袖氣質就是：泰山崩於面前，而你要——裝。

她拍拍兩兄弟的肩膀。「你們放心，龜甲的事我已有主意了，你們明日只管先去收些，別的事不用管。」

相蘭眼中閃過一絲狐疑，相慶卻是個實心眼的。「我就想你肯定有主意！」

然而當晚，精神領袖魏相思卻失眠了。

第三十二章

第二天一早，三人分別去了產金線龜甲的淡水湖。相思出城，馬車裡馮小甲的嘴閉不住，一會兒說些韶州府的趣事，一會兒又指著車外事物講解，頗有些嘴碎導遊的況味。

相思如今對韶州諸事頗感興趣，所以也樂意充當捧場的，馮小甲說得便越發起勁。

今日選的這個地方頗遠，出城之後又行了小半日，才見到一汪碧水，正是晌午，旁邊的村落裡升起裊裊炊煙。

「少爺，這時候也該吃飯了，咱們去村裡尋個漁戶家，填飽了肚子再做打算吧？」馮小甲摸著肚子提議。

相思也餓腸轆轆，但在車上晃了小半日，對包袱裡冷硬的大餅實在提不起食慾，便讓車伕把馬車安置好，三人一同進了村子。這村子約莫五、六十戶人家，此時又是正午，路上未遇到什麼村民。

走了一會兒，看見個院落整齊的，籬笆門也大敞著，馮小甲便在門口喚了兩聲。「主人在家嗎？」

「欸欸……是誰在外面？」隨著聲音，快步走出一個面目黝黑的男人。村裡人們都相熟，一看三人模樣，便知三人是外來的，忙問：「三位爺什麼事啊？」

馮小甲滿臉堆笑。「我們是來村裡收金線龜甲的，如今正是中午，想在您家討些飯吃。」

那男人一愣，又轉眼去看相思。因這是相思生平第一次蹭飯，免不得臉上臊得慌。「我們不白吃，您看給多少銀錢適合？」

那男人面上一窘，慌忙搖手。「鄉野粗鄙茶飯，不值什麼錢，只怕不合三位的胃口。」

「有啥便吃啥，那就叨擾了！」馮小甲生怕男人反悔一般，一手搭上那人肩膀，推著便往屋裡去。相思咋舌，隨即神色自然地跟著兩人進屋。

山裡人家確實做不出豐盛飯菜，但夏日的涼拌小菜也別有一番滋味，馮小甲一連吃了兩碗飯，這家的男人卻還熱情，相思這才鬆了口氣。

「你們家裡也是漁戶嗎？」摸著滾圓的肚子，相思問。

那男人此時也少了些侷促不安，又見相思不過是個十歲左右的少年，不曾生出防範之心。「村裡都是漁戶，只不過現下水冷金線龜不出來，要等來年春天才能開漁咧！」

「今年咱們韶州出產的龜甲似乎比往年少上許多，是因為今年雨水多的緣故嗎？」

男人眸色一黯。「我們這些漁戶，全是靠天吃飯的，今年藥師仙王不肯賞飯吃，我們便什麼法子也沒有嘍。」

馮小甲插話。「那你家現下可有金線龜甲可賣嗎？」

「倒是有些，不過今年的收穫不好。」

相思想起昨日情形，害怕又是個賣長毛龜甲的，忙訕訕道：「我們只收品質好的龜甲，若是發霉了，我們是不收的。」

那男人一愣，隨即哈哈大笑。「你們昨兒是碰上賣發霉龜甲的漁戶了吧，我家不做那缺德的買賣，賣那龜甲還不吃壞了人？」

相思一哂。「那便好、那便好，做藥材買賣的可不能喪良心，這可是關係到人命的大事。」

「我看你年紀不大，卻是個有主意的，要是六州的藥商都如你一般想法，那些用魚糜充當雪燕、用接骨木充當鹿茸的缺德事，只怕也能少些。」

假藥害人呀！相思心嘆一聲。

飯後又看了這家的龜甲，數量雖不多，質量卻不含糊，商定好價錢，便準備拿貨。

「爹，咱們家這些龜甲要賣了？」身後忽然傳來一個聲音，相思驚訝回頭看去，卻見一個疏離冷漠的少年站在門口。

要說這韶州也忒小了些，這人正是在昨日「杏春堂」前灑掃的伙計——崔錦城。但見他額上薄汗，面色微緋，眉毛微微皺著走上前來，看了相思一眼，拉過崔父，低聲道：「我不是說過家裡的龜甲不急著賣，等開春價錢肯定是要再漲的。」

崔父瞪了他一眼。「開春天氣回暖，湖裡又能捕龜，到時只怕要跌價的，哪年春天不是這樣？你淨出些餿主意，我看他們開的價不錯，就賣給他們算了。」

崔父說完便要去給相思取龜甲，哪知崔錦城死死拉住。「開春要犯春瘟症的，韶州藥鋪裡存著的龜甲今年初也都消耗完了，開春肯定缺得很，咱家的留到那時候賣，肯定能賣出一個好價來！」

「等個屁！你是老子，我是老子？今兒人家銀子也給了，我就做主賣了！」崔父掙了開去，正要往相思三人那邊走，卻聽自己那不肖子嘟囔道：「一個、兩個都鼠目寸光，不聽人勸。」

聽得兒子說自己鼠目寸光，崔父大怒，顧不得還有外人在場。「你今兒不在藥鋪裡做事，怎麼有空回家來？」

崔錦城沒看自己老爹，在自家門口尋了個小板凳坐下，隨手摘了根風乾的辣椒叼在嘴裡，悶聲道：「東家嫌我多事，不用我了。」

崔父一聽，鼻子歪了，嘴也歪了，顫抖舉起的手指透露出自己此刻心情。「你說你，跟你說了多少次！小伙計就少說話多幹活，你非去攬些勞什子的破事，東家讓你幹啥就幹啥，你廢什麼話啊！」

崔錦城把嘴裡的乾辣椒嚼得「咯吱」響。「馬上就要開春了，東家非要收一家藥農的陳年牛膝；這藥春夏用得都少，只圖那家藥農的價錢便宜，收到手裡也賣不出去，收了有個屁用？」

「屁用、屁用！就你知道得多，你啥都懂！你啥都懂怎麼還被踢出來了？」崔父憤憤。

崔錦城沒話回，又摘了根辣椒塞進嘴裡嚼。

昨兒在藥鋪前聽見伙計和崔錦城對話，相思便知崔錦城頗有些主意，此時又聽聞此事，心思便動起來，笑著勸慰了崔父幾句，又伸出橄欖枝。「不瞞崔叔，其實我家在韶州府也有藥鋪，要是方便，讓崔兄弟去我家鋪子當伙計如何？」

聽相思喚自己「崔叔」，男人一愣，又打量了相思一番，雖見相思神色誠摯，卻尚有些疑慮。「錦城他話多……這不才因話多被解雇了？我只怕他這毛病改不了，去您鋪子裡也不討喜。」

「這您放心，我家是做正經藥材生意的，在雲州府也有數家藥鋪，買藥絕不只圖一個便宜，掙了銀子也絕不全拿去買地，若崔兄弟的話有道理，更是沒有不聽的道理，這您放心。」見崔父已經動搖，相思又道：「而且崔兄弟以前在杏春堂多少工錢，來我家藥鋪就多少工錢，若做得好，工錢還要加的。」

崔父一聽，哪還有再猶豫的道理，當下便賣了在家待業的親兒子。「那便說定了，明兒一早我便讓錦城去鋪裡。」

說罷，崔父又轉身對兒子喝道：「聽見沒！你明兒去鋪裡報到，那張嘴閉得嚴些！」

崔錦城沒說話，又隨手扯了根辣椒塞進嘴裡，崔父大怒。「你聾啦？還不過來見見你新東家！」

「我不去。」伴隨著美味的乾辣椒，崔錦城嘟囔。

「你說什麼？」崔父愣然。

崔錦城把嘴裡的辣椒籽吐了，拍拍手站起身。「我說他家藥鋪要黃了，我不去。」說完，失業男子崔錦城走進屋裡，丟下七竅生煙的崔父不做理會。

四袋龜甲塞在狹窄的馬車裡，占據了大半的位置，相思縮手縮腳地坐在馬車角落裡，馮小甲則更慘些，早已沒有立足之地，整個身子趴在袋子上，車子一顛，他的腦袋就要撞到車頂。

見相思默然無語，馮小甲只以為是因之前被崔錦城拒絕，心情不好，便想安慰安慰自己的小東家。「那崔錦城也忒不識抬舉，少爺要用他，他還拿起喬來了！」

相思想了想。「這倒不是我抬舉他，他的想法確實有許多可取之處。」

馮小甲卻不以為然。「做伙計的就老老實實做伙計，他非不這樣，還操心這、操心那的，也討不到好處，何苦來的？」

相思覺得，自家小伙計的想法有很大的問題，既然此時他提起話頭，便不妨給他洗個腦。「雖說各司其職，但既然在藥鋪裡做事，靠這份營生生活，總不能一味悶頭做自己的事，腳下油瓶子倒了都不扶吧？而且年輕人有想法是好事，誰能做一輩子伙計呢？十四、五歲做伙計尚可，難不成四、五十歲還做伙計，要一輩子都不長進？」

馮小甲是個極機靈的人，聽懂了相思話裡話外的意思，一時間也不知怎麼回，但見相思沒有質問的意思，心下稍安。他自然是少年心性，才來魏家藥鋪時也是幹勁十足，但邱掌櫃平日得過且過，他做得好、做得不好也沒人管，反正少幹多幹都拿一樣的工錢，時間久了人也憊懶起來。

相思一行人回到藥鋪時，天色已經晚了，相慶和邱掌櫃也回來了，雖收了些龜甲，卻不多；只是相蘭還未歸，想到他是和趙帳房一起出去的，應該沒有大事，相思便讓馮小甲在旁邊的酒館裡訂了兩桌，晚間請幾人吃頓好的。

見天已經完全黑了，相慶有些著急。「相蘭怎麼還不回來？別是遇上事了？」

相思也有些坐立難安，正想去找邱掌櫃，便聽見外面有馬車漸行漸近，忙出門探看，便見相蘭坐在頭輛馬車外面，趙帳房坐在第二輛馬車上，相思一喜迎上去。「我說怎麼這麼晚才回來，原來是有大收穫啊！」

相蘭面帶得色，一把掀開車簾。「一輛馬車裝不下，好不容易尋了輛馬車，不然運不回來呢！」

這時相慶也招呼藥鋪裡的馮小甲和車伕們搬龜甲，一時收拾妥當，便到旁邊的酒館裡吃飯。因是提前訂好的酒菜，不多時便上齊全了，三隊人馬今日都十分辛苦，菜一上來便各個抄起筷子，也顧不得謙讓許多。

魏家三寶往日是安逸日子過慣了的，如今雖初嚐辛苦滋味，卻也收了許多龜甲，這辛苦便不放在心上。相蘭也是真餓了，一人吃了小半盆米飯，這才放下筷子。

一切妥當，三人晚上又開了個總結會議，相思算了一下，雖他們三人共收了八百多斤，但距離四萬斤還有相當大的距離，如果按照這個速度，只怕他們要到春天才能收齊……想來早先藥商來收時，也是遇到了同樣的問題，因這個收法勞民傷財，怕要虧本，所以才都鎩羽而歸。

相慶也苦了臉。「相思，這下可怎麼辦？」

昨晚才拍了胸脯的相思深吸一口氣。「從今天的情況來看，今年雖然龜甲的收成大減，但漁戶手中尚有一些，若是都收上來，約莫也有四、五萬斤，只是咱們現在的速度太慢，要想個省力且迅速的法子才成。」

「可什麼法子既省力又迅速？」

相思想了想。「與其咱們去就漁戶，不如讓漁戶來就咱們。」

第二日，相思把自己的想法與趙帳房和邱掌櫃說了，兩人都覺得這法子好，當日便行動起來。先找了三個村落，這三個村落位置需要不偏不倚，是周圍村落的中心，又在村裡賃下一個農家院子，這院子不為別的，專為收龜甲而用。

三個院子賃下之後，相思便寫了一張收龜甲的告示，標明各品質龜甲的價格和收購地點，讓人挨家挨戶去貼，次日便有許多扛著袋子的漁戶上門送龜甲，積少成多，這日三個收購點竟收了五千多斤，邱掌櫃本覺得這法子實在是偏門末道，誰想竟有如此神效，對相思越發恭敬起來。

至於趙帳房，原是魏老太爺派來的，本想著這次怕是要和三位小東家吃些餐風露宿的苦頭，誰想竟只需要坐在屋裡記帳算錢，省下許多氣力，也感嘆這思小少爺真是個做商人的好苗。

看著屋裡堆積如山的龜甲，相慶激動得不得了。「這簡直跟作夢一般啊！」

相蘭深吸了一口氣。「看著這些龜甲，我怎麼想哭呢……」

這是三人第一次接觸家中的藥材生意，且勝利就在眼前，自然都有些如夢似幻之感，相思的小拳頭握得緊緊的。「咱們一定要把這事辦得漂漂亮亮的！」

其餘兩人點頭，於是少年心生灑然春意。

第三十三章

收龜甲的事業走上正途，相思這日便帶了幾樣糕點去崔家拜訪，一進門見崔父正在拾掇院子，忙上前親熱道：「崔叔忙嗎？」

崔父一愣，旋即想起這是那日來收龜甲的小爺，便想熱情招呼，誰知又想起那日兒子說他家藥鋪要黃了的事，猜到這位小爺怕是為了自己兒子的事而來，若兒子真的不同意，自己也不好和這小爺太過親近，熱情便打了個折扣。

崔父的神色落在相思眼裡，她也有些訕訕，但也不避諱。「我家在韶州府的藥鋪生意確實不好，但魏家在雲州府是大家，那藥鋪哪有輕易黃的？之所以要找崔兄弟，也是為了家裡在韶州府的生意。」

見相思如此坦然，崔父便有些不好意思，忙招呼她坐下。「我那不肖子沒什麼能耐，做事情雖然踏實，但就是個做伙計的料，擔不得大任的，您何苦跑這一趟？」

「崔兄弟有什麼能耐我都知道，早先他在杏春堂裡，鋪裡大小事務全是他經管負責，若是好好歷練幾年，肯定有大作為，別說管事，就是掌櫃也做得的。」

見相思把兒子誇得這般厲害，崔父心中歡喜。「瞧您說的，錦城哪有那麼厲害。」

見他口風鬆動，相思打鐵趁熱。「我在韶州府待不了多久，想著若崔兄弟願意到我那鋪子裡，這幾天我把事情辦妥了，安安心心回雲州府去；若是崔兄弟實在不願意，我也不強求，日後來韶州府再來拜訪。」

「我倒是願意讓他去，只是他脾氣倔，我也管不了他……」

「這事不煩勞崔叔你，我親自去找他說，成與不成都看我們談得如何。」

清晨，湖邊，涼風，微冷。

冷漠少年蹲在湖邊小樹下，嚼著辣椒。

相思咳嗽了一聲，走近崔錦城，幽幽道：「乾吃辣椒辣嘴啊！」

崔錦城淡淡掃了她一眼，又轉頭去看平靜的湖面，淡淡道：「你家鋪子黃了？你這麼閒？」

相思翻了個白眼。「我家有錢，鋪子黃不了。」

崔錦城又看她一眼，淡淡道：「你那收龜甲的法子挺好。」

相思一聽，這是有戲啊，面上卻非要裝出寵辱不驚的模樣。「雕蟲小技而已，你去不去我家鋪子？」

「不去。」崔錦城答得乾脆，相思險些吐出一口老血來。

「總要給我個原因。」

「你家鋪子太破了，掌櫃懶，伙計更懶，這幾年都沒見有幾個客人，做起來太累。」

相思深吸一口氣。「守成又有什麼意思呢？邱掌櫃雖沒有作為，但為人寬厚，你在他手下做事，自然可以放開手腳去做。」

見崔錦城沒反駁，相思又道：「我看你昔日作為，想必定不會一輩子只想做個伙計。韶州府的買賣魏家是不會置之不顧的，你若做出成績來，一個小小掌櫃自然是囊中之物，而你若有更高遠的目標，魏家也撐得起。」

崔錦城這才幽幽看向相思，眉頭微挑。「你如今幾歲？十歲？十一歲？你跟我說這番話是代表魏家？你能代表魏家？」

「我自然能。」相思理直氣壯卻又有點心虛地說道。

崔錦城又盯著她看了一會兒，似是不信，又似是有些相信，隨後把手裡最後一根辣椒塞進嘴裡，一邊嚼一邊嘟囔。「我明兒去鋪子裡。」

對於一個野心家，最好的餌料就是廣闊天地。相思既然得到他的允諾，當下就要做起剝削界的楷模。「你既然同意了，也別明天、後天的，現在就和我走。」

相思帶著崔錦城到了最近的那處農家小院，見馮小甲在裡面，便簡單與他說了崔錦城的事。

馮小甲一聽，忙上前「崔哥、崔哥」地叫，又說：「早先我看崔哥在杏春堂時，就十分佩服，沒想到以後要在一起做事了。」

崔錦城點點頭。「還請小甲兄弟多關照。」

說了一陣話，相思又帶著崔錦城去庫房，說是庫房，也不過是間稍大的堂屋，地上鋪了幾根粗壯的木頭隔潮，木頭上橫豎交叉疊放著許多裝龜甲的袋子。

「你看這些龜甲怎麼樣？」相思偏頭問。

崔錦城解開幾袋看了。「收的這些龜甲都未經雨淋，品質很好，開春能狠賺一筆。」

相思心想，開春若是發了瘟瘟，只怕有價無市，但因畢竟與崔錦城相識不久，便忍住沒說，只道：「今年的龜甲產量不多，怕是開春收的這些不夠賣，可眼下我已沒有別的法子，崔兄弟可有別的想法沒有？」

崔錦城把那幾袋打開的龜甲仔細紮好，未看相思，只道：「眼下韶州府也只有這些龜甲，收不出更多的來，但若是少爺怕開春龜甲緊俏，倒可以和幾家漁戶簽個契，到時也省了尋找的麻煩。」

相思本也這般想，又聽崔錦城如此說，便道：「這法子自然好，但契上總該寫個價格，這價格該怎麼定斷？」

「開春既然龜甲緊俏，自然價格要比今年高一成，若有漁戶願意簽，便沒什麼難處。」

「若開春價格比今年高出不止一成怎麼辦？」

崔錦城抬頭看她，眉頭微微皺著，似是有些不解。「既然簽了契，便是到時候價格有變化也無須管，按照契上約好的數目價格決斷便是，少爺有什麼擔心的呢？」

我擔心開春龜甲價格飛上天，這些漁戶要造反啊！

相思咬牙，準備也做一回那欺男霸女的黑心商人。「那這契約的事就交給你了，只是一個漁戶簽下當年收穫的三、四成便好。」

「這又是什麼緣故？要簽自然要全收了才好。」

相思知道開春痘瘟八成是要發起來的，自己若收了所有龜甲，一來漁戶要心生怨憤，二來同行們怕也會對魏家生出不滿來，凡事不要做絕，大家和氣生財才是硬道理。

見相思沒回答，崔錦城便也沒追問，只嘟囔了幾句。

兩人回到藥鋪，相思尋了邱掌櫃，又說以後崔錦城就在藥鋪裡做事，邱掌櫃自然沒有不應承的，招呼崔錦城說了一會兒話，又把相思昨兒要的帳目拿出來，心裡是有些忐忑的。

「這幾年家裡對這鋪子的確少了些關注，經營得不好也有多方面的原因，日後好好打理便是。」相思寬慰兩句，又叮囑道：「城外三個收龜甲的院子都快滿了，還要在城裡尋個大些的庫房，庫房不能太過濕熱，只存幾日就運走，這事還請邱掌櫃費心。」

邱掌櫃滿口應承，轉身便去經辦此事。

晚間相蘭和相慶一回鋪裡，便衝進相思屋裡，想要說說今日收穫，相思忙把崔錦城介紹給兩人，又道：「崔兄弟以後就在咱家鋪子裡做事，他從小生長在韶州府，咱們要是有不懂的，盡可以問他。」

相慶、相蘭兩兄弟原是少年心性，大剌剌打了招呼，便向相思說了今日收穫。收龜甲的大業進行得頗為順利，按照這個進度，再過五、六日便能回雲州府去。

崔錦城在旁聽著，覺得這三個兄弟年紀雖輕，做事竟極為有條理，又聽見相慶、相蘭誇相思的主意妙，不禁多打量了她幾眼，覺得這少年看著和善可親，竟有這樣的好打算，心中略驚。

相思卻沒注意到崔錦城此番想法，從袖中拿出今日下午剛收到的信件遞給相慶。「早先我問爹的事有回覆了。」

相慶一愣。「什麼事？」

相蘭推了他一把，恥笑道：「前幾日相思不是寫信回家問黃梅草的事嗎？你忘啦？」

相慶一拍腦門。「我現在滿腦子都是龜甲的事，當真是忘了。」

旁邊的崔錦城卻是臉色一變，相思見此，也不避諱，坦然道：「那日聽你和杏春堂的伙計說起黃梅草的事，回來我就打聽了一下，覺得有戲，就想收些帶回雲州去賣，你覺得怎麼樣？」

崔錦城沒想到相思竟如此敏銳，只不過聽了一句、半句就上了心，心下微動。「這黃梅草的確是好東西，但我也只聽說韶州府盛產此物，只怕帶回雲州去，那裡的百姓不認識。」

相思這走一步、看兩步的性子早想好對策。「銷路我自有法子，只想知道這其中可圖的利有幾成？」

崔錦城想也未想，便道：「利潤極大。收的黃梅草價格低廉，賣得也不貴，但因是分成小把售賣，且售得數量龐大，所以倒可以一試。」

相慶如今也初嚐做生意的妙處，聽崔錦城如此說，便急切地想再辦件大事。「既然有利可圖，咱們就收些帶回雲州去，大伯可把黃梅草的通關牒文一起送來了？」

「爹和爺爺的意思也是收些帶回去；這黃梅草沒有列入沈香會的藥材名冊裡，所以是不需要通關牒文的。」相思說完，便轉向崔錦城。「我們幾個對韶州府不甚熟悉，黃梅草的事還要麻煩崔兄弟多費心，若有品質好的，不妨多收些，一來我們帶走，二來韶州的藥鋪也留些。」

崔錦城點點頭。「這事好辦，三、兩日間便能辦好，你們何日啟程？」

「最快也要五日後，四萬斤龜甲怎麼運也是個難題，你可有什麼熟悉的貨運行？」相思問。

貨運行顧名思義，是專門替人運貨物的，或水運，或陸運，全部交託出去，十分省事，相思雖從未與貨運行打過交道，但常聽魏正誼提起，心中也有底。

崔錦城沈吟片刻，卻道：「離這裡最近的水運渡口也要四、五十里，若是走水運實在有些費事，用馬車運的話，雖在路上要多耗一天，卻最是省力。」

幾人一商量，便定下用馬車運送。翌日一早，相慶、相蘭又去收購點蹲守，相思去尋邱掌櫃，說了租賃馬車的想法，請他去辦，又問庫房可妥當了？馬上就要用。

邱掌櫃一一應承，相思便帶著馮小甲和崔錦成和賃下的幾輛馬車去運貨。馮小甲這幾日也沒得閒，如今得了空，也不在意馬車顛簸，躺在車廂裡就呼呼大睡。

崔錦城和相思因嫌車內太悶，便坐在車外頭。

「他們兩兄弟似乎很信服你？」崔錦城忽然問。

相思一愣，旋即道：「沒什麼信服不信服的，我們從小在一起，有些默契倒是真的。」

崔錦城聽了沒再說什麼，不多時到了地方，搬貨的搬貨、記帳的記帳，好不熱鬧，不到中午，一群人又浩浩蕩蕩回到城裡去。

但等相思看到邱掌櫃賃下的庫房時，她覺得自己該和老邱談談人生理想了。

第三十四章

雖然相思之前已說過要條件好些的庫房，但顯然邱掌櫃並沒有放在心上，在儉省慣了的老邱心裡，既然不過是存放三、五天便要拿走，只要放得下就好，白花那些銀子做什麼？

只見這庫房四處牆壁都有些滲水，地上也不乾爽，顯然是不能用的，多虧崔錦城對韶州府熟悉，又找了個合用的庫房賃下。

回到鋪子，邱掌櫃卻不在，等了好半晌，才見邱掌櫃帶了個乾瘦的老頭回來。此時邱掌櫃尚不知那庫房出了差錯，引著老頭來見相思，道：「少東家，這是城北貨運行的李掌櫃，早上才和他談好租車的事，價格也公道，所以帶來和少東家簽契。」

相思今日看了那庫房，決定好好和邱掌櫃談一談，但眼下有外人在，便不好駁了他的臉面，請兩人坐下後，道：「我這次有四萬斤的龜甲要運回雲州府去，李掌櫃估算一下要用多少輛車？」

李掌櫃常年和精明的商人打交道，人也油滑得很，先前與邱掌櫃交談，把這事摸了個透澈，當下回道：「一輛馬車頂多能裝四百多斤，約莫需要一百輛馬車才夠用。」

這李掌櫃不過見相思少不更事，那邱掌櫃又是個軟弱的，所以才敢撒這大謊，硬是多報了三十多輛的數目，心中還竊喜，覺得這單買賣定能大賺一筆。

他哪裡知道相思早已打聽過，普通運貨物的馬車怎麼也能裝六百多斤，如今相思聽了這話，心中惱火，卻還想看看李掌櫃能缺德到什麼程度，便問道：「李掌櫃的馬車是多大的？」

李掌櫃見相思未起疑心，不禁更加得意。「我們行裡的馬車在韶州府裡是排得上名的，長四寬三，車輪都加固過，運貨最為適宜；價錢也公道，若是從這裡發往雲州府，一輛車二兩銀子，吃、住全都無須管。」

邱掌櫃現在已被李掌櫃哄得不知裡外，聽了這話也幫腔。「韶州府裡確實再尋不到這般適合的貨運行了，若是少東家覺得合適，一會兒咱們就把契簽了。」

那李掌櫃一聽，忙拿出早已準備好的契書出來，催促道：「契書我已準備好了，魏小老闆只消在上面簽個字，我們行裡的馬車隨用隨到，你們這貨著急運走，除了我的行，只怕別處也找不到能一下派出百輛車的貨運行來。」

相思卻輕輕按下那張契書，眼睛眨也不眨地盯著李掌櫃。「誰說我們著急運貨了？」

李掌櫃看了邱掌櫃一眼，訕訕一笑。「誰收了藥不急著運走呢？」

邱掌櫃此時也意識到自己的言行有些不妥，擦了擦額上的汗水，不再說話。

見相思也不簽契書，也不說不簽，一時李掌櫃摸不著頭緒，只以為相思頭一次販藥，心下沒個主意，把那契書重新送到相思眼前。「魏小老闆簽了契書，我好回去整頓車隊，不然怕是要耽誤行程的。」

相思一哂，卻問道：「李掌櫃方才說那馬車長四寬三，卻只能裝四百斤貨物，這是什麼道理？」

李掌櫃一愣，再是一驚，被相思這一問問住了，卻想著相思不過是個孩子，有什麼可怕的，定了定神，又道：「這麼大的馬車都是裝四百多斤貨物的，這可不是我誆騙小老闆你。」

「我怎麼聽說這麼大的馬車能裝六百斤貨呢？」相思幽幽道。

李掌櫃一時語塞，臉色也難看起來，卻嘴硬道：「那是草藥類的輕貨，龜甲這般重，是裝不了這麼多的。」

相思險些氣笑了，這就相當於一斤棉花和一斤鐵哪個重一樣的問題，看她年紀小也不能這樣糊弄吧？

「輕貨比重貨還難裝，封車也要費些力氣，若同是六百斤，應是龜甲好裝些，李掌櫃的道理我的確是聽不懂。」

李掌櫃本以為這單生意是到嘴的肥肉，見相思是個文靜客氣的漂亮少年，哪裡想到她會這般難纏，眼見糊弄不了了，便也認栽。「先前是我算錯了，我們行裡的馬車也能裝六百斤的，怕只怕車重要耽誤趕路。」

相思搖搖頭。「不必了。」

李掌櫃一愣。「不用裝六百斤，只裝四百斤？」

相思一字一頓道：「我的意思是，不用你們貨行的馬車了。」

李掌櫃灰頭土臉出了藥鋪，等在門外貨行的伙計忙迎上來問：「怎樣？這買賣可談成了？」

李掌櫃啐了一口，臉拉得老長。「這家的小老闆忒不是個東西！做買賣一起發財才對，他卻一點也不肯讓！」

那貨行伙計心想，您老給的那些條件分明是要吃人家的肉，但凡是個有主意的，誰肯用呢？嘴上卻說：「不成就不成，咱們貨行也不差這一單買賣！」

打發走了李掌櫃，馮小甲和崔錦城十分識趣地退了出去，老邱的臉色也灰敗起來。

「少……少東家，這事的確是我沒有注意了。」

相思給老邱倒了杯茶，和顏悅色道：「您與我父親是同輩，我也喚您一聲邱叔叔。」

邱掌櫃慌忙推拒，相思卻道：「我是晚輩，有些事我說總歸是不適合，但眼下這事又不得不說。」

邱掌櫃擦了擦頭上的汗水。「少東家你說。」

「我昨兒讓邱叔叔去尋個庫房，說沒說過要條件好些的庫房？」

「說了是說了，只是……龜甲只放三、五天，放哪裡不成……何必多花許多冤枉錢？」

這也怪不得邱掌櫃。他來韶州府數年，藥鋪入不敷出，便只能從開銷上儉省，更是把儉省作為行事第一原則，所以縱然聽相思那般說，還是捨不得多花錢租庫房。

相思揉了揉隱隱作痛的額角。「這些龜甲可是韶州府最後能收上來的，若是再被水浸了，損失比那租庫房的小錢要多很多，這您想到沒有？」

邱掌櫃自然也想到了，但他是得過且過的性子，年紀大了凡事不上心，想著三、五天應該出不了大問題，便沒放在心上，哪知相思竟然如此認真。

見邱掌櫃不說話，相思和緩了語氣。「邱叔叔您是魏家的老人，過幾年若您願意，還是要回雲州府去的，但韶州府這邊的藥鋪若沒有個起色，只怕您回到雲州府去也面上無光。」

聽了此話，邱掌櫃急了。「這韶州府的藥鋪一直都是這樣，和我並沒有關係啊！」

相思眉毛微挑，眸色略冷，平日十分和善可親的面容，此刻看起來有些不怒自威。邱掌櫃心下一凜，不知為何這年僅十歲的少東家竟有如此的壓迫感，低聲解釋。「韶州府藥鋪極多，咱們魏家的藥鋪一直沒站穩腳，想做起來也難啊……」

「我們剛到韶州府那日，一敲門，鋪內的燈便吹熄了，馮小甲說夜間不給抓藥。」相思幽幽看著邱掌櫃。

「我想平日若是有人來抓藥，依他那憊懶性子只怕也不肯好好招呼，這般做生意的法子，豈有能立住腳的道理？」

邱掌櫃默然無語，手也有些抖。

相思心下嘆氣。她本想回家後與自己親爹說說這事，把邱掌櫃調回雲州府給個閒職，或直接給銀子讓他養老，但今日接二連三的事實在讓她憋不住了，而既然開了口，便要把這事說透了。

「馮小甲自然沒做好做伙計的本分，但我卻要說說邱叔叔的不妥之處。爹將這鋪子交到您手裡，本是因為信任，伙計有問題您怎麼能不管？再者，便是韶州府競爭大，鋪子總要按時開門做生意，不能想開門就開門，想休息就休息這般沒有規矩可循。」

邱掌櫃連聲稱是，卻聽相思又道：「我那日打開藥櫃，看見裝熟地的抽屜上寫著『大黃』，好在咱們家的藥賣不出去，不然吃壞了人還要惹官司。」

邱掌櫃臉色大變，佝僂著身子聽訓。

畢竟是晚輩，相思也不能做得過火，輕聲道：「我知道咱們家在韶州府沒有根基，這生意確實難做，所以客多、客少也不強求，只盼日後鋪子能有個正經樣子便好。」

邱掌櫃應承下來，又想起崔錦城，便試探道：「我聽小甲說，那崔錦城原先在杏春堂很會管事，日後這鋪子裡的事便託付與他可好？」

相思搖搖頭。「他年紀尚輕，若是多些歷練，以後定可以重用，但必不會讓他頂替了邱叔叔您，您留他在鋪子裡放心用，若他的提議有道理，也不妨按照他的話去做，但拿主意的總歸是您。」

聽相思一語戳破自己的想法，邱掌櫃有些赧然，紅著臉走了。

相思既決定不用那奸滑李掌櫃的馬車，便只得別尋。但那李掌櫃在韶州小有勢力，別家知道李掌櫃沒做成這買賣，便猶豫著不敢應承，相思也不強求，崔錦城便推舉了個藥官兒，這藥官兒不是別人，正是大雨那日捎帶幾人進城的熊新。

熊新本就是與眾多貨行爭飯吃的，不怕得罪誰，當夜應下這差事，第二日便找了六十多人，這些人也俱是藥官兒，常吃這口飯，價錢也公道。

這事被李掌櫃知道了，又坐在貨行裡罵了半晌「指甲片大的買」之類的話，相好的同行也來勸，說不過是一趟貨，有什麼可氣的？

卻不知道幾年之後，這「指甲片大的買」竟做得大了，貨運常年不停，饞煞了這幫貨運行的管事，卻硬是插不進手。

因來時是與裘寶嘉同行的，三人回去免不得要去裘家知會一聲，只是裘寶嘉竟不在家，只得讓下人轉告了。

出發那日天未亮，熊新便帶著六十多人排著隊等在庫房口，相思幾人也早早到了，趙帳房先登記了藥官兒的名字，又給每輛車用朱筆寫上號碼，把六十七輛車都登記在冊。

登記完畢，邱掌櫃便開了庫房，逐個裝車。熊新找的這些藥官兒都是實在人，能裝多少裝多少，四萬斤龜甲，另加一萬斤黃梅草，硬裝了六十七輛車。不多時又各自手法熟練地封車，在冊上畫押。

熊新又挨個兒檢查了一遍，重新封了兩輛車，見事情都妥帖了，便揚聲道：「咱們這次走貨，是送到雲州府魏家去的，兄弟們路上都小心謹慎些！」

「知道了！」六十多個漢子響聲應了。

隊伍緩緩駛離了韶州府，相思的馬車緊跟在熊新馬車的後面，中途休息，相思便上了熊新的馬車，這馬車沒有車廂，視野十分開闊，見熊新十分有節奏感地揮著馬鞭，相思有些好奇。「熊叔，你做藥官兒多久了？」

熊新視線落在遠處的小道上，想也未想，道：「有七、八年了。」

「那你送藥的時候碰沒碰過劫道的？」

熊新一愣，轉頭去看相思，想了想道：「普通藥材自然沒人劫，要是貴的藥材就要小心些了；不過咱們這些龜甲、草藥之類的普通貨，沒什麼好擔心的。」

相思聽出熊新話外的意思，追問道：「那就是說貴重的藥材，還是有人要劫了？」

熊新不知道相思的小腦袋瓜裡都裝著什麼。

「我們這幫人都是在道上混的，平日見到那江湖客，總會花些錢請吃酒，路上碰到了也不會為難我們。」

相思心想：原來是道上有人。

車隊在路上行了五日，並未遇上什麼山匪強盜，一路順利地到了雲州地界。過通涿、二關時，那通關牒文起了大作用，關口有專門檢查藥材的官兵，查得十分仔細，若想私自夾帶只怕十分困難。

眼看雲州府就在前面，相慶、相蘭心中激動，站在馬車上叫。「相思你看，快到城門了！」

這時卻有一輛馬車飛快地從隊伍後面超過來，那馬車是用黃花梨木做的架子，車簾繡著仕女的碧綠綢簾，十分華貴。

華貴的馬車一超過相思的馬車，車伕便橫拉韁繩，猛然擋住了相思的去路，險些把相思驚得掉下車去。

看著眼前這騷包的馬車，相思好看的眉毛挑了挑，下一刻直接跨到了那輛奢華的馬車上，一彎腰鑽進車廂，接著車廂裡傳出某人的呼救聲，和相思的喊打聲。

「長能耐了是吧？敢攔我的車！」

「哎喲、哎喲！相蘭救命啊！」

此時相慶、相蘭也下了車，抱著手臂站在車外看戲，聽聞此言，相蘭高喊道：「相思誤闖皇上寢宮：朕本紅妝！狠狠捶他！三天不打上房揭瓦！捶他！」

第三十五章

車裡慘叫連連，車外的馬伕卻不敢伸手，只得乾瞪著眼，心想這魏家的小少爺也忒厲害了些，自家少爺的小身子骨兒能撐得住嗎？

許久，相思捶累了，手揪著一個少年的耳朵出了車廂。那少年生得白嫩，睫毛小扇子一般，眼睛也十分機靈，只是此時癟著嘴，跟受氣小媳婦一般。

相蘭見了，拍手叫好。「讓你沒事駕著這輛破馬車到處晃蕩！」

唐玉川討饒。「我從潁州販藥回來，你們卻去韶州了，我這不是聽說你們今天回來，特意來迎接你們嘛！」

相思鬆了揪住他耳朵的手。「下次你再這麼莽撞冒失，看我不捶扁你。」

唐玉川得到自由，一下子竄得老遠，躲在相慶背後伸著脖子喊。「我愛怎樣就怎樣！」

鬧了一場，唐玉川也不坐自己的馬車，與相思三人擠在一處，相蘭往旁邊蹭了蹭。「你這不知道是什麼毛病，就愛往人多的地方擠。」

唐玉川多年來習慣了相蘭的吐槽，下巴指了指前面那輛裝滿龜甲的馬車，問道：「你們這次去韶州府挺風光嘛，我才回雲州就聽到你們在韶州的事了。」

相慶一臉納悶。「什麼事？」

「設點收藥唄！」唐玉川看了相慶一眼，解釋道：「之前去韶州府收龜甲的藥商，都嫌挨家挨戶去收勞神費力，收回來了還要虧錢，所以都打了退堂鼓，你們這招實在是妙，我爹說改日還要請你們去我家，向你們取經呢！」

相思的頭有些疼，拍拍唐玉川的肩膀。「你消停些吧，我們這一路累得半死了。」

唐玉川哪裡是個能消停的主兒，眼中閃過亮晶晶的神采。「今年韶州府的龜甲出產得少，開春是個大缺的緊俏貨，你們幹這一票得狠狠賺一筆呢！」

一路說著，與魏正誼派來的伙計會合，車隊被帶去魏家早準備好的庫房，清點貨物，搬入庫房，自不必說。

此時日已西斜，趙帳房把另一半的銀錢交付完畢，又按照相思囑託多給了熊新五兩銀子，便又帶著魏家的幾個伙計去盤點貨物。

見此地事已了，熊新便想尋個落腳的地方打發一夜，第二日回韶州府去。誰知正準備走，便有個家僕打扮的青年迎上來，恭恭敬敬打了個千。「我家少爺說了，這馬車留在院子裡無事，一會兒家裡的伙計會餵草料，諸位大爺一路辛苦，隨我去別院用飯安歇。」

熊新一愣，只因往常送完貨，並無人理會他們這些藥官兒在哪兒住、在哪兒吃，這家僕口中的「少爺」應該就是相思。

想著他們六十多人，實在不好找地方落腳，便謝過那青年，一起跟著去了。

飯食是在一間乾淨的小館裡用的，雖不精緻，卻重油量大，很對這幫粗漢子的胃口，因想著明日還要早起，便也沒喝酒；住的地方是魏家的一處宅子，大炕燒得燙人，擠在一處也睡得香甜。

龜甲都入了庫，三人便隨魏正誼回魏家。三人本以為來回用不上半月，誰知竟是遲了二十多天，但這已經比魏老太爺預計的要早上許多日子了。

到了春暉院，魏老太爺免不得誇獎一番，又見三人都風塵僕僕，特准休息兩日再去沈香堂。

相思回到章華院，洗了個暢快淋漓的熱水澡，又換了身乾淨舒爽的衣裳，便癱在床上迷迷糊糊睡著了，夢裡自己的身體變成了液體，流得到處都是……

第二日，四人去戚寒水處尋顧長亭，去了才知今日醫館不看診，於是又驅車去了城外。四人到時，顧長亭正在院子裡晾曬藥材，他比四人都高些，今日穿一件天青色的棉袍，見四人來了，先招呼他們坐下，自己做完了手頭的事才過來，一面倒熱茶給四人，一面對才從韶州回來的三人道：「昨兒就聽你們回來了，看來韶州之行很順利啊！」

相慶點點頭。「全是相思的主意妙，要不然我們現在怕還回不來。」

說了些韶州趣事，也不知誰提起了淮蒲會試，相慶道：「家裡相學和相玉兩位兄長平日也是極用功的，但也沒考進沈香會去，我只怕是進不去的。」

唐玉川卻不是個肯服氣的。「這又有什麼難的？咱們幾個在沈香堂裡也是排在前面的，要是錄用也要從我們幾個裡錄用，到時咱們之中要是有哪個進了沈香會，那可就風光了，想弄什麼通關牒文，就弄什麼通關牒文！」

相思嗤笑一聲，覺得唐玉川這質樸的價值觀透著一股濃重的銅臭味。「說來說去，不還是為了賣藥，你就不能有點高尚的理想？」

「掙錢就是我最高的理想！」唐玉川胸膛一挺，眼中滿是光彩，他又轉頭去問顧長亭。「我們幾個裡就你學得最好，你若是想考進沈香會，那是板上釘釘的事，你想不想考啊？」

其他幾人也看向顧長亭，顧長亭卻輕咳了一聲。「我現下跟著師父給人看病，覺得這樣的日子也不錯，以後若能懸壺濟世，也是我所求的，進不進沈香會並沒有什麼關係。」

相思一聽，不依不饒道：「你要是不考沈香會，學了這麼多年圖個什麼？你要是不考，我也不考了！」

顧長亭知道相思的心思，只得道：「我也不是不考，只是進不進沈香會對我不是很重要。」

相思開始就地耍賴。「我不管、我不管！你不考我也不考了！」

唐玉川也耍起賴來。「相思不考我也不考了！」

相慶、相蘭對視一眼，低頭默默喝茶。

兩個月之後，如同忍冬閣閣主預料的那般，潁州府發起了痘瘟，這下相鄰的幾個州都慌亂起來。溫元蕪雖然親自去了潁州府，但此時痘瘟尚在初發之時，一時不能禁止，接連好幾個州府都有了出痘的稚童。

而這倒楣的稚童便包括相蘭。

自從那日從沈香堂回來，相蘭的精神便不好，當夜發起燒來，呼吸急促，半夜臉上就起了紅疹。馮氏自己是出過痘的，自己守在床前伺候，魏家又派人去請了戚寒水來，兩帖藥下去，痘疹開出了花，相蘭的小命算是保住了。

潁州府的痘瘟蔓延開來，最忙碌的除了醫館就是藥鋪，因魏、唐兩家早已把藥材送到潁州府的藥鋪去，崔錦城也把韶州府新產出的龜甲安穩送到，所以一時藥材齊備，倒也沒有哄搶藥材的事情發生。

這時不只啟香堂、沈香堂停課，其餘的學堂也怕學生染上痘瘟相互傳染，有月餘不曾開課。

趁這時機，相思推出了自家的仙藥——黃梅草，先是隨手編了幾個關於黃梅草的故事。不過是某家的某某，體質虛弱，把黃梅草煮茶喝，不出幾日就強壯得能搬麻袋了；又或者誰家的誰誰，凡是能感染的病都逃不了，不知從哪裡尋的秘方，用黃梅草煮雞蛋，吃了半筐雞蛋，從此以後再也沒染過病之類。

相思讓人找了幾個會吹能講的書匠到處去說，難免便有動心的到處去尋，但相思也不著急，只等聽客們都急得如熱鍋螞蟻一般，才放出魏家藥鋪有黃梅草的消息；這下可好，雲州府病了的、沒病的，一窩蜂擁到魏家的鋪子裡去買黃梅草，那一萬斤的黃梅草竟半天便賣光了。

而前來買草的人還絡繹不絕，來人一聽黃梅草賣完了，各個捶胸頓足，好在先前幾日又讓韶州府的崔錦城收些送過來，兩、三日時間便有二十多輛馬車送了黃梅草過來，當天便售去七車。

魏家賺得盆滿缽滿，這可讓雲州府的藥商們紅了眼，都紛紛去尋這黃梅草。但一時遠水解不了近渴，等他們的黃梅草運回雲州府時，痘瘟的勢頭已經被遏制住了，百姓不再被恐懼嚇破膽，都恢復了理智，那新運回的黃梅草便乏人問津了。

此時魏家藥鋪的少東家，正在小黑屋裡數著白花花的銀子，樂成了一朵花。

因藥鋪裡事多，相思這幾日便常在藥鋪裡做事，這日晚間回府，在院門口碰上了崔嬤嬤，彼時崔嬤嬤左手拿著一個大包裹，右手提了一個食籃，見相思來了，滿眼都是喜色，衝上來把包裹塞到相思手裡。「哎呀我的少爺，快幫我拿一下，我提不住了！」

相思沒防備，當下渾身僵硬起來，大氣也不敢喘。崔嬤嬤見相思碰到了包裹，睟色一安，便把包裹又拿回來，千恩萬謝後離開了。

相思雙手舉著，猶自保持著方才拿包裹的姿態，進了院門，口乾舌燥地招呼白芍端水拿胰子，又讓紅藥去尋了一罈烈酒來，這雙手洗了十多遍，卻也知道不過是圖個心裡安慰，心下難免對崔嬤嬤的主子——秦氏，心生怨憤。

若是她猜得不錯，崔嬤嬤塞給她的包袱的原主九成九是個患了痘瘟的，只是相思如今證據、證人都無，只盼自己別染上病。

誰知這也是奢想，晚間她呼吸急促起來，不多時身上便起了紅疹，相思開始說起胡話來。

依舊是請了戚寒水來看，顧長亭也來了，誰知吃了兩帖藥，竟如泥牛入海，一點動靜也無，楚氏急得直哭，魏老太爺也日日守在章華院裡。

相思如今病得難受，只覺渾身都痠軟滾燙，又想戚寒水都沒辦法，自己真是要完了，於是也不管什麼證據、證人之類，哭得淚人一般對魏老太爺道：「那日我回來時，崔嬤嬤塞了個包袱到我懷裡，那包袱破舊，不像是府裡的東西，我碰完那包袱就渾身癢，晚間就發了疹，我平日也沒開罪過三嬸娘，她做什麼這樣害我？」

魏老太爺越聽臉色越黑，輕聲安慰了相思幾句，只叫她安心養病，轉頭出了章華院，便把魏正信、秦氏、崔嬤嬤全部叫到春暉院來。

魏老太爺極是喜愛相思，日後魏家也想交到她手上，這唯一得他心意的孫子卻被自家人害了，魏老太爺的怒氣可想而知。

他自不會懷疑相思誣賴。平日能避讓的相思絕不糾纏，更從未說過秦氏的不好，她是沒有理由陷害秦氏的，而秦氏卻有充足的理由謀害相思——這個魏家家產唯一的繼承人。

雖見魏老太爺面色難看，但這事做得隱秘，便是魏老太爺查，也查不出什麼來，那包袱也已燒了，崔嬤嬤又是秦氏從娘家帶來的，所以打定主意不承認。

「相思說前晚妳塞了個包袱到他手裡，可有此事？」魏老太爺平靜問道。

崔嬤嬤哪裡肯認。「老奴前日不曾去章華院，哪裡會塞什麼包袱，肯定是小少爺病糊塗了。」

「魏興，給我打！」

魏老太爺不再浪費口舌，魏興聽聞此言拍拍手，早已候在門外的幾個家丁便衝進屋來，一把將崔嬤嬤肥碩的身子按倒，掄起棍子便打。

崔嬤嬤慘嚎一聲。「太爺啊！太爺冤枉啊！夫人救命啊！啊啊啊！」

魏老太爺年輕時也是經過風雨的，只不過年紀大了，想為兒孫積些陰德，這狠戾的事便洗手不幹了，如今既是為了相思破戒，便再無顧忌，揮揮手道：「我再問妳一遍，妳做沒做過？」

崔嬤嬤滿頭是汗，屁股上都是淋漓血漬，卻知若承認了只怕也是個死，便咬定不認。「老奴不曾做過，如何能承認！」

秦氏見此，心底發急。「爹，崔嬤嬤年歲大了，禁不得打，沒做過的事，再怎麼打她也不會認的。」

「啪！」魏老太爺的茶杯砸在秦氏腳邊，碎裂的瓷片飛得到處都是。「妳別叫我爹，我不是妳爹！這惡奴年紀大了不禁打，相思還年紀尚輕禁不得妳們謀害呢！」

說罷，又對家丁使個狠戾的眼色，這幫心狠手辣的家丁便再次揮起棍子，打得崔嬤嬤皮開肉綻！

崔嬤嬤起先還能慘叫幾聲，最後竟連話也說不出了，只一個勁兒地哀號，但見魏老太爺這架勢，今日這罪她若不認，便是要真打死了的。崔嬤嬤艱難轉頭看向秦氏，眼中悽苦，似是求救，秦氏如今是泥菩薩過江自身難保，但又怕崔嬤嬤為了保命而出賣自己，只得硬著頭皮道：「便是崔嬤嬤有罪，家裡把她打死了，只怕府衙裡也要吃官司……不如先關起來……」

秦氏的話只說到一半，因為此時魏老太爺已站在她的面前，一雙銳眼直直看到她心裡去。

「妳爹不過是知州府裡一個小小幕僚，妳真當我會忌憚？今日這事我既然查了，就勢必要查個清清楚楚，一次、兩次我容了妳，妳卻不知悔改，這次怪不得我了。」

雖說崔嬤嬤本是秦氏屋裡的人，但小命畢竟還是自己的，見了此刻情形，心膽俱裂，也顧不得秦氏眼色如刀，把頭點得如搗蒜一般。「老奴認了！是老奴做的！但這事和三夫人沒有關係，全是老奴看大房不順眼，才做了這等糊塗事！」

一個婆子敢做這樣大逆不道的事，任是誰聽了也不肯信的，魏老太爺冷笑一聲。「沒看出妳倒是一條護主的好狗，但妳說這屁話誰信！我看妳還是不老實，給我狠狠地打，打死了我出銀子了事！」

崔嬤嬤本以為自己一力扛下這事，頂多不過送官府，到時秦氏暗中使些銀子，便可保住一條老命，誰知魏老太爺竟下狠心要除去秦氏，這下可怎麼收場？

第三十六章

這一打，便打到了半夜，縱然崔嬤嬤皮糙肉厚，此刻也肉爛如泥了，眼見著人也萎靡了，魏老太爺卻沒有停手的意思。

崔嬤嬤尚有一絲神志，如今心下極為後悔去害相思，本來對秦氏的忠心，也生出些怨憤。她巴巴看向秦氏，祈求著秦氏能再為自己求求情，哪知秦氏反而狠狠瞪了她一眼，似是警告，又似是威脅。

崔嬤嬤心底最後一根弦斷了，想自己這輩子都為秦氏籌謀，如今也是為了她遭這一劫，她竟視自己的性命如草芥，只怕自己這樣死了，秦氏連顆淚珠都不會掉，更不會感念她的好。

這般一想，崔嬤嬤也把心一橫，慘嚎一聲。

「我說！別……別打我了！」

旁邊的家丁住了手，崔嬤嬤喘息了好一會兒，才勉強能說出話來。

秦氏心知不妙，又狠狠瞪了崔嬤嬤一眼，哪知崔嬤嬤竟看也不看，秦氏便更加著急了，陰陽怪氣道：「崔嬤嬤可想好了再說。」

「老奴自然想好了，不勞三夫人操心。」崔嬤嬤咬牙回道，又滿臉是淚地看向魏老太爺，聲聲懇切。「是老奴一時糊塗，聽了三夫人的話，去府外尋了個病童的衣物帶回府裡來，故意傳染給思少爺的！這全是三夫人的主意，老奴也不想這麼做……」

秦氏再控制不住自己的情緒，憤然上前一腳踢在崔嬤嬤的嘴上，彷彿這樣就能把那些指認的話都踢回去。

崔嬤嬤沒防備，被秦氏踢了個正中，門牙也踢掉了，滿口血水，號哭著去抓秦氏，秦氏更加惱恨，左右開攻，搧了崔嬤嬤數十個大耳光，崔嬤嬤越發地不甘，也顧不得屁股上的棍傷，撐著老命爬起來，揪住秦氏的頭髮又撓又咬，秦氏本就不太耐看的臉蛋上便添上許多傷口，頭髮也被扯掉了幾縷，哪裡還有平日的富貴樣子。

兩人打得如街頭潑婦一般，魏老太爺也不管，任這春暉院裡亂成一鍋粥。半晌，還是年輕的秦氏略勝一籌，幾個窩心腳把崔嬤嬤踹得沒力氣。

崔嬤嬤雖身體上敗下陣來，嘴上卻不肯認輸。

「三夫人平日做的缺德事一件件、一樁樁，哪件說出來不是喪失大良心的？那辛姨娘兩次小產，還不都是三夫人動的手腳？夫人氣那思少爺將來要繼承家裡產業，暗中謀害了多少次？夫人心裡不清楚？」

秦氏如今大勢已去，也生出破罐子破摔的想法，聽見崔嬤嬤此言，不怒反笑，緩步上前，猛然連出數腳，全都踢在崔嬤嬤的面門上，一時間血水、淚水混著，崔嬤嬤疼得嘶嚎起來。

秦氏端正身子，整理了一下衣裙，又仔細理了理鬢角，對著魏老太爺一福身。「兒媳失態了。」

魏老太爺冷眼打量著這個三兒媳，越發堅定了自己的決定。這時忽然從院子裡跑進個丫鬟，一進堂內，也顧不得屋內詭異情況，急道：「小少爺不成了！」

魏老太爺眸色微動，便要起身，卻聽秦氏聲音裡滿是陰鷙的笑聲。「爹爹快去吧，您的嫡孫這次只怕真要不成了呢！」

「魏興，我不回來，她們一個也不許走。」交代完這句，魏老太爺緩緩抬眼看向秦氏，淡淡道：「相思若是不成了，妳們就都給他陪葬。」

秦氏冷哼一聲，並不信魏老太爺真敢把自己怎樣，又見魏老太爺走了，諒魏興也不敢對自己動粗，便拂了拂衣袖，準備走人。

「夜深了，我回院子休息去了。」

哪知那幾個不長眼的家丁竟攔在門口並不退開，秦氏轉頭看向魏興，眉毛微挑。「你也不過是一條狗，主子你也敢咬？」

魏興也不惱怒，微笑著道：「我是狗，也是老爺的狗，妳算什麼東西？」

秦氏怒目圓瞪。「你竟敢這麼和我說話！看我不……」

「啪！」

衝向魏興的秦氏被這一巴掌打得一個踉蹌，腳下一個不穩腦袋撞向桌角，只覺眼前一黑，從腦門冒出的血便流進了眼睛裡，視線裡一片血紅。

她捣著額頭愣愣看向自己的丈夫，正待言語，一直強忍著的魏正信卻衝將上來，劈頭蓋臉又是幾個耳光。他本不喜秦氏，如今她又做出這般禍事，魏正信便是再不瞭解自己的親爹，也知魏老太爺肯定不會放過秦氏，不如他此時表明自己的態度，也免得受到牽連。

魏正信出手狠辣，秦氏哪裡有還手之力，只是嘴上不肯消停。「你我夫妻這麼多年，如今你不肯保我，反還要踩我！我真是瞎了眼、瞎了眼！」

「我才是瞎了眼！娶了妳這毒婦回來，搞得家宅不寧！」

秦氏把嘴裡的血狠狠吐在魏正信的臉上，憤然道：「你若是後悔娶了我，現在休我也不晚！」

魏正信猛地踢了秦氏的肚子一腳。「妳做了這檔事，還妄想繼續做魏家的夫人？」

秦氏疼得背過氣去，聽了這話，大驚失色。「我為你生了相學和相玉，你不能這麼對我！我做這麼多事，還不是為了你！」

「為我？我讓妳為我去殺人了？我讓妳做了嗎！」魏正信眸色微寒，又狠踢了幾腳，才在旁邊椅子上坐下喘起粗氣來。

秦氏躺在桌旁，渾身都是血，鬢髮早已散亂，與那街上的乞丐婆子並無什麼差異。

楚氏和魏正誼守在床前，戚寒水和顧長亭也在屋裡，一時又有丫鬟端了剛煎的湯藥來。

只是相思如今昏沈，根本嚥不下去，顧長亭只得拿著勺子一點一點灌進去。

戚寒水見自己的愛徒不知躲避，一手奪過那勺子，將顧長亭推開道：「你沒發過痘，到外面去等著。」

一向十分順從的顧長亭卻沒出去，依舊站在床前看著。相思眼下的情形的確很不好，痘若是能開出花來，便沒有大礙；相思這痘如今只能看見一個小點，內毒發不出，呼吸也急促，要是這藥再沒有效果，今晚只怕撐不過去。

得痘才好的相蘭如今也在裡屋坐著，心中雖然焦急，卻更沒辦法。

「如何了？」

眾人聞聲望去，見是魏老太爺進了屋裡，一聽他這樣問，楚氏的淚珠便穿線一般掉下來。「相思燒糊塗了，痘卻還是不開花。」

魏老太爺看向戚寒水，連聲問：「戚先生，這可怎麼辦？無論如何也要救救相思！」

戚寒水神色尚沈穩道：「這帖藥服下再看看，若還是不成，還有一帖虎狼之藥可以一試。」

這虎狼之藥自然對身體有很大的損傷，但若到了情急處，也只能自傷三分，傷敵七分了。

到了半夜，相思說起胡話來，這下戚寒水也沒轍，讓人去把早準備好的藥端來，顧長亭卻攔在相思前面。

「師父，若是這藥再不管用，要怎麼辦？」

戚寒水看著床上情形大不好的相思，眼中也滿是憂色。「若是閣主在此，或許轉機甚大，只是此時閣主遠在潁州，只怕來不及……」

戚寒水的話說到一半，忽然從門口閃進一個風一般的墨色人影，這人一語不發，逕自奔著相思去，等人站住，眾人才看清原是個清俊如竹的男人。

戚寒水驚訝地張著嘴。「閣……閣主！」

那墨衫中年男子對他點點頭，也不看左右眾人，吩咐道：「去尋三年艾，煎一記白蟾青龍湯來。」

戚寒水也不多言，與魏正誼快步出屋去尋藥煎藥。

溫元蕪吩咐之後，便將相思衣袖挽起，見上面布滿星星點點的疹子，極是可怖，於是轉頭對顧長亭道：「你去端一盆清水來。」

顧長亭聞言小跑著出門，不多時端著一個大銅盆進來。溫元蕪在盆裡浸濕了帕子，擦了擦相思的手臂，後又從袖中取出銀針，在幾個臂上穴道施針，或許是有些痠疼，相思皺眉嘟囔了幾句。

相思病了這幾日，人消瘦許多，此刻那瘦弱的手臂上又扎了許多銀針，楚氏看了便又止不住哭起來。

「難受……」相思掙扎了一下，嘟囔道。

「再忍一下。」溫元蕪輕聲道，手上卻不停，那一根根針寸寸深入，相思掙扎得越發厲害。

顧長亭和相蘭見此，忙一左一右按住她，相思掙又掙不開，手臂上的痛楚又無處發洩，一時間竟急哭了。「嗚嗚嗚……欺負人……你們欺負人……」

她眼睛緊閉著，淚水、汗水落在枕頭上，浸出一片片痕跡。

他們幾個少年本是一起長大的，從陌路同窗到知心摯友，許多年、許多的日夜、許多的趣事、許多的情誼，如今看著相思受苦，生死難料，相蘭也難受得抹眼淚。

顧長亭素來比同齡人要懂事通透，但他一直看不透相思。

相思時常在微笑，雖然有時眼中並無笑意；相思總是思慮周全，雖然從來不肯讓別人發覺她的玲瓏心思；相思呢，總是死死壓抑住自己的情緒，所以他們幾人從沒見她哭過。

從六歲到十歲，相思是沒哭過的，但一個孩子不哭還是孩子嗎？

此時，她哭了，孩子一般。

顧長亭一手按住相思的手臂，另一隻顫抖的手想拂去她額前的亂髮，哪知相思疼得狠了，竟一口咬住了他的手腕。

「相思鬆口，那是顧長亭啊！」相蘭驚呼，想要去扳相思的嘴。

哪知相思聽了這話竟不鬧了，眼皮微微顫抖，一雙含著水光的眼緩緩張開，終於看清眼前的少年，她鬆了嘴，乾澀的唇動了動，扯出乾澀的笑。「是大外甥啊……」

顧長亭愣愣看著自己的手腕，沒破皮，只有一個淺得不能再淺的牙印，而從來不哭的相思又笑了。

溫元蕪見相思竟忽然清醒過來，雖知有施針的效用，但也在心中暗嘆這魏家少爺不過十歲年紀，竟有如此堅定的意志，也是讚嘆非常。

人既醒了，事情就好辦許多。溫元蕪收了針，這才向魏老太爺一禮。「溫某來遲了。」

魏老太爺早已被驚得一頭汗，忙扶起溫元蕪。「虧得你來了、虧得你來了！」

溫元蕪本準備等潁州府的痘瘟消退後，再來魏家謝那存藥之情，誰知前日收到戚寒水的急信，便馬不停蹄地趕到雲州府來，好在來得及時，若是晚一刻，大羅神仙也只能瞪眼看著相思駕鶴西歸。

溫元蕪沈了心、靜了氣，端坐給相思號脈。他的手指修長如竹，落在相思細小的手腕上，像是捉著一節細藕。相思的脈急促卻無力，初探時覺得脈象與現下情狀十分契合，但是再細探，溫元蕪便覺出異常來，他又去探相思的另一隻手腕，更覺異常。

男左女右，男陽女陰……

相思的脈，不對啊！

溫元蕪不動聲色抬頭打量相思，更加確定了自己心中的猜測。

至於戚寒水先前把脈為何沒有察覺？一來是因為戚寒水從未懷疑相思是女兒身，二來這脈象千變萬化，虛虛實實，便是行醫數十年的老郎中，也有把病弱男子當成婦人的丟人事，所以戚寒水一時不察也實屬正常。

雖溫元蕪已知相思是個女兒身，面上卻並無絲毫表現，輕聲問道：「妳肝氣鬱結得厲害，這麼小的年紀，心事怎麼這般重？」

相思猶自有些昏沈，嘟囔了一句。「水土不服。」

這句說得含糊，溫元蕪也不在意，這時魏正誼已煎好白蟾青龍湯來，楚氏拿了湯匙想餵相思，哪知相思竟生猛地端起那大碗，一仰脖子，如牛飲水一般全數吞進肚子裡。

雖然常言道，良藥苦口，但這藥苦得過了頭，相思的臉皺成了一團，在那星星點點的紅疹點綴下，說不出的滑稽可笑。

「閣主，只尋到這點三年艾，再多現下也找不到了。」戚寒水手裡拿著個小布包，見相思醒了，心中大安。

「這些便夠了。」溫元蕪接過那布包，又對眾人拱手一禮。「我要給魏少爺熏艾，只有魏夫人留下便可。」

聞言，即便眾人都想陪在屋裡，但都不好再說什麼，只得守在外間。

熏艾，便是用艾草熏蒸身體穴道，楚氏本來還怕相思的秘密藏不住，哪知溫元蕪竟全讓她動手，背上幾處穴道也是楚氏放下簾子熏的，雖不知溫元蕪這麼做的緣由，卻也心生許多感激。

約莫半個時辰後，相思渾身發癢，原來針尖那麼大的紅疹，都開出花來，樣子實在有些……淒慘。

此時東方泛白，相思除了毀容，並無大礙，眾人便撤出內室。魏老太爺知道這回辛苦了眾人，便留溫元蕪、戚寒水等人在魏家休息，因擔心相思病情或許還會反覆，溫元蕪便沒有推辭。

客房裡，顧長亭敬了溫元蕪一杯茶，溫元蕪接過飲了一口，笑著道：「戚堂主，幾年前那麼多人想拜師，你說不收徒的，怎麼到了雲州府就肯收徒了？」

戚寒水對自家閣主十分敬重，聽了這話，老臉也有些掛不住。「雲州府人傑地靈、人傑地靈……」

「你叫長亭吧？」溫元蕪轉頭問少年，笑意可親自然。「何時隨你師父回忍冬閣？也看看北方十三郡的風物人情。」

戚寒水一愣，吶吶道：「我還不知什麼時候回閣裡去呢，在這待著也挺好的。」

溫元蕪劍眉微挑，滿眼含笑看向戚寒水。「怎麼，四年前和王堂主吵了一架，至今還賭氣不肯回去？」

一聽閣主說起王中道，戚寒水鼻子一哼。「我才不是和那老匹夫嘔氣，不過是這雲州府待慣了，一時還沒有回去的心思。」

溫元蕪也不揭穿，只嘆息道：「你在這裡是愜意，卻不知雲卿時常念叨起你，我聽得耳朵都要長繭了。」

聽到「雲卿」這個名字，戚寒水的眸色不禁柔和起來，問道：「少閣主……可還好？」

溫元蕪神色微斂，溫和道：「還是老樣子，不過用藥將養著。」

——未完，待續，請看文創風539《藥堂千金》2

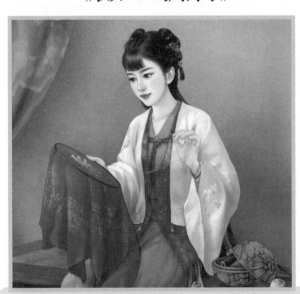

LOVE便利店
24hr OPEN!

錦繡燦爛好時光　攜手同行／衛紅綾

+ 7/11出版 +

文創風 538-540 《藥堂千金》 全套三冊

曾經的小小實習醫，如今的藥堂千金女，
在這拿泥鰍治黃疸、拿汞當仙丹的古代，
且看她大顯身手，走南闖北，一藥解千愁！

她原本是個實習醫生，卻逃不過過勞死的命運，穿越來到大慶國，
如今身分是藥堂之家的千金魏相思，只是有個「小問題」——
都怪她爹娘苦無子嗣，這小千金打從娘胎就被當成「嫡孫」來養，
要是她的性別被拆穿了，他們一家三口怕是要被逐出家門喝西北風！
既然同在一條船上，她只好勉為其難當個小同謀，
左應付一心盼望「嫡孫」成材的祖父；右對抗滿屋難纏的叔嬸，
各位長輩啊，可別看她外表弱不禁風，就掉以輕心了，
她雖然看似好欺負的黃口小兒，骨子裡卻是活了兩世的幹練女子，
根本懶得理會雞毛蒜皮的宅門小事，活出精采的第二人生才是正理，
而她的首要任務就是，努力打拚，在藥堂站穩位置好求勝！

書展限定 **新書優惠75折**，精采不打折！

❤ **文創風大回饋特賣！** 001~053 **單本50元**（數量不多，售完為止）

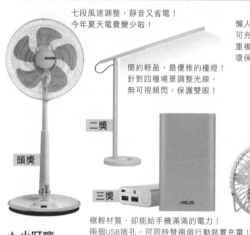

2017年6月出版

娶妻這麼難

文創風 531～534

易求無價寶，難得有情郎。
這時代的男人，三妻四妾是再正常不過的事，
有哪個男子願意一輩子守著一個女人過活呢？
然而，她卻是不願與其他女子共享一個男人的……

多情自古空餘恨　好夢由來最易醒／玉瓚

簡妍實在是不想沒臉沒皮地往徐仲宣的身旁湊，
她並不怕別人笑話她，也不在乎別人怎麼看她，
名聲兩字於她而言，不過就是個名詞，她壓根兒沒放在心上，
關鍵是，他這個人擱到哪裡都是個青年才俊，
他往後的妻子定是個高門之女，只怕妾室也不會少，
那麼，她還巴巴兒地湊上前去做什麼呢？
以她現下的身分地位，做他的妻肯定是不夠格的，
可她是不會給任何人做妾的，所以她從沒想過要嫁人，
然而，他卻對她伸手，要她待在他身邊，讓他寵著，
他說，若得她為妻，他終生不再看其他女子一眼，
他甚至還說，他愛她勝過他自己的性命！
老實說，她不曉得該不該相信他說的話，
但，即便這是一場注定會輸的賭博，
她也決定轟轟烈烈地和他賭上一場……

為流浪貓狗加油 和貓寶貝 狗寶貝

廝守終生(一定要終生喔！)的幸福機會

對人來說，貓寶貝狗寶貝只是生活的一部分，但妳（你）對牠們來說，卻是生活的全部，領養前請一定要考慮清楚——

▲ 等待回家的毛寶貝　巧虎

性　　別：男生
品　　種：米克斯
年　　紀：5歲（預估2012年2月生）
個　　性：乖巧穩定、親人、愛撒嬌，喜歡討摸摸和抱抱
健康狀況：已結紮，愛滋陽性，有定期施打預防針
目前住所：台北市景美

本期資料來源：台灣認養地圖

『巧虎』的故事：

中途是在2012年於台北車站附近的公園遇見巧虎的，當時的巧虎是隻約三、四個月大，且已被結紮剪耳的小貓。很有愛心的中途便抱起巧虎並帶去動物醫院檢查。健檢的結果發現巧虎有愛滋，也因為如此，中途身邊的人都建議中途將巧虎原地放回。

然而，中途聽餵食的愛媽說，公園已有多起流浪狗咬死貓咪的事件，有時在早上還能看到不少已經當了天使去的貓咪們。中途相當憂心這麼小的巧虎該如何在此獨自生活、避開危險？她實在不忍心將親人的巧虎放回如此凶險的環境中，於是將牠帶回照顧，想幫牠找到一個可以安心生活的地方。

可是就這麼等呀等，5年過去了，一隻隻健康的貓咪都找到新家擁有各自的幸福，乖巧的巧虎仍在中途之家等待牠的小幸運。曾經，巧虎也被送養過一次，但是卻被認養人退養了，造成巧虎心理上二次的傷害，中途由衷希望巧虎這次能等到一個永遠屬於牠的家。

巧虎目前五歲了，健康狀況都不錯，牠的個性非常乖巧、愛撒嬌，又喜歡討摸摸和抱抱；另外，洗澡、刷牙、剪指甲等基本照料都沒有問題，很適合新手、單貓家庭或是家中已有愛滋貓的認養人喔！若您願意給巧虎一個永遠安全又安心的家，歡迎來信 dogpig1010@hotmail.com（林小姐）。

認養資格：

1. 認養者須年滿23歲，有獨立經濟能力。
2. 須同意簽認養寵物切結書，並能讓中途瞭解巧虎以後的生活環境。
3. 同意送養人日後之追蹤探訪，對待巧虎不離不棄。
4. 同意做門窗防護措施，以防巧虎跑掉、走失。
5. 以雙北地區優先，第一次看貓不須攜帶外出籠，確認送養會親自送達。

來信請說明：

a. 個人基本資料：姓名、性別、年齡、居住地、同住者、職業與經濟來源等。
b. 預定如何照顧巧虎，以及所能提供之環境和承諾（如：食物、飼養方式）。
c. 請簡述過去養貓的經驗、所知的養貓知識，及簡介一下您的飼養環境。
d. 若未來有結婚、懷孕、出國或搬家等計劃，將如何安置巧虎？
e. 是否同意中途作日後追蹤（家訪、以臉書提供照片）？

文創風
538

藥堂千金 1

國家圖書館出版品預行編目資料

藥堂千金 / 衛紅綾著. --
初版. -- 臺北市 : 狗屋, 2017.07
冊 ; 公分. --（文創風）
ISBN 978-986-328-747-6（第1冊 : 平裝）. --

857.7　　　　106007791

著作者	衛紅綾
編輯	余一霞
校對	沈毓萍　簡郁珊
發行所	狗屋出版社有限公司
地址	台北市104中山區龍江路71巷15號1樓
電話	02-2776-5889～0
發行字號	局版台業字845號
法律顧問	蕭雄淋律師
總經銷	知遠文化事業有限公司
電話	02-2664-8800
初版	2017年7月
國際書碼	ISBN-13　978-986-328-747-6

本著作物由北京晉江原創網絡科技有限公司授權出版

定價250元

狗屋劃撥帳號：19001626

網址：love.doghouse.com.tw　E-mail：love@doghouse.com.tw